Karla Schmidt

Das Kind auf der Treppe

Psychothriller

Piper München Zürich

Mehr über unsere Autoren und Bücher:
www.piper.de

Für den DJ

Mix
Produktgruppe aus vorbildlich bewirtschafteten Wäldern und anderen kontrollierten Herkünften
www.fsc.org Zert.-Nr. GFA-COC-001223
© 1996 Forest Stewardship Council

Originalausgabe
April 2010

Umschlaggestaltung: Hauptmann & Kompanie, Zürich
Satz: Kösel, Krugzell
Papier: Munken Print von Arctic Paper Munkedals AB, Schweden
Druck und Bindung: CPI – Clausen & Bosse, Leck
Printed in Germany ISBN 978-3-492-25781-7

Das Kind auf der Treppe

Das Debütalbum von KAT

Braillemaschine

01: Väterchen Frost
02: Das Kind auf der Treppe I
03: Hear it
04: Bye Bye Baby
05: Need it
06: Kleines Wunder
07: Every Breath You Take (cover)
08: Das Kind auf der Treppe II
09: Kein Schlaf
10. Always Crashing in the Same Car (cover)
11: Hörsturz
12: Alles wächst nach

TEIL I

Prolog

Berlin, Hauptstraße 155, 26./27. Januar 2010

Er bewegte seine Hand mechanisch auf und ab, mit langsamen, rhythmischen Bewegungen. Die Handschellen erzeugten auf dem Alurahmen des Feldbetts ein dünnes Quietschen. Auf und ab, er durfte nicht nachlassen. Irgendwann würde ihn jemand hören, trotz der Eierkartons an den Wänden, trotz der Pappschichten, auf denen sein Lager stand. Die Angst gab ihm Kraft.

Er hatte viel Zeit zum Lauschen. Manchmal verstand er beinahe, was die Leute in den anderen Wohnungen sagten. Manchmal hörte er das Kind in der Nachbarwohnung vor Hunger weinen. Oder er hörte, wie es die Treppen hinauf- und hinabhüpfte. Es sang mit seiner hellen Stimme einen Abzählreim, der sich in seine Hirnwindungen fraß. Er wusste, dass nur der Tod diese Silben wieder auslöschen konnte. Die Worte hatten etwas mit ihm zu tun, aber er fand den Sinn darin nicht. Er schmeckte sein eigenes Blut und würgte. Auf und ab, nur nicht nachlassen.

Der Schmerz in seinem Beinstumpf wurde wieder stärker, ein Pulsieren und Reißen knapp unter der Leiste, wo die sauber versorgte Wunde war, und der Phantomschmerz in dem Teil seines Beines, den es nicht mehr gab.

Jede Scheibe, die davon abgeschnitten worden war, konnte er spüren, jeder Schnitt ein Kreis aus singendem Schmerz. Jedes Nervenende sandte nach wie vor Alarmsignale an sein Hirn, das nicht akzeptieren wollte, was geschehen war. Fort, fort, für immer, er wusste es genau.

Doch irgendein Teil seines Selbst wollte der kompetenten Stimme hinter dem grünen Mundschutz glauben. »Keine Sorge, es wächst irgendwann nach. Vertrauen Sie mir«, sagte die Stimme. »Vertrauen Sie mir«, wenn er gewaschen wurde, wenn er gefüttert wurde, wenn ihm Blut abgezapft wurde. Ein kleiner Schlauch war in seiner Vene fixiert. Einmal am Tag wurde der Drehverschluss geöffnet, und sein helles, rotes Blut lief in eine Kindertasse. Hinterher musste er trinken. Meistens bekam er Milch oder Saft. Er wurde gut umsorgt, und er wurde auch nicht bestraft, wenn er vor Angst das Bett nass machte.

Als der Schmerz unerträglich wurde, wollte er schreien, doch das Klebeband auf seinem Mund ließ nur ein dumpfes Stöhnen nach außen dringen. Blut lief ihm in die Kehle, und er schluckte hart. Am ersten Abend war seine Zunge mit einem Haken weit aus dem Mund herausgezogen worden. Dann hatte die Gestalt mit dem Mundschutz sie mit zwei schnellen, glatten Schnitten ihres Skalpells herausgetrennt und den Stumpf vernäht. Er riss immer wieder auf. »Es tut mir leid«, sagte die Stimme. »Wir haben hier leider keinen Laser, um die Wunde zu verschließen.« Wenn er zu viel Blut schluckte, konnte es passieren, dass er an seiner geronnenen Kotze erstickte. Darum sollte er still liegen, sich nicht aufregen. »Alles wird wieder gut.«

Wenn die Wirkung der Spritzen nachließ und das Bewusstsein um den nahenden Tod ihn ein Stückchen weiter in den Wahnsinn trieb, dauerte es nicht mehr lange. Er sehnte sich ebenso sehr nach der Spritze, wie ihm davor graute. Eine Spritze war gnädige Dunkelheit, die ihn den Albtraum für eine Weile vergessen ließ. Und eine Spritze bedeutete, mit einem Stück Leib weniger aufzuwachen, das durch einen neuen, singenden Kreis aus Schmerz ersetzt worden war.

Jetzt musste es bald auf Mitternacht zugehen. Der Mond

kroch um die Hausecke, schien durch den Schlitz links neben den Felddecken herein, die als Vorhänge dienten. Sie trugen den Aufdruck *FUSSENDE*. Ein bitteres Lachen stieg in ihm auf. Er versuchte, seine Position zu verändern, bis er in dem Lichtstreif lag, der auf sein Lager fiel. Vielleicht erkannte jemand aus einer Wohnung weiter oben im Hof, dass etwas nicht stimmte. Vielleicht sah ihn jemand. Vielleicht sah jemand der Stimme mit dem Mundschutz bei ihrer Arbeit zu und alarmierte die Polizei. Falls es gegenüber Fenster gab. Er wusste es nicht, weil er den Kopf nicht weit genug drehen konnte, um nachzusehen.

Hinter der Tapetentür machte sich jemand zu schaffen, sein Herzschlag beschleunigte sich, dunkle Flecken tanzten vor seinen Augen. Er beschleunigte den Rhythmus seiner Bewegungen, gab Kraft dazu. Das Quietschen wurde lauter. Sein Blick irrte über die Wände, Wände aus finsteren Löchern und spitzen Mondscheinbergen, grün und grau wie bemooste Steine am Grund eines Tümpels. Seine Hände würde man ihm lassen. Ohne Hände würde es schwieriger sein, ihn ans Bett zu fesseln. Aber ohne Arme und Beine könnte er sowieso nirgends mehr hin. Vielleicht würden sie seine Hände nehmen. Wie viel konnten sie nehmen, bevor er starb?

Erneut beschleunigte er den Rhythmus. Blut lief an seinen Händen hinab, und während er arbeitete und schwitzte, glitt er in einen Dämmerzustand hinüber, in dem das Pulsieren des Schmerzes den Rhythmus seiner Bewegungen vorgab wie ein Galeerenschlag. Er ruderte um sein Leben. Mit jeder Minute wurde der Rhythmus härter, wurde der Schmerz intensiver, fast wie ein Klang in seinem Leib. Er warf sich auf dem Feldbett hin und her.

Plötzlich mischte sich in den Schmerz und das Kreischen der Handschellen ein weiteres Geräusch. Ein Klopfen. Er hielt inne und lauschte. Er atmete schwer, Blut rauschte in seinen Ohren, aber er war sich sicher: Jemand war an der Wohnungstür.

Er kämpfte gegen seine Fesseln. Er musste lauter sein als der Schmerz, er schüttelte sich, spannte jeden Muskel, bäumte sich auf, bis er sich fast die Arme aus den Schultergelenken riss.

Dann fiel er auf sein Kissen zurück, das nass von Schweiß und Tränen war. Er drehte den Kopf zur Seite, schloss die Augen und lauschte. Nichts. Er weinte. Dann betete er. Zum ersten Mal, seit er ein Kind war und dazu genötigt worden war, betete er. Und zum ersten Mal in seinem Leben tat er es mit dem Wunsch, wirklich zu glauben. *Gott, wenn es dich gibt. Der Schmerz ist zu groß. Hilf mir.* Als der Schmerz unerträglich wurde, riss er die Augen auf, so als könnte er statt mit der Stimme mit dem Blick schreien.

Vor dem Feldbett stand eine Gestalt. Ein schmaler Streifen Mondlicht fiel auf ihr Gesicht. Es war bleich, die Augen dunkel, die Wimpern lang und dicht, die kurzen Locken eher orange als rot. Leni.

Sie kam näher, atmete scharf ein, wich wieder zurück. Hatte sie ihn erkannt? Er bewegte sich nicht, um die Erscheinung nicht zu vertreiben. Leni stieß einen lang gezogenen, dünnen Schrei aus. Dann biss sie sich in die Hand. Er erkannte Ekel in ihrem Gesicht. Mit Sicherheit stank er zum Himmel, nach Angst und Kot und süßem Fleisch. Mach mich los, dachte er, mach das Klebeband ab, damit ich atmen kann, bring mich hier raus, Leni, bitte. Er wusste, dass seine Augen flehten, doch Leni bewegte sich nicht. Nur ihre Lippen öffneten sich ein wenig, als sie sprach.

»Aber.«

Mehr sagte sie nicht. Sie sprach es nicht einmal fragend aus, sondern vollkommen trocken, ohne jede Intonation. Hatte sie ihn erkannt? Wie viel war noch von ihm übrig, das sie wiedererkennen konnte?

Er bäumte sich erneut auf, stieß mit dem verbliebenen Bein in die Luft, bis die Felddecke auf den Boden rutschte. Leni schluchzte. Sie starrte seinen Beinstumpf an, die wasserdichte Unterlage unter seinem nackten Unterleib, und sein Geschlecht, das schlaff auf der Matratze lag.

Leni blickte auf ihn herab, ganz kurz empfand er einen Anflug von Demut, der von einem intensiven Gefühl von Dringlichkeit abgelöst wurde. Jetzt, Leni, jetzt. Bitte.

Lenis Hand kam näher, sie fasste eine Ecke des Klebebands. Sie zog es langsam ab, vorsichtig, als ob sie zweifelte, dass sie das Richtige tat, und während sie seine Befreiung hinauszögerte, verblasste ihr weißes Gesicht zu einem Schattenriss. Die Tapetentür schwang auf, geräuschlos und geisterhaft wie immer.

I

Berlin, Hauptstraße 155, 08./09. Januar 2009

Es war ein eiskalter Mittwochmorgen, vier Uhr früh, als Leni aus dem M48er-Bus stieg. Sie hatte über eine Stunde vom Flughafen hierher gebraucht, unsicher, wohin sie sich wenden musste. Die Stadt war überwältigend groß. Immer wieder hatte sie sich umgeblickt. Sie hörte keine Schritte hinter sich, kein verhaltenes Atmen. Und trotzdem fühlte sie sich verfolgt. Sie konnte nicht anders.

Plötzlich stand sie vor dem richtigen Haus, Nummer 155. Hier wohnte also Zicky. Es war vollkommen windstill, Lenis gefrorener Atem stand ihr als Nebel vor dem Gesicht. Ein Auto dröhnte hinter ihr vorbei, und der Riemen ihrer Sporttasche drückte schmerzhaft auf den Bluterguss, der sich diagonal über ihre Brust zog.

Es war ziemlich genau einundzwanzig Jahre her, seit Leni ihre Halbschwester zuletzt gesehen hatte. Sie wusste nicht einmal, ob sie sie wiedererkennen würde. Sie sah an dem Haus hinauf, starrte die beleuchtete Hausnummer an, auf deren Innenseite ein paar tote Insekten klebten. Die Fassade war gelblich grau, und die Durchfahrt zum Hof war ein schwarzes Loch. Sie trat näher und betrachtete das Klingelschild. Im ersten Stock ein Zahnarzt, und darüber: Zicky Kretschmar und Olga Blau. Ob sie mitten in der Nacht klingeln konnte?

Leni drückte versuchsweise gegen die Haustür. Sie war ein wenig verzogen, wahrscheinlich wegen der Kälte, und stand einen Zentimeter weit offen. Leni ging hinein und drückte die Tür hinter sich zu. So konnte ihr niemand, der keinen Schlüssel hatte, ins Haus folgen.

Der Eingang verlor sich nach hinten zu den Treppen in Dunkelheit. Die Stufen waren mit einem fleckigen roten Sisalläufer bedeckt. Es roch nach Kälte, Staub und gekochtem Fleisch. Leni ertastete den Lichtschalter, der Schein der Deckenlampen war dumpf, und sie gaben ein hohes Sirren von sich, bevor sie ein paar Sekunden später wieder verloschen. Leni drückte noch einmal auf den Schalter, doch bis auf das Licht der Straßenbeleuchtung, das durch die Tür hereinfiel, blieb es dunkel. Vor allem links neben der Treppe war genügend Platz, um sich im tieferen Schatten zu verstecken und jemandem aufzulauern. Und Leni musste dort vorbei, wenn sie nach oben wollte. Sie lauschte auf ihren beschleunigten Atem und fühlte ihren Herzschlag, während ihre Augen sich an das Dunkel gewöhnten. Dann packte sie ihre Sporttasche fester und machte sich an den Aufstieg.

Das abgegriffene Geländer schraubte sich nach oben und verlor sich in Schwärze, die Leni schwindelig machte, als ob sie in einen Abgrund schaute. Sie wusste, dass dort oben niemand auf sie wartete, und dennoch hatte sie das sichere Gefühl, in eine Falle zu laufen.

Nach eineinhalb Stockwerken musste Leni sich setzen, ihre Knie weigerten sich einfach, weiterzuarbeiten. Ihr Gesicht war schweißüberströmt, ihre Zähne klapperten, und sie glaubte zu spüren, wie sie splitterten. Ich halluziniere schon, dachte sie.

Leni hatte seit zwei Tagen nicht geschlafen, seit Magnus sie gestellt hatte, seit sie ihn vielleicht getötet hatte, seit sie Hals über Kopf den ersten Flieger nach Berlin genommen hatte. Nicht mal im Flugzeug hatte sie schlafen können. Vielleicht war Magnus tot. Vielleicht lebte er. Vielleicht war er ihr gefolgt. Leni wurde übel bei dem Gedanken, dass Magnus plötzlich hinter ihr auftauchen könnte. Sie hoffte, dass er tot war. Und zugleich fürchtete sie es. Sie brauchte dringend eine oder zwei Schlaftabletten.

Plötzlich fühlte Leni einen Luftzug neben sich, wärmer als die kalte Luft des Treppenhauses. Jemand atmete ihr ins Gesicht. Jemand, der sich vollkommen lautlos bewegt hatte. Der Atem roch nach Fleisch.

Leni schnellte hoch und wich stolpernd gegen die Wand zurück. Eine weiße Hand hätte sie beinahe berührt. Ein dünner Schrei löste sich aus ihrer Kehle.

»Wer ist da? Was wollen Sie?«

»Nichts.«

Die Stimme war hell. Ein Kind. Leni starrte ins Dunkel und erkannte, dass die Hand zu einem dunkelhaarigen Jungen gehörte, der auf dem Treppenabsatz stand. Blass, ein wenig hohläugig. Er starrte zurück. Dann zog er ein zerknülltes Stofftaschentuch aus der Hose. »Da.«

Leni merkte erst jetzt, dass sie unaufhörlich ihre laufende Nase hochzog. Sie lachte nervös, ohne dass ihr eigentlich nach Lachen zumute war, und nahm das Taschentuch. Es war feucht. Leni wischte sich die Nase an ihrem Ärmel ab und gab es zurück.

»Danke.«

»Wie heißt du?«

Lenis Deutsch war nicht mehr so gut wie in Kindertagen, aber sie hatte keine Schwierigkeiten, den Jungen zu verstehen. Sie hätte zwar keine Vokabeln herbeten können, aber sie stellte fest, dass die Wörter von allein kamen, wenn sie sie brauchte.

»Ich heiße Leni.« Sie versuchte zu lächeln.

»Ich Nicky.«

Er war vielleicht fünf oder sechs Jahre alt, und Leni fand, dass er ein wenig verhungert aussah. Was machte ein kleines Kind mitten in der Nacht allein in einem eiskalten Treppenhaus?

Leni setzte sich wieder auf den Absatz, und der Junge setzte sich dicht neben sie, als würden sie sich schon immer kennen. Vielleicht suchte er nur Wärme. Aber vielleicht musste Leni ihn auch irgendwie trösten. Sie hatte keine Ahnung, wie man so etwas machte. Sie kannte sich mit Kindern nicht aus.

Der Junge streichelte Leni sehr sacht übers Haar. Als ob ich zerbrechlich oder ein Kaninchen wäre, dachte sie. Die Geste war ihr unangenehm. Sehe ich so verängstigt aus, dass ich mich von einem kleinen Kind beschützen lassen muss? Leni hatte nicht gewusst, dass es in ihr wartete, aber mit einem Mal konnte sie das Schluchzen, das sich seit Tagen und Wochen in ihr aufgestaut hatte, nicht mehr unterdrücken. Die Tränen strömten, und Trauer schüttelte sie.

Als das Weinen nach einer Ewigkeit endlich verebbte, streichelte der Junge sie immer noch.

»Danke. Ist schon gut. Ich muss mich nur beruhigen.« Leni lachte verlegen. »Tut mir leid. Ich will meine Schwester besuchen. Weißt du, wo sie wohnt? Sie heißt Zicky Kretschmar. Eigentlich Katharina.«

Nicky schüttelte bekümmert den Kopf. »Ich kanns dir zeigen. Aber sie ist nicht da.«

Der Junge stand auf und streckte Leni seine weiße Hand entgegen. Ihr fiel auf, wie schmal und langgliedrig sie war, gar nicht wie eine Kinderhand. Sie ergriff sie und ließ sich eine halbe Treppe weiter hinaufziehen. Im zweiten Stock blieben sie vor einer braun lackierten Wohnungstür stehen.

Die Klingel gab einen schrillen Ton von sich. Leni lauschte. Keine Schritte in der Wohnung, kein Licht unter der Tür. Niemand öffnete. Leni seufzte. Was, wenn Zicky für längere Zeit weg war?

»Ich kann auch nicht rein.«

»Bei dir zu Hause?«

Der Junge nickte. »Ich hab mich ausgesperrt.«

»Wieso bist du denn rausgegangen?«

»Sandra hat so geheult. Sie ist in ihr Zimmer eingesperrt. Sie läuft nachts immer weg, obwohl es draußen ein Schulwegmonster gibt. Da wollte ich Zicky holen.«

»Und deine Eltern? Sind die nicht da?«

Nicky schüttelte den Kopf. »Mama ist auf Nachtschicht.«

»Und dein Papa?«

Nicky zuckte die Achseln. »Den kenn ich gar nicht.«

»Und was machst du jetzt?«

Der Junge lächelte nachsichtig, als wäre Leni ein wenig begriffsstutzig. »Na, warten, bis Mama kommt.«

Leni sah auf ihre Uhr. Es war bald fünf. Sicher gäbe es in einer Stadt wie Berlin eine Möglichkeit, sich aufzuwärmen, und sie wäre froh, wenn sie nicht allein hinausmüsste. Ein Kind an ihrer Hand, das würde sie so aussehen lassen, als wäre sie hier heimisch. »Was hältst du davon, wenn wir zusammen frühstücken gehen?«

Nickys Augen leuchteten auf, bevor er die Schultern hochzog und auf seine Füße blickte. »Draußen essen geht nicht. Ich kann nur essen, was Mama macht. Ich darf nichts von Fremden annehmen.«

»Hat deine Mama es dir verboten?«

»Hm.«

»Das ist ziemlich vernünftig, weißt du? Was arbeitet deine Mama denn?«

»Sie ist Krankenschwester. Auf der Laserstation.« Nicky sprach das Wort aus, als hätte seine Mutter einen Job bei den Jedirittern.

»Na gut, dann warten wir zusammen. Okay?«

Sie setzten sich auf den Treppenabsatz vor Zickys Wohnungstür. Ewig konnte es ja nicht dauern, bis Nickys Mutter kam. Die große Schwester würde ja auch zur Schule müssen. Und danach könnte Leni immer noch frühstücken gehen und sich überlegen, was sie machen sollte, falls Zicky nicht auftauchte. Während Leni nachdachte, sank Nicky gegen ihre Schulter. Er war eingeschlafen, den Daumen im Mund wie ein Baby. Leni betrachtete ihn.

Nicky gehörte nicht zu den Kindern, die man auf Anhieb süß oder rührend findet. Er hatte etwas Hartes, Leidgeprüftes an sich, das ihn zu erwachsen erscheinen ließ, um niedlich zu wirken. Und er roch seltsam, ein wenig süßlich, wie gekochte Milch. Dass seine Mutter ihre Tochter einsperrte und ihr Sohn die Nacht im Treppenhaus verbringen musste, sprach nicht gerade für sie. Sie konnte ebenso gut Prostituierte sein, wenn sie nachts arbeitete.

Leni schüttelte unwillig den Kopf. Sie sah die Dinge, wie immer, in einem viel zu düsteren Licht. Und der Junge war freundlich und schlief friedlich auf dem alten Treppenläufer. Wahrscheinlich war alles nur ein dummer Zufall.

◇◇◇

Sandra lag auf dem nackten Dielenboden, ihr Haar war mit Erbrochenem verklebt. Sie schwitzte und zitterte, während sie immer wieder Schaum hochwürgte. Diese beschissenen Alcopops. Aber sie musste hier raus, es machte sie fertig, nicht rauszukönnen. Sie hätte mit dem Saufen warten sollen, bis Mama weg war. Wieder kroch sie zur Tür, zog sich an der Klinke hoch.

»Nicky! Nicky!«

Warum machte dieser kleine Scheißer nicht auf? Sandra hasste ihren Bruder. Und Mama. Sie setzte sich auf ihr Bett und wiegte sich vor und zurück, während sie weinte.

Durch den Tränenschleier sah es so aus, als würde sich die Wand gegenüber dem Fenster bewegen. Ein schmaler Lichtstreif erschien, wurde dann breiter. Eine Tür schwang auf, wo keine war, und in der Tür erschien eine Gestalt. Sandra hatte zu viel Angst, um darüber nachzudenken, ob sie Halluzinationen hatte. Als die Gestalt näher kam, erkannte

Sandra schneeweißes Haar und strahlend blaue Augen. Ein alter, gütig blickender Mann. Er setzte sich neben Sandra aufs Bett.

»Alles in Ordnung, Prinzessin«, sagte er mit tiefer, beruhigender Stimme.

Sandra zitterte immer noch. »Bist du Gott? Muss ich jetzt sterben?«

»Hast du denn etwas Verbotenes getan?«

Sandra blickte auf ihre Hände und nickte. »Ich hab schon wieder getrunken.«

Der Mann lächelte. »Ja, Prinzessin. Und wer etwas Verbotenes getan hat, der muss bestraft werden, nicht wahr?«

Sandra nickte. Dann lehnte sie sich an Gott und weinte.

»Siehst du, Prinzessin?« Gott strich ihr tröstend über den Rücken.

Dann fuhr er mit der Hand unter ihr T-Shirt und drückte ihre schmerzenden, geschwollenen Brustspitzen zwischen seinen Fingern zusammen.

Sandra stieß Gott weg, aber er hielt sie fest, warf sie aufs Bett und wälzte sich auf sie. Mit dem Unterarm drückte er ihr die Kehle zu, während sein Gesicht immer näher kam.

Sandra biss, schmeckte Blut. Konnte Gott bluten? Für einen Moment ließ der Druck nach. Sandra machte sich los, warf sich wieder gegen die Tür. Sie schrie um Hilfe, aber niemand kam.

Gott lachte, stand auf, kam auf sie zu. »Ich fürchte, wir zwei sind hier ganz allein miteinander, Prinzessin. Warum tust du nicht einfach, was ich sage. Dann geht es schneller und tut nicht so weh, ja?«

Sandra zog sich zum Fenster zurück.

Noch zwei oder drei Schritte, er streckte die Hand nach ihr aus. Sandra drehte sich um und öffnete das Fenster.

◇◇◇

Sirenengeheul riss Leni aus ihren Gedanken. Draußen war es noch immer dunkel. Sie legte den Jungen vorsichtig auf den Sisalläufer, nahm ihren Bademantel aus der Sporttasche und deckte ihn damit zu. Magnus hatte ihn ihr geschenkt. Das war am Anfang gewesen. In der guten Zeit. Leni ging leise die Treppen hinunter.

Durch die verglaste Haustür sah sie Blaulicht. Polizei fuhr vor, ein Notarztwagen. Leni zog an der Tür, die sie vorher extra fest geschlossen hatte. Sie war zugefroren. Ein Polizist trat vor die Haustür. Leni winkte, aber er bemerkte sie nicht, im Hausflur war es zu dunkel. Der Polizist war um die vierzig, er hatte schütteres, rotblondes Haar und ein müdes Rauchergesicht. Er studierte die Klingeln, wählte eine aus und drückte mit einem gelblich verfärbten Zeigefinger lange darauf.

Aus dem Treppenhaus drang schrilles Klingeln zu Leni herab. Sicher wurde der Junge davon wach.

Sie hätte jetzt so gerne eine Zigarette gehabt.

Leni klopfte gegen die Scheibe und rüttelte an der Tür, um sich bemerkbar zu machen. Der Polizist formte seine Hände zu einem Tunnel und legte sie an die Scheibe. Sein Atem ließ das Glas beschlagen. Leni lächelte. Der Polizist schaute sie lange an, sie begann, sich unbehaglich zu fühlen. Dann lächelte er zurück. Er drehte sich um, winkte einen Kollegen heran und bedeutete Leni, einen Schritt zurückzutreten.

Gemeinsam schafften die Männer es, die Tür aufzustemmen. Sie knallte gegen die Wand, die Glasscheibe schepperte, und Leni kniff reflexartig die Augen zusammen und drehte sich weg, um sich vor dem Scherbenregen zu schützen. Er klang wie Gelächter, als das Glas auf den Steinfliesen in tausend Stücke zersprang.

»Scheiße. Zahlt die Versicherung. Alles in Ordnung mit Ihnen?«

Leni öffnete die Augen und nickte. »Ja, danke.«

Der Polizist zückte einen Block und einen Stift. »Ihr Name, bitte.«

»Leni Draugur.« Bei ihrem Nachnamen zögerte Leni einen Moment, sie wusste nicht, ob er überhaupt noch zu ihr gehörte, nach allem, was geschehen war. Hoffentlich dachte der Polizist wegen ihres Zögerns nicht, dass sie log oder sich etwas hatte zuschulden kommen lassen.

»Wohnen Sie hier?«

»Ich bin zu Besuch. Bei Frau Kretschmar. Haben Sie vielleicht eine Zigarette für mich?«

Der Polizist klopfte seine Hosen- und Jackentaschen ab und schüttelte bedauernd den Kopf.

»Tut mir leid, die hab ich im Auto liegen lassen.«

Leni spürte, wie der Junge seine Hand in ihre schob. Sie war warm vom Schlaf, beruhigend. Er wird mich führen, dachte Leni, und sie spürte den Punkt zwischen ihren Augen, der unangenehm pulsierte. Sie rieb mit dem Zeigefinger darüber, um das Gefühl zu vertreiben. Der Polizist nahm Nicky nicht einmal wahr, so leise hatte er sich bewegt, und auch Leni hörte ihn kaum atmen. Oma hatte immer zu Leni gesagt, mach dein drittes Auge auf. Sieh, was kommt. Nichts hätte Leni mehr ängstigen können als Gewissheit über die Zukunft. Sie war sich sicher, dass sie nur Katastrophen und Unglück sehen würde. Aber Oma war ein verrücktes altes Luder. Als Kind hatte sie ihr immer wieder mit ihren schaurigen Geschichten Angst gemacht. Leni hoffte, dass es ihr gut ging. Falls Magnus sie erwischt hatte, dann war das Lenis Schuld. Alles schien Lenis Schuld zu sein. Sie wischte den Gedanken beiseite und konzentrierte sich wieder auf das Jetzt.

»Was ist denn überhaupt passiert?«

Der Polizist machte eine Kopfbewegung Richtung Straße. »Böser Sturz. Sie entschuldigen.«

Damit ging er mit langen Schritten Richtung Treppe,

nahm immer drei Stufen auf einmal. Leni hörte ihn oben gegen eine Tür bollern.

Böser Sturz. In Leni flackerten Bilder auf, die sie lange nicht heimgesucht hatten. Sie atmete durch. Sie musste aufhören, in der Vergangenheit zu leben. Sie musste jetzt leben. Hand in Hand mit Nicky trat sie auf die Straße hinaus.

Vor dem Haus stand ein Krankenwagen, dahinter zwei Streifenwagen. Auf dem Bürgersteig schwirrten Menschen wie aufgeregte Insekten um ein ruhendes Zentrum, Sanitäter und Polizisten. Das Zentrum bestand aus zwei Frauen in dunklen Wintermänteln. Wie traurige Krähen sahen sie aus, mit eingezogenen Köpfen, und die Hände tief in die Taschen vergraben. Zwischen ihren Schwingen hindurch konnte Leni etwas Dunkles, Nasses auf dem mit Raureif überzogenen Gehweg erkennen, und in dem Dunklen lag etwas, ein hellblaues T-Shirt, ein verdrehter Arm, blondes Haar.

Leni blickte schnell nach oben, weg von dem Mädchen, das entweder tot war oder gerade starb. Übelkeit wallte jäh in ihr auf, und sie wusste, sie würde sich nicht von der Stelle bewegen, bis jemand sie erlöste. Wie Joringel in dem Märchen. Wie sie selbst, als Zicky sie vor zwanzig Jahren mit dem Bann belegt hatte. *Bleib stehen, du Plage! Rühr dich nicht vom Fleck!*

Leni betete zu der graugelben Fassade des Hauses Nummer 155 um Erlösung. Ein Fenster im dritten Stock stand offen, Leni starrte in die Finsternis dahinter, und dann meinte sie, eine Bewegung wahrzunehmen, einen Blick. Jemand war dort oben und zog sich rasch ins Innere des Hauses zurück, als er Lenis Blick spürte.

Sie hatte gar nicht gemerkt, wie fest sie Nickys Hand umklammert hielt. Sicher tat sie ihm weh. Jetzt riss er sich los und lief zu dem abgestürzten Mädchen. Leni senkte den

Blick, sah absichtlich hin. Der Junge kniete sich mitten in das viele Blut und redete leise auf das Mädchen ein. Ein Sanitäter schob ihn beiseite und legte dem Mädchen eine Halsmanschette an.

Eine der Frauen, die dünne, dunkelhaarige, hob den Jungen hoch. Er klammerte sich an sie wie ein Äffchen, und Leni sah, dass Tränen über sein Gesicht liefen. Sein ganzer Körper zuckte. Die zweite Frau, die mit der blondierten Mähne, redete mit den Sanitätern. Dann kam die Dunkelhaarige mit Nicky im Arm auf Leni zu.

Zicky hatte dasselbe schmale Gesicht, die lange Nase, die schwarzen Augen, denselben kleinen Mund wie früher. Sie war keine achtzehn mehr, sie war nicht einmal mehr jung. Aber es war Zicky. Und sie sah durch Leni hindurch, als sei sie Luft, während sie mit dem Jungen an ihr vorbei zur Haustür ging. Leni blieb unerlöst, ihr Blick kehrte zu dem Mädchen auf der Straße zurück. Zwei Sanitäter legten es auf eine Trage, hoben sie an, schoben sie in den Krankenwagen. Aus der dunklen Toreinfahrt des Hauses kam ein alter Mann. Er senkte den Blick, wandte sich ab und ging mit klackernden Absätzen davon. Blaulicht und Martinshorn gingen an. Der Krankenwagen fuhr los.

Leni wusste, dass Zicky jetzt gleich hinter ihr im Haus verschwinden würde, und dann würde die Tür zufallen, und es würde sein, als wäre Leni niemals hier gewesen. Wenn sie jetzt einfach ginge, dann konnte sie den Anblick des Mädchens auf der Straße vielleicht ebenso hier zurücklassen wie den Rest ihrer Vergangenheit. Frost nagte an Lenis Fingern, doch sie konnte sich nicht einmal rühren, um die Hände in die Taschen ihrer viel zu großen Lederjacke zu stecken. Papas Lederjacke.

»Sind Sie Frau Kretschmar?«

Das war die Stimme des Polizisten, den Leni nach einer Zigarette gefragt hatte. Dann Zickys Stimme, in der immer noch derselbe alte Trotz mitzuschwingen schien. »Ja, warum?«

»Wissen Sie, wo die Familie des Mädchens ist? Es macht niemand auf.«

»Ich komme eben erst nach Hause. Sandra ist uns praktisch vor die Füße gefallen. Die Mutter ist sicher auf Nachtschicht.«

»Und dieses Kind, was hat das mitten in der Nacht auf der Straße verloren?«

»Das ist Nicky, der Bruder.«

Nun ging die blondierte Frau an Leni vorbei, gesellte sich zu Zicky und den anderen. Auch sie starrte mit ihren veilchenblauen Augen mitten durch Leni hindurch.

»Das beantwortet meine Frage nicht. Wer hat denn auf das Kind aufgepasst?«

Leni merkte zu ihrer eigenen Überraschung, dass sie Nicky beschützen wollte. Es fühlte sich gut an, sich um jemand anderen zu sorgen, statt um sich selbst. Sie holte tief Luft und drehte sich um.

»Ich war das. Ich hab aufgepasst. Stimmts, Nicky?«

Nicky weinte immer noch, nickte aber. Die Blondierte hatte sich bei Zicky eingehakt.

Der Polizist runzelte die Stirn und schrieb etwas auf seinen Block. »Na gut. Leni Draugur. Sie hören noch von mir. Jetzt kümmern Sie sich besser um den Jungen.« Er strich Nicky ungeschickt über den Kopf. »Das wird schon wieder, mit deiner Schwester, Cowboy.«

Nicky starrte den Polizisten böse an, und Leni spürte, dass Zicky sie anstarrte. Sie blickte auf und sah ihrer Schwester in die Augen. Zicky machte eine knappe Kopfbewegung. »Los, komm rein.«

Leni probierte ein Lächeln, doch es wurde nicht erwidert.

»Scheißlicht«, meinte Zicky, als sie die Treppen hinaufstiegen.

»Schon wieder kaputt?« Die Stimme der Blondierten war ungewöhnlich tief und melodiös. Die Haare auf Lenis Armen richteten sich auf.

Im zweiten Stock schloss Zicky die Wohnungstür auf und schaltete das Flurlicht ein. Warmer Schein ergoss sich einladend vor Lenis Füße.

»Pass auf, dass du nichts vollschmierst«, sagte Zicky zu dem Jungen.

Leni hob ihre Sporttasche auf, bevor sie die Wohnung betrat. Den Bademantel ließ sie liegen. Sie hatte das Gefühl, dass sie soeben die Schwelle zu ihrer Zukunft überschritt, und sie wollte dabei so wenig Vergangenheit mitschleppen wie möglich.

◇◇◇

Zicky schob Nicky vor sich zur Tür hinein und hoffte, dass Olga sich um Leni kümmern würde. Manchmal kam aber auch wirklich alles auf einmal. Sandra fällt aus dem Fenster, und Leni taucht aus dem Nichts auf.

Zicky und Leni hatten sich schon vor zwanzig Jahren nichts zu sagen gehabt. Sie selbst war wild gewesen – und Leni ein überaus braves kleines Mädchen. Und ein Klotz am Bein. Zwischen ihnen lagen zwölf Jahre Altersunterschied, einerseits fast nichts, und dann doch wieder eine Ewigkeit. Zicky war ja damals selbst noch ein Kind gewesen. Sie hatte das unangenehme Gefühl, dass diese Heimsuchung ihr Leben nachhaltig durcheinanderbringen könnte. Leni stand einfach vor der Tür, belog einen Polizisten und rettete Nickys Mutter damit vor dem Jugendamt. Das hätte sie dem Mädchen gar nicht zugetraut. Aber woher kannte sie Nicky? Woher wusste sie, wo Zicky wohnte? Was wollte sie von ihr?

Zicky schob den immer noch weinenden Jungen direkt nach rechts ins Badezimmer. Er war von oben bis unten mit dem Blut seiner Schwester beschmiert. Die Hosenbeine waren blutgetränkt, und die für das kalte Wetter viel zu dünnen Stoffturnschuhe waren ebenfalls dunkelrot. Zicky würde nachsehen müssen, ob der Junge im Treppenhaus Spuren hinterlassen hatte.

Nicky hatte sich mit seinen besudelten Händen auch die Augen gerieben, und jetzt sah er aus wie ein Heiliger, der Blut statt Tränen weinte. Zicky speicherte das Bild in ihrem Gedächtnis. Sie würde es malen müssen, um es loszuwerden. Sie würde es als Votivtafel machen, ein kleines Format nur, auf Holz, mit Blattgold hinterlegt. Und dann ein fotorealistisches Gemälde darauf. Aber nicht so ein süßliches Weinen, wo aus großen Kinderaugen glänzende Tränen kullerten, sondern das blutverschmierte Gesicht, das Greinen mit offenem Mund, in dem Spucke und Zähne glänzten. Kindergeschrei in all seiner Hässlichkeit.

Zicky empfand jähen Ekel, was hatte sie eigentlich mit dem Kind von Ines Schartmöller zu schaffen? Sie zog Nicky die dreckigen Sachen vom Leib, stellte ihn in die Badewanne und machte das Wasser an. Nur lauwarm. Dennoch schrie Nicky vor Schmerz, weil er so durchgefroren war.

»Stell dich nicht so an. Du musst warm werden, sonst holst du dir den Tod.«

Zicky ließ das Wasser laufen, steckte Nickys Kleidung in die Waschmaschine und kippte großzügig Waschmittel in die Trommel. Als sie sich wieder umdrehte, steckte Nicky sich, immer noch schluchzend, wie ein Baby den blutbeschmierten Daumen in den Mund. Zicky schlug ihm auf die Hände.

»Lass das. Waschen.«

Dann nahm sie einen Waschlappen und rieb so lange an Nickys Händen, Knien und Wangen herum, bis die Haut sich kräftig zu röten begann.

»So, das reicht. Komm raus, wir wickeln dich warm ein, und dann legst du dich erst mal hin. Und wenn du geschlafen hast, fahren wir zu deiner Mama und zu Sandra ins Krankenhaus, okay?«

Immer noch tropften Tränen aus Nickys Augen. Zicky wurde jetzt erst klar, wie der Junge sich fühlen musste. Das Bild von Sandra, die verdreht auf dem kalten Stein vor ihren Füßen lag, die Blutlache, die sich viel zu schnell unter ihr ausbreitete, das machte ihr selbst zu schaffen. Wie musste es da erst einem fünfjährigen Kind ergehen. Nicky stand sicher schreckliche Ängste aus, und er musste sich unendlich einsam fühlen, ohne Mutter, die ihm jetzt zur Seite stand. Zicky erinnerte sich an dieses Gefühl der Verlassenheit, an die Hilflosigkeit, das Ausgeliefertsein, nur zu gut.

»Komm mal her.« Zicky nahm Nicky in den Arm, wickelte ihn in ein großes Handtuch und hob ihn hoch. Er legte den Kopf auf ihre Schulter und steckte den Daumen in den Mund.

So ging Zicky mit ihm ins Wohnzimmer hinüber und legte einhändig eine von Olgas esoterischen CDs mit Meeresrauschen und kosmischen Frequenzen ein. Dann trug sie Nicky hin und her, bis er eingeschlafen war. Sie legte ihn auf das überdimensionierte, orangefarbene Sofa und deckte ihn zu. Es war an der Zeit, sich um das andere Problem zu kümmern.

II

Reykjavík, 07. bis 14. Februar 1988

Sie hatten noch Schlafanzüge an, Mama mit einer grauen Strickjacke darüber, die sich über ihren Bauch spannte, und Leni mit ihrem roten Königinnenmantel und den passenden Pantoffeln. Er hatte fast richtiges weißes Kaninchenfell am Kragen. Leni musste heute nicht zum Kindergarten, weil sie Fieber hatte, und Papa und Zicky waren in die Stadt gefahren, um Windeln, Fläschchen und Puder zu kaufen.

Wenn Leni Fieber hatte, hörte sie viel deutlicher als sonst. Sie konnte die ganze Welt hören, zum Beispiel die Ameisen in der Wand. Manche Geräusche waren fremd und erschreckend, aber manche auch wie eine Musik, die Leni leise mitsummte. Leni wünschte sich ein Klavier. Dann könnte sie die Musik nachspielen.

»Du singst aber schön, Schatz.«

»Das ist das Weltlied.«

Mama lächelte und holte einen großen Pappkarton aus dem Schrank. *Babysachen* stand in eckigen schwarzen Buchstaben drauf. Leni konnte es lesen ohne zu buchstabieren, obwohl sie erst fünf war. Sie durfte den Deckel abnehmen, und dann setzte Mama sich mit ihr auf den Teppich.

»Die Strampler hab ich damals alle von deiner Oma bekommen. Sie hat sie noch selbst genäht. Sie hat ihre Schutzzauber mit hineingenäht, damit dir nichts passiert.«

»Was denn passiert?«

Mama zuckte die Achseln. »Sie hat mich ganz verrückt gemacht mit ihrem Gerede.«

Leni hielt einen rot und weiß geringelten Strampler in die Höhe. Der würde ihrer Tina perfekt passen. Sie wünschte, sie könnte die Babysachen für sich behalten. »Was hat sie denn geredet?«

Mama seufzte. »Sie denkt, dass sie uns beide überlebt.«

»Was heißt überlebt?«

Mama zögerte kurz, bevor sie antwortete. Leni kannte dieses Stirnrunzeln. Es bedeutete, dass sie der Meinung war, das Thema sei noch nichts für ein Kind. »Es bedeutet, dass wir beide früher sterben als sie.«

»Quatsch, Mama. Oma ist alt, du bist nur halbalt, und ich bin gar nicht alt. Und alte Leute sterben schneller.«

Mamas Stirn glättete sich. Sie lachte und legte einen winzigen Schlafsack neben sich auf den Teppich.

»Eben.«

Leni wünschte, sie könnte auch so einen Schlafsack für sich haben. »Mama?«

Mama lächelte.

»Kann ich Babysachen für meine Tina haben?«

»Ach Leni, wir haben nicht so viele Sachen, und wir haben auch kein Geld, viele neue Sachen zu kaufen. Wenn das Baby da ist, weiß ich, was ich entbehren kann. Dann darfst du dir was aussuchen. Okay?«

»Du hast nicht mal gefragt, ob das neue Baby die Sachen haben darf. Das sind nämlich eigentlich meine.« Leni schob die Unterlippe vor.

»Ach Leni.«

»Wenigstens den mit dem Schutzzauber, Mama.«

»Na gut. Und eine Nuckelflasche für deine Tina bekommst du auch.«

Der rotweiße Strampler fühlte sich weich an und duftete, als Leni ihn gegen ihre Wange drückte. »Du, Mama, ich hör die Vögel im Baum. Sie haben bestimmt Hunger.«

Mama kam ächzend auf die Beine, ging zur Verandatür

und schaute hinaus. Das Wetter war sonnig, aber es war immer noch eiskalt, und Veranda und Garten waren so tief eingeschneit, dass Leni bis über die Knie im Schnee versank, wenn sie hinausging.

»Du hast recht. Wir haben angefangen, sie zu füttern. Jetzt verlassen sie sich drauf.«

Leni trat neben Mama und schaute in die kahle Ulme, deren Zweige wie feuchte schwarze Finger über das Verandageländer griffen. Auf den Zweigen saßen Vögel.

»Das sind bestimmt hundert.«

»Hm, eher dreißig bis vierzig, schätze ich. Lauf runter und hol die Meisenknödel aus der Kammer. Weißt du, wo sie sind?«

Leni nahm die Treppe im Galopp. Als sie mit der Schachtel wieder ins Schlafzimmer kam, hatte Mama die Verandatür geöffnet, eisige Luft wehte ins Zimmer. Mama legte ein Brett diagonal über die Ecke des Verandageländers. Alle Vögel waren davongeflogen.

»Bring sie raus. Gib mir einen.«

Mama stieg in ihren Filzpantoffeln auf das Brett. Ihre nackten Fersen waren voller Hornhaut, und ihre Knöchel waren geschwollen. Leni hatte plötzlich ein klammes Gefühl in der Brust. Sie hörte das Blut in ihren Ohren pulsieren, und Kälte kroch unter ihr Nachthemd und biss ihr in die Beine.

»Papa hat aber verboten, dass du wo hochkletterst.«

Mama streckte eine Hand aus und spreizte die Finger. Leni hängte an jeden Finger einen Meisenknödel. Sie hatten das schon oft so gemacht.

»Ach, Papa. Ich weiß schon selbst, was ich darf und was nicht. Ich bin schließlich schon groß.«

Mama hängte die Meisenknödel wie Christbaumkugeln in die Ulme. Als sie die ersten fünf aufgehängt hatte, streckte sie wieder die Hand aus, und Leni hängte fünf neue Knödel an ihre Finger. Sie hörte den alten Bus, der die Straße heraufkam.

»Papa und Zicky kommen zurück.«

»Ach was, die sind doch gerade erst losgefahren. Gib mir den Rest auch noch.«

Während Mama sich in den Baum hinaufreckte, bog der Bus um die Ecke. Papa hatte ihn im Sommer gekauft. Er freute sich unheimlich auf das neue Kind. Ob er sich auf Leni auch so gefreut hatte? Und auf Zicky? Zicky war aus Berlin gekommen. Leni hatte noch nicht wirklich begriffen, wie ihr Papa zugleich auch Zickys Papa sein konnte und warum ihre Mama dann nicht auch Zickys Mama war. Leni winkte, als Zicky und Papa ausstiegen, aber die beiden beachteten sie gar nicht.

»Tara, bist du verrückt geworden?! Komm da runter!«

Zicky sagte nichts. Sie hielt zwei Windelpäckchen im Arm. Ihr Mund stand offen. Zicky sah so dumm aus mit ihren Pickeln und der langen Nase, und immerzu nur schwarze Kleider. Sie redete nicht mit Mama, weil Mama beim Aufräumen ihre Konzertkartensammlung weggeschmissen hatte. Auch die David-Bowie-Karte. Zicky hatte gesagt, es war das beste Konzert ihres Lebens. Die Leute auf der anderen Seite der Mauer hätten alle Lieder mitgesungen. Leni wusste zwar nicht, was für eine Mauer Zicky meinte, aber sie hatte begriffen, dass Mama Mist gebaut hatte.

Mama drehte sich erschrocken um, und Leni ahnte, dass sie Ärger bekommen würden. Mama versuchte, sich an den Zweigen der Ulme festzuhalten, aber sie waren zu dünn und rissen ab. Und dann war Mama weg.

Leni konnte hören, wie sie blutete. Sie wollte schreien, um das Blut zu übertönen, aber es kam kein Ton aus ihr heraus. Leni rannte zur Verandatreppe, hinunter zum Garten. Ihre Füße rutschten aus den Königinnenpantoffeln, der Schnee biss mit winzigen, scharfen Zähnen in ihre Füße. Papa und Zicky rannten auch, und Zicky schrie Leni an: »Bleib stehen, du Plage! Rühr dich nicht vom Fleck!«

Nur noch vier Stufen, dann wäre Leni um die Ecke gewesen, dann hätte sie Mama sehen können. Aber etwas in der Stimme ihrer Schwester ließ sie gehorchen. Sie blieb auch stehen, als Papa und Zicky Mama in den Bus trugen. Sie zogen eine rote Spur hinter sich her, die sich knisternd in den Schnee fraß. Leni hörte jedes einzelne Eiskristall in dem heißen Blut zerfallen, sie hörte das Schnaufen von Papa und Zickys Schluchzen, und sie hörte ihren eigenen Herzschlag. Noch lange nachdem das Motorengeräusch des Busses verklungen war, hörte sie ihren Herzschlag. Was sie nicht gehört hatte, war Mama. Von Mama hatte sie überhaupt nichts gehört.

◇◇◇

Die Gruben für die beiden Särge waren nicht tief. Wahrscheinlich hatten die Totengräber Stunden gebraucht, um die gefrorene Erde aufzuhacken. Zicky stand zwischen Papa und Leni und blinzelte ohne Unterbrechung, damit ihr die Augäpfel in der Kälte nicht einfroren. Leni heulte. Ihre erfrorenen Füße steckten in dicken Verbänden und in Taras Filzpantoffeln. Fünf Zehen hatten sie ihr insgesamt abgenommen. Zicky fühlte sich gegen ihren Willen schuldig. Papa starrte in die Luft. In seinem Bart glitzerten Eiskristalle, seine Augen waren trocken. Und Zicky sah immer wieder den Horrorfilm in ihrem Kopf, wieder und wieder. Sie zitterte seit Tagen. Sie zitterte, wenn sie sah, wie Tara auf dem wackeligen Brett stand, der Bauch schaukelte hin und her, sie hing halb im Baum. Zicky sah, wie sie schwitzte. Wie ein Schwein, trotz der Kälte.

»Mein Gott, sie hat doch schon Wehen«, hatte Papa geflüstert, bevor er sie angebrüllt hatte. Papa war so ein

Idiot. Aber sogar jeder Idiot wusste, dass man Leute nicht erschrecken darf, die gerade etwas Gefährliches machen.

Zicky hatte Tara nicht fallen gesehen. Sie starrte nur auf die Sense, die seit dem Herbst im Garten vor der Veranda lag. Die Papa die ganze Zeit nicht weggeräumt hatte. Weil im Winter ja doch niemand den Garten benutzte. Zicky hätte lieber in Berlin bleiben sollen, ohne ihn. Was hatte sie von ihm schon erwartet, nach allem, was gewesen war. Sie hätte sich schon durchgeschlagen.

Tara war mit Hals und Gesicht auf das nach oben gebogene Schnittblatt der Sense gefallen. Zicky hätte die Sense reinholen sollen.

Taras Auge war getroffen. Das Blut kam in kleinen Schüben aus ihrem Hals, während sie sie zum Bus trugen. Als Zicky eingestiegen war, hatte sie Leni auf der Verandatreppe stehen gesehen. Sie hatte wie ein Gespenst ausgesehen, weiß und durchsichtig.

Zicky wunderte sich, wieso der Sarg des Babys und Taras Sarg in zwei verschiedenen Gruben beigesetzt wurden. Sie wunderte sich, dass das Baby überhaupt einen eigenen Sarg brauchte. Schließlich war es bis vor zwei Tagen noch in Taras Bauch gewesen. Wenigstens hatte sie es nicht auch noch gebären müssen. Doch es würde sich bestimmt einsam fühlen, wenn es so allein begraben wurde. Zicky stellte sich vor, wie die Würmer kamen, wie das Fleisch sich auflösen würde, und immer hatte das Baby dabei die Augen offen. Es hatte gar nicht schrumpelig ausgesehen und sehr weiß. Ganz anders als das Kind, das man ihr weggenommen hatte. Und es hatte einen Zahn. Das war selten, sagte der Arzt. Papa hatte das Kind nicht sehen wollen. Zicky schon. Als sie es ansah, hätte sie am liebsten geweint. Es hätte leben wollen, das sah sie genau. Seine Augen waren immer wieder aufgegangen, wenn der Arzt sie zugedrückt hatte, ein paarmal hintereinander. Als ob es wenigstens einen Blick auf die Welt hatte werfen wollen.

Als Zicky und Leni in den kleinen Sarg geblickt hatten, der zwischen Blumen und Kerzen auf einem Tisch mit einer großen weißen Tischdecke stand, wie ein Festtagsbraten, dachte Zicky, da blickte das Baby sie schon wieder an, mit schwarzen, runden Augen.

Zicky wusste in diesem Moment, dass sie noch einmal ein Kind bekommen wollte. Ein richtiges diesmal, um das sie sich kümmern konnte. Sie ballte die Hände in den Taschen zu Fäusten, aber sie wusste, dass sie das Zittern jetzt nicht mehr verbergen konnte. Sie versuchte, ruhig zu atmen.

»Ich hab dir gesagt, sie ist in Gefahr. Hättest du besser auf sie aufgepasst.«

Die Stimme von Lenis Oma war leise und rau, aber sie trug weit in der kalten Luft, und nicht nur Papa hatte die Worte gehört, sondern jeder, der um das Grab herumstand.

Tara war ihre einzige Tochter, aber Lenis Oma wirkte seltsam gefasst. Sie sagte, sie habe gewusst, dass es so kommen würde. Der Geistliche sprach gegen den scharfen Wind an, der Schneekristalle in die Gesichter der Trauernden trieb. Er beeilte sich, Zicky hörte nicht zu. Dann warfen die Leute Erde und Blumen in die Gräber.

Als Leni dran war, zog sie einen rotweißen Strampler aus der Manteltasche und warf ihn in die Grube des Babys. Ihre Oma griff nach Lenis Unterarm. »Dummkopf! Du brauchst den doch dringender als das Baby.« Aber es war zu spät, der Strampler war weg.

Mit dem Fuß trat Zicky auf den Powerschalter ihres tragbaren Kassettenrekorders, den sie mitgebracht hatte. Bowies Version von *My Death* hallte blechern durch die kalte Luft. Zicky hätte nicht gewusst, wie sie Tara anders verabschieden sollte, und sie war überrascht, mit welcher Kraft Lenis Oma ihr ins Gesicht schlug.

»Mit so etwas macht man keine Späße, junge Dame.«

Zicky blieb stumm, aber das Zittern wurde stärker. Leni

klammerte sich schluchzend an Papas Jacke, doch Papa zeigte keine Regung. Als Leni immer heftiger an ihm zerrte, stieß er sie von sich, sie fiel in den Schnee.

Und Papa drehte sich um und ging weg.

»Der taugt nichts. Das hab ich von Anfang an gewusst«, sagte die Oma.

Zicky spürte, dass sie hier nichts mehr verloren hatte. Lenis Oma hasste Papa, und sie hatte recht. Und Leni war noch ein halbes Baby. Seltsamerweise hatte sie aufgehört zu weinen, als ihre Oma sie hinter sich her zum Ausgang zog.

Zicky folgte ihnen nicht. Sie hätte am liebsten alles in Stücke gerissen, und gleichzeitig fühlte sie sich seltsam leicht und frei. Es war vorbei. Sie würde sich um all das nie wieder kümmern müssen. Sie machte sich zu Fuß auf den Weg. Zurück nach Berlin.

///

Berlin, Hauptstraße 155, 08./09. Januar 2009

»Kommst du?«, fragte die Blondierte, die vor einer pinkfarben lackierten Tür am Ende des Flurs auf Leni wartete. Die Wohnung war groß, acht Türen hatte Leni gezählt. Über dem himbeerfarbenen Wandputz im Flur hingen Gemälde und Skizzen.

Zicky hatte schon als Jugendliche ihre Poster dicht an dicht bis hinauf an die Decke gehängt, aber hier war die Decke so hoch, dass man die oberen Bilderreihen nur noch mit einer Leiter hätte betrachten können. Leni entdeckte auch eine Fläche mit gerahmten Plattencovern, und sie sah eine großformatige Fotografie, auf der sich David Bowie über die Rückenlehne eines riesigen orangefarbenen Sofas hinweg dem Betrachter entgegenneigte. Als Leni genauer hinsah, erkannte sie die Täuschung: Jemand hatte sich ein Plattencover so vor das Gesicht gehalten, dass Cover und Körper exakt ineinander überzugehen schienen. Bowies Haare schwebten als orangefarbene Aureole um seinen Kopf. Zicky war also immer noch Fan. Wenigstens etwas, das von früher geblieben war.

Leni folgte der Blondierten in eine asymmetrisch geschnittene Wohnküche. Um den runden Tisch standen unterschiedliche Stühle, und es gab ein durchgesessenes Sofa mit einem Flachbildschirm an der Wand davor, einen Balkon zur Straße raus, ein Fenster zum Hof. Gegenüber der Tür war eine zweite Tür und rechts daneben eine selbst gezimmerte Küchenzeile. Alles war sehr aufgeräumt.

»Setz dich auf den roten Stuhl. Damit ich dich nicht umrenne. Kaffee?«

Leni gehorchte und schüttelte den Kopf.

»Ich hab schon lange nicht mehr geschlafen.«

Die Blonde nahm trotzdem eine Büchse aus dem Regal und füllte, ohne hinzusehen, Wasser in den Wasserkocher. Leni fiel auf, dass sie sich sehr aufrecht hielt und dass ihre Bewegungen leicht und schwebend wirkten, obwohl sie bestimmt ein Meter fünfundachtzig groß war und wenigstens neunzig wohlverteilte Kilo wog.

»Und du bist Zickys Schwester?«

»Halbschwester.«

»Sie hat nicht oft von dir gesprochen. Was ist zwischen euch vorgefallen?«

Leni zuckte die Achseln.

»Nichts. Sie ist weggegangen, als ich fünf war.«

In diesem Moment betrat Zicky die Küche.

»Na, petzt du schon? Das ist Olga, meine Lebensgefährtin. Olga, Leni.«

Zicky setzte sich rittlings auf einen pinkfarbenen Stuhl, der noch aus den Siebzigerjahren übrig geblieben sein musste. Sie strich mit der Hand liebevoll über die Stuhllehne. »Der ist von ihm.«

Leni nickte, ohne zu begreifen.

»Bowie.« Zicky klang beinahe traurig. »Er hat hier gewohnt.«

Zicky war immer noch ein Teenager, und Leni fühlte sich nach allem, was sie hinter sich hatte, mit einem Mal älter und erfahrener sie.

Damals in Island war Zicky überzeugt gewesen, dass sie ihren »Meister« eines Tages persönlich kennenlernen würde. Sie würde ihn treffen, sie würde mit ihm reden, er würde ihre Bilder mögen. Sie würde ihm eins schenken. Immer wieder hatte Zicky sich in solche Tagträume versponnen. Leni hatte nie jemanden verehrt, nie für jemanden gelebt. Außer für Magnus. Und das war ein Fehler gewesen.

Aber Zicky sah gut aus. Schlank, dunkel. Immer noch langnasig, aber gar nicht mehr pickelig. Sie sah edel aus. Wie eine Gräfin.

»Eins tiefer war das. Aber da wohnt jetzt eine Großfamilie aus dem Sudan oder Arabien oder so. Die lassen niemanden rein zum Gucken. Ich hab schon so viele Fans durchs Haus geführt, und dann stehen wir immer da vor der Tür.«

Der Wasserkocher schaltete sich aus, und Olga goss den Kaffee auf. Sie stellte die Kanne mit dem Filter oben drauf auf den Tisch und verteilte drei riesige blaue Thermobecher, die den Kaffee über Stunden heiß halten würden. »Ich bin jedenfalls froh, dass wir nicht unten wohnen. Ich dürfte wahrscheinlich nichts anfassen«, sagte sie. Sobald das leise Plätschern des durchlaufenden Kaffees verstummt war, nahm sie den Filter von der Kanne und schenkte ein.

Leni drehte ihren Becher zwischen den Händen. Von außen fühlte er sich ganz glatt und kühl an. Wie zu Hause die Tür zur Brennkammer. Außen kalt und innen verzehrende Hitze.

Zicky nahm einen Schluck und räusperte sich umständlich. »Okay. Kommen wir zur Sache. Wie hast du mich gefunden?«

»Das ist schon eine Weile her. Ich wollte dich zu meiner Hochzeit einladen. Ich habe dich gegoogelt und dein Restaurant gefunden. Das *Dunkel.* Klingt ziemlich cool, oder?«

»Eingeladen hast du mich aber nicht?«

»Du hättest niemanden gekannt«, sagte Leni und guckte in ihre Tasse.

Zicky schwieg, und Leni war unendlich müde.

»Keine Sorge, ich fall dir nicht zur Last, Zicky. Ich muss nur ein paar Nächte schlafen und mir ein paar Gedanken machen.«

Zicky nippte an ihrem Kaffee. »Versteh das nicht falsch, aber geht das nicht auch woanders? Was ist mit deiner Oma?«

Oma. Leni war mehrmals zu ihr gefahren, nachdem sie Magnus verlassen hatte. Aber das Haus war immer abgesperrt gewesen, und die alte Hexe hatte kein Telefon. Sie musste unbedingt Ben anrufen. Zur Not musste er nach Vík fahren und schauen, ob sie noch dort war. Leni zuckte die Achseln und rieb sich mit den Händen durchs Gesicht. »Ich hab einfach Pech gehabt. Ich musste weg.«

»Hört sich an, als ob du was ausgefressen hättest.«

Leni fühlte wieder die Angst in ihrer Brust, sie brauchte mehr Sauerstoff, wagte aber nicht, tiefer zu atmen. Sie zuckte erneut die Achseln.

»Und, kann ich bleiben?«

Zicky ließ sich Zeit mit der Antwort, aber dann sagte sie: »Du kannst fürs Erste das Gästezimmer haben. Für ein paar Tage. Komm.«

Von der Küche aus gesehen war es die erste Tür links, die in ein schmales Zimmer mit einem Fenster zum Hof führte. Vielleicht war es acht oder zehn Quadratmeter groß. Es war vollkommen schwarz gestrichen, der Teppich war rot, und die dicke Matratze, die direkt auf dem Boden unter dem Fenster lag, war mit dunkelroter Bettwäsche bezogen. Es gab einen Schreibtisch mit einem Armlehnenstuhl davor, der mit demselben goldroten Brokatstoff bezogen war, aus dem auch die Vorhänge geschneidert waren. Zicky ging durch das Zimmer, riss die Vorhänge zur Seite und öffnete das Fenster, um frische Nachtluft hereinzulassen. Ein kalter Luftstrom streifte Lenis Wangen, und sie lauschte dem Rauschen des schweren Stoffs und dem Klang der Straße, während sie sich umschaute.

Auch hier hingen die Wände voller Bilder. Es waren Bleistiftzeichnungen vom Haus, besonders das Treppenhaus schien es Zicky angetan zu haben, aber die Ansichten erschienen Leni verwirrend falsch. Die Treppen endeten im Nichts oder liefen in sich selbst zurück, und bei manchen konnte man nicht entscheiden, ob sie hinauf- oder hinabführten. Obwohl das Zimmer so klein war, wirkte es durch die Treppenbilder beinahe weitläufig.

»Sind die alle von dir?«

Zicky nickte. »Kennst du *Labyrinth*, den Film?«

Leni schüttelte den Kopf.

»Escher?«

»Nein.« Leni empfand die seltsame Mischung aus Kargheit und Pracht in diesem Zimmer als beruhigend. Hier hätten ihre Augen und ihr Geist genug zu tun, um die Gedanken auszusperren. Sie würde die Bleistiftlabyrinthe erforschen und sich dabei vorstellen, wie ihre Schritte von den Wänden der Treppenhäuser widerhallten. Sie würde zuhören, wie die Bettwäsche raschelte, wenn sie sich bewegte, und das wäre beruhigend, sodass der Schlaf sie bald finden würde. Leni atmete bewusst langsam und tief, als läge sie schon im Bett und wartete, dass er käme.

»Besonders gebildet bist du nicht. Brauchst du noch was?«

»Hast du vielleicht eine Zigarette?«

Zicky schüttelte den Kopf. Sie hatte sich lässig an den Türrahmen gelehnt.

»Nichtraucherwohnung. Handtücher findest du im Schrank vor dem Bad. Gleich neben der Tür.«

»Wo ist das Telefon?«

»Hast du kein Handy?«

Leni schüttelte den Kopf.

»Auch im Flur, an der Wand. Der antike Kasten mit der Wählscheibe.«

Zicky zog die Tür hinter sich zu, steckte den Kopf dann aber noch einmal herein.

»Ach so. Und wir halten penibel Ordnung hier. Alles ist immer an seinem Platz. Olga ist blind.«

Plötzlich fühlte Leni sich so bleischwer, dass sie sich kaum noch auf den Beinen halten konnte. Sie würde morgen bei Ben anrufen. Zicky schloss leise die Tür.

Der Anblick der edlen Bettwäsche ließ Leni vermuten, dass Zicky etwas dagegen hätte, wenn sie mit der schmutzigen Motorradjacke und den alten Jeans ins Bett stieg.

»Wie geht's eigentlich Papa?«

Zicky hatte die Tür noch einmal einen winzigen Spaltbreit geöffnet. Ihre Stimme klang dumpf. Papa. Irgendetwas in Leni hatte gehofft, dass sie ihn hier wiedersehen würde und dass er immer noch ihr Papa war. Nicht der, der sie wenige Wochen nach Mamas Tod bei Oma zurückgelassen hatte, sondern der, der sie immer noch lieb hatte.

»Er ist weggegangen. Wie du.«

»Oh. Das wusste ich nicht.«

Zicky schloss erneut die Tür, und nachdem Leni eine Weile gewartet hatte und sicher war, dass Zicky nicht noch einmal kommen würde, zog sie sich aus, ließ die nach altem Angstschweiß stinkende Kleidung liegen, wo sie hinfiel. Erst als sie vollkommen nackt war, legte sie sich zwischen die angenehm kühlen Laken. Sie schloss die Augen und wartete.

Es war ruhig im Haus, aber nicht vollkommen still. Leni nahm ein tiefes, andauerndes Hintergrundrauschen wahr. Das war die Großstadt. Aber da war noch etwas. Es schien aus dem Zimmer über ihr zu kommen. Etwas Rhythmisches, kaum langsamer als das Schlagen eines Herzens, das sie am Einschlafen hinderte, weil es den Rhythmus ihres Atems durcheinanderbrachte. In Lenis Kopf entstand eine schwerfällige Melodie, und sie dachte an Magnus, dem das Blut aus dem Mund lief. Vielleicht hatte er sich bloß auf die Zunge gebissen. Die Zunge blutet sehr stark, wenn sie verletzt wird. Wenn er noch lebte, würde er wütend sein.

Und der Schlaf wollte nicht kommen.

◇◇◇

Zicky nahm einen Schluck viel zu heißen Kaffees und verfluchte die letzte Nacht. Sie hatte sich hinreißen lassen, mit der Belegschaft anzustoßen, und aus einem Glas Sekt waren mehrere geworden, und dann wurde eine Flasche nach der anderen geöffnet. Wenn sie einmal mit dem Trinken begann, dann hatte sie es nicht mehr unter Kontrolle, und deswegen begann sie meistens erst gar nicht. Genau genommen hatte sie es nicht mehr begonnen, seit sie mit Jason das *Dunkel* eröffnet hatte und mit Olga zusammengekommen war. Vor sechseinhalb Jahren. Tja, das war wohl das verflixte siebte Jahr. Zicky fühlte immer noch Jasons Blicke in ihrem Gesicht. Ihr Geschäftspartner hatte dasselbe durchgemacht wie sie, und er achtete auf Zicky, auch wenn er das nie zugeben würde.

Jetzt war sie achtunddreißig. Jason und sie waren seit neunzehn Jahren beste Freunde. Damals, als sie noch auf der Straße waren, hatten sie es kurz miteinander versucht. Ein Grufti und ein abgehalfterter Punk, die Händchen haltend durch den Park flanierten. Mehr war nie passiert. Zicky hatte mit Sicherheit immer noch Alkohol im Blut.

Olga reichte ihr einen Teller mit gebutterten Brötchen, auf denen goldener Honig glänzte. Zicky frage sich, ob Olga die Ähnlichkeit zwischen ihr und Leni bemerken würde, wenn sie sehen könnte.

Als Leni noch ein Kind war, war es nicht so offensichtlich gewesen, aber als sie sie gestern auf der Straße gesehen hatte, da war es unverkennbar gewesen. Sie hatten dieselben Augen, denselben Mund. Aber Leni hatte die Stupsnase von Papa geerbt, und seine roten Locken. Leni war viel hübscher als sie und jünger. Zicky war einen Moment lang eifersüchtig.

Sie stand auf und ging um den Tisch, um Olga zu küssen, aber Olga schob sie weg. »Jetzt nicht. Die Wohnung ist doch voller Leute.«

Ja, die Wohnung war voller Leute, die sie alle nicht hergebeten hatte. Zicky setzte sich wieder und nahm einen großen Schluck Kaffee aus ihrem blauen Becher. Das Brennen in der Kehle machte sie endgültig wach. »Ich wecke mal den Jungen. Wir sollten ins Krankenhaus fahren.«

Nicky schlief immer noch genau so, wie Zicky ihn am frühen Morgen hingelegt hatte. Das war jetzt sieben Stunden her, und es war schon nach Mittag.

»Nicky.«

Der Junge regte sich nicht. Er sah wächsern aus, und plötzlich hatte Zicky Angst, er könnte tot sein. Sie rüttelte ihn. Nur sehr langsam kam Leben in das Kind. Als Nicky die Augen aufschlug, blickte er sich verwirrt um. Dann setzte er sich ruckartig auf.

»Mama?«

»Die ist noch im Krankenhaus, bei Sandra. Ich habe angerufen. Sie musste operiert werden. Um ehrlich zu sein, es geht ihr nicht so gut. Willst du sie besuchen?«

Der Junge nickte und rieb sich den Bauch. »Ich habe Hunger.«

»Willst du Honigbrötchen?«

Nicky schüttelte den Kopf. »Heißes Wasser hilft am besten.«

»Aber du musst doch was essen, Kind.« Zicky merkte, dass sie wie eine alte Tante klang. Sie selbst hatte auch nie viel gegessen.

»Ich kann doch nur Mamas Essen essen.«

Zicky seufzte. Sie wusste, dass der Junge unter Allergien

litt, aber sie fand, dass Ines es mit seiner Ernährung übertrieb.

»Und Tee mit Zucker? Fencheltee?«

Nicky schüttelte den Kopf. »Nur Wasser, bitte.«

Zicky holte ihm heißes Wasser aus dem Bad. Er stürzte es hinunter und gab ihr das Glas zurück. »Noch mehr, bitte.«

Der Junge tat Zicky leid. So klein und schon so verkorkst. Nach dem zweiten Glas rülpste Nicky und kicherte. »Lustig.«

»Fertig? Dann lass uns fahren.«

»Kann ich mitkommen?«

Leni stand in Tür und betrachtete Olgas aufwendige Musikanlage und das große CD-Regal. Sie sah zerzaust und übernächtigt aus.

»Ich hab seit drei Tagen nicht geschlafen. Vielleicht können die mir im Krankenhaus was verschreiben.«

»Wenn du versichert bist.«

Leni lächelte. »Ich beeile mich.«

Eine Minute später war sie wieder da, hatte sich eine Jeans und einen dicken Pullover übergezogen, eine Mütze auf die kurzen, rostroten Locken gedrückt und eine viel zu große Motorradjacke übergezogen. Die Kleidung war zerdrückt, und sie sah verloren und zerbrechlich darin aus.

Einen Moment lang wollte Zicky Leni in den Arm nehmen, aber das ging vorbei. Sie überlegte, ob sie Leni sympathisch fand, und nahm sich fest vor, sie zu fragen, wie es ihr ergangen war, mit echtem Interesse und Anteilnahme, wie es sich gehörte. Sobald sie diese Sache mit Sandra und Nicky hinter sich gebracht hätten.

◇◇◇

Kommissar Martin Friedemann trat ins Schwesternzimmer. Eigentlich hätte er sich um das Schulwegmonster kümmern sollen. Der Fall drohte ihm zu entgleiten, immer mehr Leute mischten mit, und in letzter Zeit zwang man ihm wieder mehr Kleinkram auf, so wie das hier.

An einem Resopaltisch saß die Frau vom Jugendamt, deren Namen er sich nicht merken konnte. Er wünschte, dass er ihr in diesem Jahr nicht mehr begegnen musste. Was höchst unrealistisch war bei den vielen Leuten, die regelmäßig ihre Kinder schlugen oder sie zu füttern vergaßen.

Die andere Frau musste Ines Schartmöller sein. Sie war klein und feist. Friedemann mochte keine fetten Frauen. Sie waren zügellos. Wer weiß, zu welchen Unkontrolliertheiten sie in der Lage waren. Fett war auf jeden Fall verdächtig. Abgesehen davon sind Hängebauch und Orangenhaut nicht gerade der Inbegriff von Erotik, dachte Friedemann, bevor er sich selbst zur Ordnung rief. Er hatte zu lange keine Frau gehabt. Jetzt fing er schon an, kleine fette Krankenschwestern abzuchecken.

Ines Schartmöller trug Arbeitskleidung. Einen weißen Kittel und eine blassblaue Haube.

»Frau Moggel, guten Tag.«

»Moddel. Hallo, Herr Friedemann.«

»Was dagegen, wenn ich mich dazusetze?«

Frau Schartmöller schien es egal zu sein, und ob es der Frau vom Jugendamt gefiel, war Friedemann gleich. Er zog Block und Stift aus der Hemdtasche, um sich Notizen zu machen.

»Also«, fuhr Frau Moddel fort, »wieso sperren Sie Ihr vierzehnjähriges Mädchen in ein Zimmer ein und lassen dann Ihren fünfjährigen Sohn mit ihr in der Wohnung zurück? Wer hätte denn dem Jungen helfen sollen, wenn etwas passiert wäre?«

Frau Schartmöller, die bisher mit ihren Fingern und der Tischplatte beschäftigt gewesen war, blickte Kommissar Friedemann plötzlich direkt ins Gesicht. In ihren Augen lag eine unerwartete Härte. Von Tränen keine Spur. Ihre Stimme klang gepresst.

»Weil das von der Presse so genannte Schulwegmonster immer noch frei herumläuft. Erst vor zwei Wochen ist wieder eine Kinderleiche gefunden worden. Auf der Brache bei den alten S-Bahn-Gleisen, ja?«

Friedemann kritzelte Pfeile und Kreise auf seinen Block. Was ein Psychologe wohl dazu sagen würde?

»Und weil ein vierzehnjähriges Mädchen sich nun einmal gerne nachts draußen herumtreibt und Alkohol trinkt, der aus unerfindlichen Gründen überall an Kinder verkauft wird. Vielleicht könnte die Polizei einmal in dieser Richtung aktiv werden? Und vielleicht fällt dem Jugendamt eine bessere Lösung ein, wenn eine alleinerziehende Mutter Nachtschicht hat? Zum Glück weiß wenigstens Nicky genau, wie er sich verhalten muss.«

Friedemann ließ die Kulimine in den Stift zurückschnappen. Das war sein Stichwort. »Wie erklären Sie sich dann, dass Ihr Sohn morgens um fünf Uhr auf der Straße herumläuft?«

»Vielleicht wollte er seiner Schwester helfen?« Frau Schartmöller legte ihr rundes Gesicht in die Hände. Ihre Härte löste sich auf. »Es tut mir ja auch leid, dass ich sie eingesperrt habe. Ich wollte sie nur schützen.«

Friedemann räusperte sich. Im Grunde gab es hier für ihn nichts zu tun. Aber es widerstrebte ihm, Frau Moddel das Feld zu überlassen. »Dennoch, Frau Schartmöller …« Plötzlich wurde die Tür zum Schwesternzimmer aufgerissen.

Der Junge, auf den die Rothaarige aufgepasst hatte, stürmte herein und warf sich in die Arme seiner Mutter. Sie drückte ihn an sich und fing augenblicklich zu schluchzen an. »Nicky. Hast du große Angst gehabt? Hat sich jemand um dich gekümmert?«

Nicky zeigte zur Tür. Dort standen Frau Kretschmar und

die Rothaarige. Leni hieß sie. Kommissar Friedemann lächelte. Sie sah müde aus.

Frau Schartmöller nahm sich zusammen. »Zicky, danke.«

»Schon gut. Wir mussten sowieso her. Meine Schwester hat ein Schlafproblem. Kommt ihr hier klar?«

Frau Schartmöller versuchte ein Lächeln und nickte.

»Mama, ich hab Bauchweh.«

»Natürlich, mein Schätzchen. Du musst halb verhungert sein!«

Kommissar Friedemann überlegte, unter welchem Vorwand er der Rothaarigen folgen könnte. Frau Schartmöller knöpfte ihren Kittel auf, hob das T-Shirt, fummelte an ihrem Büstenhalter herum. Ein Verschluss schnappte hörbar, und dann fiel eine große, faltige Brust auf Frau Schartmöllers Bauch hinab.

Friedemann stieß sich ruckartig vom Tisch ab, die Stuhlbeine schabten mit einem hässlichen Geräusch über den Linoleumboden. Er versuchte, möglichst beiläufig aufzustehen, damit man sein Entsetzen nicht bemerkte.

Der Junge legte sich wie ein Baby auf den Schoß seiner Mutter, schloss seinen Mund um Brustwarze und Warzenhof und begann mit großen, gierigen Schlucken zu trinken.

Kommissar Friedemann zog sich rückwärts aus dem Schwesternzimmer zurück. Wenn er Glück hatte, erwischte er die Rothaarige noch.

»Frau Schartmöller, wieso stillen Sie ein fünfjähriges Kind?«, fragte Frau Moddel streng.

»Sie können sich von jedem Kinderarzt bestätigen lassen, dass Muttermilch die beste Nahrung bei Allergien ist.«

Kommissar Friedemann wollte das lieber nicht so genau wissen, er zog entschlossen die Tür hinter sich zu. Frau Kretschmar und die Rothaarige waren nirgends mehr zu sehen. Aus dem Schwesternzimmer drang gedämpft die Stimme von Frau Moddel zu ihm heraus.

»Das Jugendamt wird die Umstände bei Ihnen in nächster Zeit überprüfen. Über Ihre Tochter entscheiden wir, wenn sich ihr Zustand stabilisiert hat.«

Kommissar Friedemann zog eine Marlboro Light aus seiner Jackentasche. Wenn er die Rothaargie fand, könnte er ihr eine Zigarette anbieten. Dass sie Raucherin war, wusste er ja schon.

Frau Moddel trat neben ihn auf den Flur. »Auf Wiedersehen«, sagte sie spitz und stöckelte den Gang hinunter. Ihre voluminöse Frisur hinterließ eine süße Wolke, die den Geruch nach Krankenhaus beinahe überdeckte.

»Tschüs, Hoppel«, murmelte Friedemann, steckte sich seine Zigarette in den Mund und machte sich auf den Weg zum Ausgang.

◇◇◇

»Ihr Blutdruck ist erhöht, und Sie haben auch erhöhte Leukozyten- und Ketonwerte. Ich würde Sie gerne stationär aufnehmen.«

Leni schüttelte den Kopf. »Nein, ich will viel lieber zu Hause schlafen. Ich schaffe das schon.«

Der junge Arzt sah ihr forschend ins Gesicht und überlegte unangenehm lange. Was, wenn er sie hierbehielte? Was, wenn man sie zum Reden zwingen würde?

»Bitte. Ich werde mich vorbildlich verhalten.«

»Na schön. Bevor Sie schlafen gehen, essen Sie eine Banane und ein paar Nüsse. Das entspannt.« Der junge Arzt ließ vier Tabletten in eine Papiertüte gleiten. »Das ist Zolpidem, zehn Milligramm. Die machen ziemlich matschig, nehmen Sie nie mehr als eine auf einmal.«

Viermal schlafen also. Leni nickte und nahm zwei Überweisungen entgegen.

»Eine zum Schlaflabor, eine zum Psychologen.«

Leni versprach, sich bei beiden vorzustellen, obwohl abzusehen war, dass sie es nicht tun würde. Sie wusste ja, warum sie nicht schlafen konnte, und sie wollte es vergessen, statt alles noch weiter aufzurühren. Das war die einzige Lösung für ihr Problem.

Vor dem Schwesternzimmer warteten Zicky, der Junge und seine Mutter bereits auf Leni.

»Ines, das ist meine Schwester Leni. Sie hat Nicky letzte Nacht im Treppenhaus aufgegabelt.«

»Hallo. Das war nett von Ihnen. Nicky sagt, Sie sind klasse.«

Leni lächelte. Mit der linken Hand befühlte sie das Briefchen mit den Tabletten in ihrer Hosentasche. Wenn sie nur erst wieder in ihrem schwarz-weiß-roten Übergangszuhause wäre und eine oder zwei von diesen Pillen nehmen könnte.

Vor einer Krankenzimmertür blieb Ines stehen. Sie atmete schwer.

»Sie hat einen Schädelbruch, und das Rückgrat ist angebrochen. Es ist noch nicht klar, ob sie wieder laufen kann. Sie haben sie noch in der Nacht operiert.«

Zicky legte Ines eine Hand auf den Arm. »Willst du lieber draußen warten?«

Ines nickte dankbar und beugte sich zu ihrem Sohn hinab.

»Macht es dir was aus, wenn ich nicht mit reingehe, Schätzchen? Mami ist ein bisschen müde jetzt.«

Nicky lächelte seine Mutter aufmunternd an, nahm Leni bei der Hand und zog sie hinter sich ins Krankenzimmer. Zicky folgte ihnen.

Das Mädchen lag schmal und blass in den Kissen. Blut und Kochsalzlösung liefen aus transparenten Beuteln in ihre Venen. Ihr Kopf war verbunden, und aus Nase und Mund führten Schläuche zu einem blinkenden und piependen Gerätewagen.

Sandra war hübsch, Ines musste auch einmal so ausgesehen haben, bevor sie so dick und erschöpft geworden war. Leni hörte Unregelmäßigkeiten in den Rhythmen der Geräte, die zu einer Phasenverschiebung der Geräusche führten. Sie ertappte sich dabei, wie sie die Melodie von *Every Breath You Take* dazu summte. Es war das einzige bisschen Musik, das Magnus mochte, der einzige Song, den er gelegentlich vor sich hin brummte. Erst in Reykjavík war Leni klar geworden, dass es kein Liebeslied, sondern das Lied eines Stalkers war. Leni nahm sich vor, sich diesen Effekt zu merken.

Nicky streichelte unendlich zart die Wange seiner großen Schwester. Ein Seitenblick zu Zicky zeigte Leni, dass diese sich ebenso unbehaglich fühlte wie sie selbst. Sie war blass und atmete flach.

»Ich muss mal aufs Klo.« Zicky verließ fluchtartig das Zimmer, und Leni setzte sich ans Fußende des Bettes.

Ein Aufschrei riss Leni aus den Armen des Schlafes, der endlich, endlich zu ihr gekommen war. Sie öffnete die Augen. Da war Nickys Gesicht. Seine Pupillen waren geweitet. Rote Flüssigkeit stieg durch einen kurzen Schlauch auf und färbte seine Lippen.

Leni richtete sich ruckartig auf. Sterne tanzten vor ihren Augen, und Übelkeit stieg in ihr auf, als sie begriff, dass Nicky an einer Blutkonserve saugte.

Mit zwei langen Schritten war Zicky bei dem Jungen, griff nach dem Beutel. Doch Nicky hielt den Beutel fest.

»Das ist meiner! Den hab ich mir genommen!«

Blut spritzte aus dem Schlauchanschluss über die Bettwäsche, als Zicky fester zupackte und dem Jungen den Beutel entwand. Er heulte wütend auf. Zicky stand mit ausgebreiteten Armen da. Blut tropfte von ihren Händen auf den Boden.

»Mann, Nicky!«

Nicky stampfte auf. »Aber Sandra darf auch welches haben!«

Zicky presste einen Fluch zwischen den Zähnen hervor und schmiss die Blutkonserve in den Mülleimer.

In dem Moment regte Sandra sich, die Anzeigen für Atmung und Herzschlag schlugen einen schnelleren Rhythmus an. Sie schlug die Augen auf.

»Zicky, schau!«

»Okay. Ich sehe es. Drück den Rufknopf. Da, am Kopfende. Und hilf mir, die Sauerei wegzumachen. Ich habe keine Lust darauf, dass uns gleich einer fragt, wie das passiert ist.«

Zicky warf Leni ein nasses Handtuch zu, mit dem sie den Boden sauber wischte, während Zicky Sandras Bettdecke umdrehte. Der Junge heulte immer noch, als Zicky ihm den Mund abwischte und ihn hinter sich her aus dem Krankenzimmer zerrte. »Komm, wir holen deine Mutter.«

»Mama hat gesagt, wenn ich gut esse, wächst mein Fuß nach.«

»Quatsch. Deine Mutter ist Krankenschwester. Die weiß, dass Füße nicht nachwachsen.«

»Hat sie aber doch gesagt!«

»Nicky, du hörst jetzt besser sofort mit der Flunkerei auf. Marsch!«

»Ich flunker nicht!«

Leni stand an Sandras Bett und hielt die Hand des Mädchens, das sie aus schreckgeweiteten Augen ansah, bis Zicky, der Junge, Ines und der Arzt, der Leni die Tabletten verschrieben hatte, wiederkamen.

Sandras Blick irrte von einem Gesicht zum andern, bis sie Ines fand.

»Mama.«

Ines lächelte.

»Ja, Schätzchen. Wie geht's dir denn?«

Sandra hatte Mühe beim Sprechen. »Gott war in meinem Zimmer, das Schwein.«

Ines machte beruhigende Geräusche.

Sandras Augen traten ein wenig aus dem Kopf hervor, und sie schnappte nach Luft. Der Arzt schob Ines zur Seite. Die Rhythmen von Atmung, Herzschlag und Gehirnströmen wurden unregelmäßig, und plötzlich fiel eine Kurve nach der anderen auf ihrem Gerätewagen zu einer flachen Linie ab.

Ines schrie und riss den Arzt am Arm. Obwohl sie Krankenschwester war, wirkte sie in diesem Moment völlig hilflos. »Machen Sie was!«

»Machen Sie die Tür auf!«

Leni gehorchte, und Ines und der Arzt schoben Sandras Bett im Laufschritt zur Tür hinaus. Sandra wurde weggebracht.

Nicky weinte, während Leni und Zicky ihn an den Händen hielten.

Leni, Zicky und der Junge warteten auf dem Parkplatz, Leni rauchte eine Zigarette nach der anderen. Es schien Stunden zu dauern, bis Ines endlich kam. Sie hatte die Krankenhauskleidung gegen einen türkisgrünen Jogginganzug ausgetauscht, unter dem sich ihre Speckrollen besonders deutlich abzeichneten. Sie fingerte sich im Haar herum, versuchte, es zu ordnen. Leni fiel auf, dass es schütter war und dass Ines tiefe Geheimratsecken hatte. Leni hatte mal gelesen, dass manchen Frauen vom Stillen die Haare ausfielen. Ines wirkte nervös.

»Dein Sohn hat vorhin übrigens einen ordentlichen Schluck aus einer Blutkonserve genommen.« Zickys Stimme klang betont lässig.

Reflexartig hob Ines die Hand zum Schlag. Sie hielt den Atem an, und Nicky sah sie an, als könnte er nicht glauben, dass sie ihn wirklich schlagen würde. Sie tat es auch nicht. Stattdessen griff sie mit beiden Händen die Schultern des Jungen und schüttelte ihn.

»Was fällt dir denn ein? Bist du von allen guten Geistern verlassen?«

Auf dem Rückweg saß Nicky eingeklemmt zwischen Leni und Ines auf dem Rücksitz von Zickys Wagen und schluchzte.

»Sandra ist tot«, hatte Ines gesagt. Mehr nicht. Sie weinte nicht, und die Erwachsenen schwiegen.

Leni stellte ihren Fuß absichtlich auf den linken Fuß des Jungen. Langsam erhöhte sie den Druck. Er hätte vor Schmerz schreien müssen, doch er reagierte gar nicht. Leni hätte gern gewusst, wie er seinen Fuß verloren hatte, der angeblich nachwachsen sollte.

Zu Hause versuchte Leni, Ben anzurufen, aber es ging niemand ran. Was, wenn etwas mit dem Baby war? Was, wenn sie wegen Leni nicht rechtzeitig ins Krankenhaus gekommen waren? Leni ließ es klingeln, bis das Besetztzeichen kam. Sie hörte es sich noch eine Weile an, ein absolut gleichmäßiger Beat. Man müsste das sampeln.

In ihrem Zimmer schluckte Leni zwei Zolpidem ohne Wasser und legte sich auf die Matratze. Ines war mit Nicky ein Stockwerk höher gegangen, und Olga und Zicky saßen in der Küche. Sie hörte Zickys Stimme, klar und scharf, die kurze Sätze zwischen Olgas fließende Wortmelodien warf. Olga lachte sanft und kehlig. Leni konnte nicht verstehen, worüber sie sprachen, aber ihre Stimmen gaben ihr das Gefühl, an einem warmen Ort angekommen zu sein, und beruhigten sie. Sie nahm sich vor, gleich morgen die CD-Sammlung zu erkunden, die sie im Wohnzimmer gesehen hatte.

Gestern Abend und heute hatte sie wieder die Musik

wahrgenommen, die in allen Dingen steckte. Als Kind hatte sie es gehört, und manchmal noch als Studentin, und dann lange Zeit nicht mehr, als ob Ohren und Geist verstopft gewesen seien. Aber jetzt war es wieder da. Und wieder war jemand gestorben. Vielleicht war das so. *When the music's over, turn out the lights.* Leni hatte schon immer eine Vorliebe für populäre Musik gehabt, auch am Musikdepartment der Kunsthochschule. Wie hatte sie nur freiwillig auf Musik verzichten können? Ob die Geräusche über ihr von Nicky und Ines kamen? Die Stimmen und das rhythmische Geklopfe begleiteten sie in den Schlaf, in dem ihr Vater herumspukte und seine Barthaare wie Basssaiten zupfte, während Blut aus seinen Augen tropfte.

Am nächsten Morgen waren die Geräusche über Lenis Zimmer verstummt.

IV

Berlin, Kleistpark und Hauptstraße 155, 10./11. Februar 2009

»Scheiße.«

Kommissar Friedemann schmiss das Telefon in die Ecke. Früher konnte man wenigstens noch den Hörer auf die Gabel knallen, aber voller Wut auf einen kleinen Knopf mit einem roten Telefonhörersymbol zu drücken war absurd. Wahrscheinlich hatte die fette Schartmöller vollkommen recht, ihre Kinder einzusperren.

Als Friedemann im Kleistpark ankam, war er durchgeschwitzt, obwohl er kaum zwei Minuten unterwegs gewesen war. Leiche Nummer sechs. In vier Monaten. Er verlor die Kontrolle. Oder besser: Er hatte sie nie gehabt. Diesmal war es ein kleiner Junge. Ein Hund hatte ihn aus dem halb gefrorenen Rindenmulch zwischen den Büschen ausgebuddelt.

Die Fundstelle wurde gerade abgesperrt und der Hundebesitzer psychologisch betreut.

Die Leiche war nackt. Dem Grad der Verwesung nach etwa vier Wochen alt, und es sah aus, als seien dem Jungen alle Knochen gebrochen worden, bevor er erwürgt worden war.

Das hier war eindeutig zu viel Realität für einen Dienstagmorgen. Vor allem, wenn es noch dunkel war. Aber es würde noch schlimmer werden, wenn die Eltern das Kind identifizieren mussten. In Momenten wie diesen war er froh, dass er keine Kinder hatte, und Friedemann überlegte nicht zum ersten Mal, ob er den Fall abgeben und sich versetzen lassen sollte. Andererseits, wenn er durchhielt, dann wäre er ein gemachter Mann.

Während die Spurensicherung mit der Fundstelle beschäftigt war, trat Friedemann von einem Bein aufs andere. Er hätte den Mann mit dem Hund befragen müssen, aber er hatte nicht die geringste Lust dazu. Der war sowieso völlig durch den Wind.

Friedemann beschloss, sich und dem armen Kerl noch eine Zigarettenlänge Zeit zu geben, setzte sich neben ihn und bot ihm eine an. Der Mann nahm sie und hustete, als Friedemann ihm Feuer gab. Er war offensichtlich Nichtraucher. Klar, ein Frühjogger. Die rauchten nie.

Während Friedemann inhalierte, beobachtete er eine junge Frau, die den Park durchqueren wollte und an der Absperrung aufgehalten wurde. An ihrem Handgelenk baumelte eine grüne Plastiktüte. Türkenfutter, dachte Friedemann. Er schüttelte den Kopf. Was trieb sich eine hübsche junge Frau um halb sechs Uhr morgens im Park herum, bei diesem ekelhaft nassen Wetter. Plötzlich wurde ihm klar, dass es sich um die Rothaarige handelte. Leni irgendwas. Draugur. Er hatte sie seit dem Morgen im Krankenhaus nicht mehr gesehen, und er hatte angenommen, dass sie wieder abgereist war.

Friedemanns Puls beschleunigte sich. Die Vorstellung, mit ihr zu reden, machte ihn nervös. Dabei hatte er einen sehr guten Grund, sie anzusprechen. Er ließ dem Mann mit dem Hund noch eine Zigarette da, klopfte ihm auf die Schulter und ging zielstrebig zu Leni hinüber.

»Guten Morgen.«

Leni lächelte müde. »Guten Morgen, Herr Kommissar.«

»Nennen Sie mich ruhig Martin.«

»Ihre Kollegen wollen mich nicht durchlassen. Könnten Sie ihnen sagen, dass ich da drüben wohne?«

»Das könnte ich, aber Sie dürften hier trotzdem nicht durch.«

»Oh. Können Sie nicht für mich bitte eine Ausnahme machen?«

Leni beherrschte die Kleinmädchennummer mit dem großen Augenaufschlag ziemlich gut, fand Friedemann. »Wenn Sie wollen, begleite ich Sie außen herum. Sie sollten nachts nicht allein herumstreunen. Diese Gegend ist nicht ganz ungefährlich.«

Leni winkte ab, unternahm aber auch nichts, als Friedemann sie begleitete.

»Nun?«, fragte Friedemann.

»Nun was?« Sie sah ihn durch ihre langen, dunkelroten Wimpern von unten her an.

»Warum laufen Sie nachts allein herum?«

»Geht Sie das was an?«

»Ich frage aus beruflichen Gründen.«

»Ein Verhör?«

Das war gar keine schlechte Idee, fand Friedemann. Wenn er sie verhörte, konnte er fragen, was er wollte. Und es wäre tatsächlich sinnvoll. Vielleicht hatte sie etwas Ungewöhnliches bemerkt.

»Ja.«

»Na schön, dann also die Wahrheit. Ich schlafe schlecht. Ich laufe nachts oft herum. Um müde zu werden.«

»Und was macht Sie so schlaflos?«

Leni zog die Schultern hoch. So wirkte sie noch schmaler, als sie ohnehin schon war. Friedemann überlegte, ob er straflos einen schützenden Arm um sie legen konnte.

»Ein Mann.«

Friedemann versuchte, seine Enttäuschung zu verbergen. »Haben Sie in den letzten Wochen etwas Ungewöhnliches bemerkt in Ihrer Umgebung?«

»Was meinen Sie?«

»Na ja …«

Leni blieb plötzlich stehen, stellte sich dicht vor Friedemann hin und sah ihn direkt an. »Wollen Sie mir helfen, dass ich wieder schlafen kann?« Ihre Hände nestelten an seiner Jacke.

Friedemann wurde sich seines Begehrens bewusst. Leni entsprach zu hundert Prozent seinem Frauenideal. Die Locken, die dunklen Augen, die schmale Figur. Sie war perfekt.

»Brauchen Sie wieder eine Zigarette?« Seine Stimme klang belegt.

»Nein, ich brauche was Härteres. Sie wissen, was ich meine.«

Friedemann räusperte sich. »Das ist am Ende aber nicht Ihr Gewerbe, oder?«

Lenis Lächeln verschwand, und sie zog sich einen halben Meter zurück. Friedemann tat seine Bemerkung sofort leid. Wenn er ein eindeutiges Angebot bekam, sollte er nicht lange nachfragen.

Er trat entschlossen einen Schritt auf sie zu. »Entschuldigung, es war nicht so gemeint. Ich würde Ihnen sehr gerne helfen.«

Leni lächelte und nahm ihn bei der Hand, zutraulich wie ein Kind. »Dann komm. Wir sind ja fast da. Ich hoffe, du bringst es.«

Friedemann liebte ihren Akzent. Er machte das Handy aus. Er würde es bringen. Und wie.

Zwei Stunden später lag Leni auf Friedemanns schmächtiger Brust und schlief, während er rauchte. Sie war laut gewesen. Wild, fordernd. Er wollte sanft zu ihr sein, aber sie hatte ihn herausgefordert, hatte ihn angespuckt und ihn ein mieses Schwein genannt, bis er ihr den Wunsch erfüllt und sie geschlagen hatte. Er hatte seine Hände in ihr Fleisch gegraben. Er hatte sie ins Gesicht geschlagen, hatte ihr brutal in die Scham gegriffen und sie in den Hintern gefickt.

Er hatte solche Dinge noch nie zuvor getan. Er hätte sie nicht einmal ausgesprochen. Sie hatte gewimmert vor Schmerz, und Friedemann war noch nie in seinem Leben so erregt gewesen.

Jetzt überlegte er, was von ihm erwartet wurde. Sollte er leise aufstehen, sich anziehen und gehen? Oder sollte er warten, bis sie aufwachte? Sollte er sich entschuldigen? Er wollte es. Es tat ihm leid. Er wollte kein Arschloch sein. Aber vielleicht würde sie ihn dann für einen Waschlappen halten.

Friedemann fischte nach seiner Hose, die neben der Matratze auf dem Boden lag. Bevor er sein Handy fand, ging die Tür auf, und Frau Kretschmar streckte ihren Kopf ins Zimmer und schnupperte.

Sie sah aus wie eine Ziege mit ihrem langen Gesicht und den grauen Strähnen im Haar. »Hier ist rauchen verboten.«

Friedemann drückte die Zigarette auf der Zeitschrift aus, die er als Aschenbecher benutzt hatte. »Tschuldigung«, flüsterte er, um Leni nicht zu wecken. Die Tür ging wieder zu.

Friedemann schob Leni sanft von sich hinunter, deckte ihre nackten Schultern und die kleinen Brüste zu. Ihre Brustwarzen hatten dieselbe Farbe wie ihr Haar.

Friedemann zog sich an. Dann riss er eine Seite aus der Zeitschrift und faltete einen Origami-Hund für Leni, auf dessen Ohren er seine Telefonnummer schrieb. Hoffentlich rief sie an.

Er schaute auf den Radiowecker. Kurz nach neun. Auf dem Revier würde man sich fragen, wo er steckte. Er konnte sagen, dass er einer Eingebung gefolgt und einer Spur nachgegangen sei, über die er aber noch nichts verraten könne. Das würde gut klingen. Geheimnisvoll und wichtig.

Auf dem Flur begegnete Friedemann Frau Kretschmar. Sie

trug Arbeitskleidung und schleppte zwei Farbeimer zur Tür und stellte sie dort ab.

»Gut, dass Sie aufstehen. Sie können mir helfen, die Sachen zum Auto runterzutragen.«

»Wenn ich Ihnen dafür ein paar Fragen stellen kann?«

Frau Kretschmar zuckte die Achseln. »Nehmen Sie den Werkzeugkasten, der wiegt eine Tonne.«

Das war nicht übertrieben. »Mein Gott, was haben Sie denn bloß damit vor?«

»Soll das eine Frage sein?«

»Nein.«

Friedemann hatte fragen wollen, ob Frau Kretschmar in letzter Zeit etwas Ungewöhnliches aufgefallen war, obwohl er wusste, dass er im Trüben fischte. Stattdessen folgte er einer Eingebung.

»Wissen Sie etwas über Frau Schartmöller? Ihr Sohn geht doch sicher auf diese Sonderschule in der Belziger Straße?«

Frau Kretschmar schüttelte den Kopf, während sie die Treppe hinuntergingen.

»Nein, er ist erstens noch nicht sechs und außerdem auch zu krank. Der Tod seiner Schwester macht ihm zu schaffen. Und dann hat er so viele Allergien, kann kaum was essen. Wieso fragen Sie?«

Friedemann ging im Kopf die vermissten Kinder der letzten Monate durch. Ein Junge war darunter, der auf die Sonderschule ging, geistig behindert. Er wurde normalerweise von einem Fahrdienst abgeholt. Aber diesmal war er allein losgezogen. Eine Mitschülerin hatte gesehen, wie er in die U-Bahn gestiegen war. Er war nicht wiederaufgetaucht. Friedemann seufzte. »Ich weiß auch nicht.«

Er und Frau Kretschmar schleppten Farbeimer und Werkzeugkasten aus dem Haus und durch die Hofeinfahrt zu einem kleinen, blauen Peugeot.

»Streichen Sie im *Dunkel*?«

Friedemann lachte über seinen eigenen Witz. Leni hatte ihm von Frau Kretschmars Restaurant erzählt. Sie war noch nie da gewesen, obwohl es gleich um die Ecke war, in der Bülowstraße. Sie hatte schreckliche Angst im Dunkeln, sagte sie.

Zicky ächzte und nickte.

Friedemann war verwirrt. »Aber im *Dunkel* sieht man doch eh nichts, das ist doch der Witz an der Sache, oder?«

»Wir streichen schwarz. Weniger Reflexionen.«

»Oh, klar.«

Zicky setzte die Farbeimer ab, öffnete den Kofferraum und lächelte ironisch. »Wenn Leni Sie eine Weile behält, können Sie ja mal zusammen vorbeikommen. Die Männer müssen ganz schön was abkönnen bei ihr, kann das sein?«

Friedemann fühlte sich unbehaglich. Sie waren tatsächlich sehr laut gewesen. Er half Frau Kretschmar, die Farbeimer und den Werkzeugkasten ins Auto zu stellen, und war froh, als sie einstieg und losfuhr.

Friedemann blickte sich um. Die Mülltonnen standen unordentlich in einer Ecke, Autos parkten hier, es gab eine weitere Durchfahrt zum Nachbarhaus und eine schmale Tür, die in ein zweites Treppenhaus führen musste. Die Fassade war noch schmutziger als an der Straßenseite. Und im zweiten Stock sah er eine kleine Wolke schwarzer Flecke unter einem Fenster. Brandflecke von Zigaretten. Das musste Lenis Zimmer sein.

Er wäre gerne noch geblieben. Aber jetzt musste er sich wohl oder übel mit dem Leichenfund von heute früh beschäftigen. Wenn es nichts entscheidend Neues von der Spurensicherung gab, dann hatten sie nach wie vor nicht die geringste Spur. Aber vielleicht hatte der Täter diesmal wenigstens ein paar Haare oder Hautschuppen hinterlassen. Bisher waren alle Leichen absolut clean gewesen.

◇◇◇

Es war schon später Nachmittag, als Leni aufwachte. Sie fühlte sich schmutzig, aber sie hatte zum ersten Mal seit Wochen richtig ausgeschlafen. Und zwar ohne die Zolpidem, die Ines ihr illegal aus dem Krankenhaus mitbrachte.

Sie bewegte sich probehalber und stellte fest, dass es wehtat. Ihre Leisten waren überdehnt, und ihr After brannte. Leni stöhnte. Aber es hatte geholfen, zu vergessen. War die Lösung ihrer Probleme wirklich so einfach, musste sie nur einen Bullen finden, der sie bestrafte? Leni lachte heiser. Sie hatte sich die Kehle wund geschrien.

Ben war immer noch sauer auf sie wegen des Wagens, Leni hatte ihm nicht erzählen wollen, was passiert war. Und er war auch sauer, weil sie ihm Zickys Telefonnummer nicht geben wollte. Aber er hatte trotzdem versprochen, nach Vík zu fahren und sich nach Oma zu erkundigen. Leni wühlte sich mühsam aus ihrer Decke. Es wurde Zeit, ihn anzurufen. Auch wenn sie Angst vor dem hatte, was er herausgefunden haben könnte.

Sie kam ächzend auf die Beine, als von irgendwoher tiefer, vibrierender Gesang ertönte. Eine weibliche Altstimme. Voll, weittragend, und irgendwas daran rührte sie beinahe zu Tränen, ohne dass sie hätte sagen können, was das war. Leni bekam Gänsehaut am ganzen Körper. Ohne weiter an ihre geschundenen Knochen zu denken, stand sie auf und ging dem Gesang auf Zehenspitzen nach, so als könnte sie ihn zerstören, wenn sie zu laut war. Es war keine geschlossene Melodie, es gab auch keine Worte. Stattdessen wurden immer wieder kleine, melancholische Klangfolgen variiert.

Leni fand Olga im Wohnzimmer. Sie hatte Kopfhörer aufgesetzt und saß aufrecht und mit geschlossenen Augen auf ihrem riesigen Sofa. Sie war vollkommen fokussiert, ihr stimmlicher Ausdruck perfekt. Leni unterdrückte ein Schluchzen, als sie begriff, wie unerreichbar weit fort Olga in ihrem Gesang war. Sie würde niemals auch nur in die Nähe ihrer

Fähigkeit zur Hingabe kommen. Auf der Kunsthochschule hätte ihr niemand mehr etwas beibringen können. In Lenis Kopf entstanden Melodien, die sich um die Gesangslinie herumwanden wie wilde, dunkelgrüne Ranken, und Worte, die dazugehörten. Ja, sie brauchte Musik. Sie musste unbedingt wieder Musik machen. Mit Olga. Sie würde ihre Sängerin sein. Leni biss sich auf die zitternde Hand, um nicht vor lauter Glück und Traurigkeit und Leichtigkeit laut loszuheulen.

»Was ist denn hier los?«

Leni fuhr herum. Zicky stand in der Tür, ihr Arbeitsanzug war mit schwarzer Farbe bekleckert, wie Teer. Zicky betrachtete Leni mit herabgezogenen Mundwinkeln. Sie war immer noch nackt, ihr Körper war noch immer von Gänsehaut bedeckt, und sie stand kaum einen Meter von Olga entfernt und hatte den Arm nach ihr ausgestreckt.

Wenn Zicky nicht in diesem Moment hereingekommen wäre, hätte Leni Olgas Lippen berührt, die diese unglaublichen Klänge artikulierten – und sie damit wahrscheinlich erschreckt. Leni war froh, dass Zicky da war. Olga sang weiter, mit geöffneten Augen jetzt, und trotzdem blicklos.

Leni richtete sich auf. »Ist dir klar, dass Olga eine großartige Stimme hat?« Sie war zu ihrer eigenen Überraschung wütend. Wie konnte Zicky es wagen, eine solche Stimme kellnern gehen zu lassen. »Hör sie dir an. Sie könnte ein Star sein!«

Zicky schnaubte, ging zu Olga hinüber und riss ihr die Kopfhörer von den Ohren. »Leni meint, du hast Starqualitäten.«

»Oh, hallo. Ich habe euch gar nicht gehört.«

Leni wandte sich an Olga. »Ist dir klar, dass du eine perfekte Altstimme hast? Marla Glen könnte sich bei dir eine Scheibe abschneiden!«

Olga lächelte. »Meinst du?«

»Absolut. Und ich kenn mich aus. Ich habe Musik studiert. Willst du mit mir Musik machen?«

Zicky lachte auf. »Das klingt ja wie ein Heiratsantrag.«

Leni rieb sich fröstelnd die Arme. »Ist es auch. In gewisser Weise. Wenn man zusammen Musik machen will, muss man sich aufeinander verlassen können. Natürlich brauchen wir ein paar Sachen.«

»Was denn?« Olga klang interessiert.

»Einen Computer, Sequenzer, Sampler, ein Keyboard. Damit kann man zumindest gute Dummys produzieren, die man dann später im Studio mit richtigen Musikern aufnehmen kann. Mikros und Ständer. Und eine echte Gitarre oder einen Bass mit Verstärker.« Leni ließ sich neben Olga aufs Sofa fallen und seufzte. »Aber leider hab ich kein Geld für so was.«

»Und wenn du welches hättest, dann solltest du es lieber mal in eine eigene Wohnung investieren statt in unprofessionelle Hausmusik.« Zicky stand mit verschränkten Armen vor dem Sofa.

»Ich finde die Idee gut.« Olga klang immer noch gelassen. »Was würde denn so was kosten?«

»Weiß ich nicht, ein paar Tausend vielleicht? Das kann ich recherchieren.«

»Gut. Vielleicht kann ich ja was beisteuern.«

»Kommt nicht infrage, sage ich.«

»Und wieso glaubst du, du könntest das entscheiden? Soll ich den Rest meines Lebens für dich kellnern?«

»Olga, das ist doch lächerlich. Da kommt irgendein Mädel, das mal Musik studiert hat, und sagt, dass du nett singst, und du träumst vom großen Erfolg?«

»Du scheinst nicht zu kapieren, dass Olga verdammt gut ist.«

»Ach Leni, halt dich doch da raus, ja?«

Leni wollte nicht streiten. Aber hier ging es um ihr ureigenes Terrain, und sie begann gerade erst, es zurückzuerobern. Sie würde es sich nicht noch einmal wegnehmen lassen. »Hast du etwa irgendeine Ahnung? Du hörst doch eh nur Bowie.«

Zicky wurde rot. »Und wenn. Der kann wenigstens wirklich singen. Und zieh dir endlich mal was an.«

Leni stand auf und stieß Zicky einen Finger vor die Brust. »Hey, du bist nicht meine Mutter!«

Sie hatte nicht schreien wollen, aber nun war es geschehen. Leni blickte auf ihre Hände und setzte sich wieder hin. Die Wut war plötzlich verraucht. »Vielleicht sollte ich wirklich ausziehen. War ja auch so abgemacht.«

Olga legte Leni eine Hand auf das nackte Bein. Die Hand war warm, beinahe heiß.

»Du bleibst, Leni. Die Wohnung gehört ebenso mir wie Zicky. Und ich will mit dir Musik machen. Aber vielleicht wird es Zeit, dass ihr ein paar Sachen klärt, du und Zicky?«

Zicky stand immer noch mit verschränkten Armen vor dem Sofa. Ihre Stimme klang hart.

»Immerhin habe ich dich aufgenommen, du zahlst keine Miete, du bläst ohne Unterbrechung Trübsal und bringst alles durcheinander. Du rauchst heimlich in der Wohnung.«

Leni sprach leise, fast zu sich selbst. »Du hast nie geschrieben, nie angerufen. Ich war allein. Erst Mama, dann du, dann Papa. Ich hatte nur Oma.«

Zicky starrte Leni an. Dann ließ sie die Arme fallen. »Ich weiß. Tut mir leid für dich.«

Leni schloss für einen Moment die Augen. »Es ist nicht nur das, weißt du. Es ist auch sonst ziemlich viel schiefgelaufen.« Leni nickte ein paarmal, wie um ihre letzten Worte zu bekräftigen.

Die Situation hier in diesem Berliner Wohnzimmer, nackt

auf dem Sofa, mit einer blinden Walküre zur Verteidigung an ihrer Seite und einer gräflichen Inquisitorin vor sich, erschien ihr plötzlich so falsch und fremdartig, dass sie nicht weiterzusprechen wagte. Dabei hätte es so gutgetan, alles loszuwerden, alles irgendwo hineinzugießen. Oder für immer zu vergraben.

»Ich werde mir eine Wohnung suchen.«

V

Vík, 14. März bis 03. Mai 2008

Leni unterschrieb den Lieferschein für die Lebensmittel mit ihrem neuen Namen. Draugur.

Es fühlte sich immer noch seltsam an. Der Lieferant bedankte sich und hielt seine Mütze fest, als er die steinernen Stufen hinab zu seinem Wagen rannte. Vík war grau und stürmisch um diese Jahreszeit, und Leni lauschte den Harmonien des Windes und der See. Sie liebte die unendlichen Variationen auf das immer gleiche Thema, Abschied und Wiederkehr. Die Spannung, wenn die Wellen anschwollen, die Erlösung, wenn sie brachen, die unvorhersehbaren Klangspitzen der Möwen und die Unmöglichkeit, einen Melodiefaden länger als ein oder zwei Takte lang zu verfolgen. Das Meer war ein Kontinuum, in dem man sich auflösen konnte, immer gleich und doch in jedem Moment anders. Leni hatte sich schon oft vorgestellt, wie sie die Musik des Meeres umsetzen könnte. Wenn sie das Studium nicht abgebrochen hätte, dann hätte sie das Thema als Grundlage für ihre Abschlusskomposition genommen. Aber das war jetzt vorbei.

Im Haus war es fast ebenso kalt wie draußen. Leni seufzte und schob die Pappkisten mit Mehl und Zucker mit dem Fuß über den steinernen Hallenboden. Die Plastikbänder, mit dem die Kisten verschlossen waren, erzeugten auf den Fliesen schabende Geräusche, die Leni eine Gänsehaut über den Rücken jagten. Nachdem sie die Einkäufe weggeräumt hatte, kümmerte sie sich um die Einäscherung des alten

Mannes, der morgen auf See bestattet werden sollte, falls es nicht zu stürmisch wurde. Magnus würde sich freuen, dass diese Arbeit schon erledigt war, wenn er nach Hause kam.

Die Totenhalle wurde niemals beheizt. Eine isolierte Stahltür schützte den Raum zusätzlich vor Wärme. Magnus war sparsam. Wozu in ein Kühlsystem investieren, wenn man in Island wohnte und die Leichen ohnehin bald verbrannt wurden? Und im Haus zog er lieber Stiefel und einen dritten Pullover an, als sein Geld zu verfeuern. Leni war es egal. Solange sie nur zusammen waren. Sie wuchtete mit geübten Griffen die Leiche in den Sarg, der bereits vor der Verbrennungskammer auf dem Rollband stand. Die bloßen Arme des Toten sahen zerbrechlich aus, wie trockenes Holz, und Leni schluckte ihr Mitleid hinunter, sie wusste nicht, ob mit dem Toten, mit seinen Kindern oder mit sich selbst. Obwohl sie höchstens noch vierzig Kilo wiegen konnte, war die Leiche schwer, und wäre sie nicht bereits steif gewesen, hätte Leni sie kaum allein bewegen können.

Leni sah zu, wie der Sarg in die Verbrennungskammer fuhr und die Tür sich hinter ihm senkte. Das Brüllen des Feuers machte ihr immer noch Angst. Sie wusste, dass das Haus nicht abbrennen würde, dass es sicher war. Aber sie schickten die Toten direkt in die Hölle. Leni legte die Hand auf die Kammertür. Von außen war sie ganz kühl. Sie war mehr mit den Toten als mit den Lebenden zusammen. Und Magnus redete auch kaum mehr als eine Leiche. Sie hatte Sehnsucht nach ihm, nach seinen schwieligen Händen, die sie spüren ließen, dass sie noch lebte.

Das Klingeln der Türglocke riss Leni aus ihren Gedanken. Sie erwartete niemanden. Silfur war längst nach New York abgereist, und Oma war im letzten Jahr alt geworden, sie machte den weiten Weg hier heraus nicht mehr ohne einen guten Grund. Außerdem mochte sie Magnus ebenso wenig, wie sie Papa gemocht hatte. Wahrscheinlich mochte Oma überhaupt keine Männer. Leni legte ihr Ohr an das dunkle Holz der Haustür. Magnus war dagegen, dass sie Fremden öffnete, und sie war nicht gut darin, Leute abzuwimmeln, wenn die Tür erst einmal offen war. Es klingelte ein zweites Mal, ein drittes Mal. Dann nicht mehr.

Nachdem Leni noch eine Weile gewartet hatte, hörte sie schwere Schuhe, die über den Kies in der Auffahrt knirschten. Sie öffnete die Tür einen Spaltbreit und spähte hinaus. In der ewigen Dämmerung erkannte sie einen alten Ford, einen breiten Rücken und blondes Haar darüber.

»Ben! Warte!«

Ben drehte sich um. Seine großen, weißen Zähne strahlten in der Dämmerung. In Lenis Brust löste sich der Knoten der Einsamkeit, der sich in den letzten Monaten unmerklich immer fester zusammengezogen hatte. Es kam ihr vor, als würde sie seit Langem zum ersten Mal wieder tief atmen.

»Ben!«

Ben rannte, und Leni fiel ihm um den Hals, als hätten sie sich ein Leben lang nicht mehr gesehen. Es kam Leni auch vor wie ein Leben. Dabei war gerade mal ein Jahr vergangen, seit sie die Kunsthochschule verlassen und Magnus geheiratet hatte.

»Ich hab dir schon hundert E-Mails geschrieben und zweihundertmal auf die Mailbox gesprochen. Warum antwortest du denn nicht? Ich hab mir Sorgen gemacht!«

Leni machte eine wegwerfende Handbewegung. »Magnus hat meinen Laptop runtergeschmissen. Ich bin noch nicht dazu gekommen, mir was Neues zu kaufen.«

»Und warum gehst du nicht ans Telefon?«

Leni spürte, wie sie rot wurde. Wie hätte sie Ben erklären können, dass Magnus alle Anrufe aufzeichnete? Wie hätte sie ihm erklären können, dass er sehr, sehr eifersüchtig war? Und irgendwie gefiel ihr das sogar. »Muss ich wohl immer gerade nicht gehört haben.« Magnus würde sie niemals verlassen.

»Und die Mailbox?«

»Komm rein. Magnus ist in Reykjavík.« Leni zog Ben hinter sich her. »Ich frage mich sowieso schon den ganzen Tag, wie ich die Zeit totschlagen soll.«

Leni führte Ben in die Küche im ersten Stock, wo es warm und halbwegs hell war. Man hatte von hier aus einen grandiosen Blick auf die bleigraue See unter dem schwarzblauen Himmel.

»Hm, hier riecht es aber gut.«

»Haferkekse. Willst du?«

Ben griff zu. »Ist alles in Ordnung bei euch, Leni?«

»Sicher, warum nicht?«

»Ich weiß nicht, du siehst abgespannt aus.«

Leni lächelte. »Schmecken die Kekse?«

»Prima.« Ben rückte sich einen Stuhl zurecht und setzte sich. »Leni, ich weiß, dass du mich verlassen hast und dass ich das eigentlich nicht tun müsste. Aber ich will dir seit Wochen was sagen.«

Ben wollte es möglichst schnell loswerden, das konnte Leni sehen, und sie fiel ihm ins Wort, damit er es nicht aussprechen musste. »Ich bin vergeben, Ben. Siehst du den Ring an meinem Finger?«

Ben nickte, ohne hinzusehen. »Ich auch, Leni. Hör zu, ich werde Vater. Und ich werde heiraten. Die Hochzeit ist im Mai. Es ist mir wichtig, dass du kommst.«

Leni hatte nicht damit gerechnet, dass es so wehtun würde. Sie hatte Ben immer ermutigt, sich jemanden zu suchen. Und jetzt konnte sie es kaum ertragen. Ihre Stimme zitterte, als sie sprach. »Wieso schickst du dann nicht einfach eine Einladungskarte?«

Ben fasste Leni am Arm und drehte sie zu sich herum. »Weil du keine E-Mails beantwortest, nicht ans Telefon gehst und weil dein Mann wahrscheinlich auch deine Post verbrennt. Darum, Leni.«

Leni riss sich los. »Was fällt dir eigentlich ein, so über Magnus zu reden!«

Ben sah Leni eindringlich an. »Ist es denn nicht so?«

Nur jetzt nicht heulen, dachte Leni und ließ sich auf einen Stuhl fallen. Wenn ich heule, dann denkt er, dass er recht hat oder sich um mich kümmern muss.

»Wann hast du zuletzt Musik gemacht?«

Leni zuckte die Achseln. »Ich habe ja sowieso keine Chance auf eine Karriere. Und außerdem habe ich jetzt Magnus, und wir wollen auch Kinder.«

»Und was hat das damit zu tun, ob du Musik machst?«

»Es lohnt sich halt nicht. Und Magnus mag es auch nicht.«

»Siehst du? Dieser Magnus ist ein Scheißkerl. Das hab ich gleich am ersten Abend gesehen, als er dich abgeschleppt hat. Ein totaler Macker.«

»Das sagst du nur, weil du ihn nicht kennst. Und weil ich mich für ihn entschieden habe, statt für dich.«

»Ja, am Anfang war das so, das gebe ich zu. Aber jetzt nicht mehr. Hast du denn wenigstens die Gitarre und den Bass noch?«

»Ja.«

»Komm, lass uns Musik machen.«

Wenn das Ben von Magnus ablenkte, war es Leni recht. Sie wollte mit ihm weder über Magnus noch über seine Freundin reden.

Ben sah sie traurig an. Leni stand auf und nahm ihn mit hinauf in ihr Schlafzimmer. Sie holten die Gitarre, den Bass und zwei Verstärker hinter einem Kleiderständer voller Jacken und Mäntel hervor. Die alte Motorradjacke von Lenis Papa fiel herunter, und sie roch daran, bevor sie sie wieder aufhängte. Nach all den Jahren schien sie immer noch nach ihm zu riechen.

Ein paar Minuten später bearbeiteten Leni und Ben die Saiten, schnell und brutal, genau wie früher. Sie hätten Islands härteste und beste Band werden können. Wenn sie weitergemacht hätten. Wenn Leni nicht ausgestiegen wäre. Leni genoss es, in die Saiten zu greifen, ihre Finger spielen zu lassen, und sie genoss das Gefühl, dass sie es immer noch konnte. Sie genoss die unartikulierten Schreie, die sie ausstieß, während Ben immer waghalsigere Bassläufe spielte, und sie genoss das ausgedehnte Solo, das sich unaufhaltsam auf den Höhepunkt zuarbeitete, bis sie es mit einem erschöpften Riff ausklingen ließ.

Nach einer Stunde waren sowohl Leni als auch Ben durchgeschwitzt, trotz der Kälte im Haus, ihre Gesichter glühten, und Leni hatte bereits all ihre Pullis ausgezogen. Leni schloss die Augen. Im Grunde war das hier körperlicher als Sex, es durchdrang jede Zelle, jeden Winkel, das Blut floss schneller, und Leni spürte, wie sehr sie es brauchte. Sie war eins mit sich und der Welt, eins mit Ben.

Als Leni die Augen wieder öffnete, sah sie Magnus. Sie schnappte nach Luft, beinahe hätte sie aufgeschrien. Magnus war wie ein Torpedo, hart, schnell und auf ein bewegliches Ziel programmiert. Er fragte nichts, sagte kein Wort.

Ben legte den Bass auf den Boden und streckte Magnus die Hand entgegen. Magnus schlug sie zur Seite und stieß Ben vor die Brust. Ben reagierte sofort, packte Magnus an den Unterarmen und versuchte, ihn auf Distanz zu halten. Es gelang ihm nicht. Magnus zerrte Ben hinter sich her auf die Treppe, die in die Halle hinunterführte.

Magnus würde versuchen, Ben hinunterzustoßen. Leni hörte das Schnaufen der beiden, das Knacken verdrehter Gliedmaßen, das Quietschen der Schuhsohlen auf dem kalten Steinfußboden, ihr eigenes Herz, das zu schnell schlug. Es roch nach Haferkeksen, Schweiß und Ozon. Leni hob die

Hände vors Gesicht und sprach in die Dunkelheit vor ihren Augen hinein: »Bitte, hört auf damit.«

»Halt dich da raus, du Drecksau!«

Leni erstarrte. Magnus hatte immer leise gesprochen, hatte niemals gebrüllt. Er war brutal, aber nur im Bett, wo sie es brauchte. Er war eifersüchtig und kontrollsüchtig, aber er hatte sie immer auf Händen getragen. Er hatte sie niemals beschimpft. Leni senkte die Hände und sah ihren Mann fassungslos an. Er starrte zurück, voller Hass.

Ben nutzte den Moment und löste sich aus der Umklammerung, fuhr blitzschnell herum und schlug Magnus ins Gesicht. Magnus' Kopf flog zur Seite, und etwas wurde über die Brüstung der Galerie nach unten in die Halle geschleudert, wo es mit kaltem Klappern auf die Steinfliesen fiel. Magnus hielt den Kopf gesenkt, die Faust an den Mund gepresst. Er bewegte sich nicht. Ben schüttelte seine schmerzende Hand aus und sah über die Brüstung nach unten.

Für ein paar Sekunden war es seltsam still. Dann fing Ben an zu lachen. Glucksend zuerst, dann immer lauter, bis es ihn vor Lachen schüttelte. Magnus ging mit steifen Schritten die Galerie entlang und durch die Tür zur Hintertreppe hinaus, die direkt an den Strand führte.

Auf den Fliesen der Halle lag eine weiße Zahnreihe, sauber und glänzend im Schein der elektrischen Beleuchtung. Leni musste an den Klavierbauer in Reykjavík denken, der immer kam, um in der Hochschule nach dem Rechten zu sehen. Die schwarzen Tasten fehlten. Wie gerne hätte sie einmal wieder Klavier gespielt.

Jetzt verstand Leni auch, warum Magnus sie nie richtig geküsst hatte, warum er frisches Obst und Gemüse verabscheute. Warum er nie bei ihr schlief und nach dem Sex immer hinüber in sein Zimmer ging, das außer ihm niemand betreten durfte. Darum also.

»Es ist besser, du kommst nicht wieder«, sagte sie.

Ben nickte. Zum Abschied drückte er seinen Mund auf Lenis. Sie gab nach, öffnete die Lippen.

Sie küssten sich, bis Ben stöhnte und sich von Leni löste. Dann ging er, ohne sich umzusehen.

In dieser Nacht war Magnus so brutal wie nie zuvor, und Leni flehte zum ersten Mal um Gnade.

Gut sieben Wochen später, Leni hatte bereits geschlafen, stand er erneut mit dem Ghettoblaster vor ihrem Bett.

»Bitte, heute nicht, Magnus. Ich bin so furchtbar müde.«

»Meine Frau wird mir nicht mein Recht verweigern. Mach schon, anschließen.«

Leni gehorchte. Sie wusste, dass es sonst nur schlimmer würde. Sie trug nur ein Nachthemd und würde frieren, aber sie stand auf und steckte das Kabel in die Steckdose. Sie biss die Zähne zusammen, drehte den Lautstärkeregler ganz auf und drückte auf Play. Der Lärm war körperlich schmerzhaft, er drang in jede Zelle, rüttelte ihre Knochen durch, und Leni wusste, dass er auf Dauer ihrem Gehör schaden würde.

Magnus spielte bei seinen demütigenden Quälereien seit Wochen dieselbe Country-CD ab. Um ihr die Musik auszutreiben, wie er sagte. Er wusste nicht, dass sie beinahe jede Musik liebte. Außer Western und Country. Den musste er ihr nicht erst austreiben. Schlimmer waren die anderen Dinge, die er mit ihr machte. Er ließ sie dürsten, bis sie seine Pisse trank. Er zwang sie, die ganze Nacht strammzustehen.

Magnus ging hinaus und kam mit einem Klistier wieder, der bis zum Rand mit einer dampfenden, dunklen Flüssigkeit gefüllt war. Leni schüttelte den Kopf.

»Ein guter, heißer Grog, schön stark. Das hat bisher jeden Seemann wieder aufgerichtet, oder? Und dir wird er helfen, dich von deinen bösen Gedanken zu reinigen. Auf alle viere.«

Leni schüttelte den Kopf. Irgendwann würde er sie umbringen. Magnus packte sie am Arm und schmiss sie auf den Boden. Leni schluchzte, als Magnus ihre Hände an das eiskalte Heizungsrohr am Boden fesselte.

»Magnus, bitte nicht.« Sie musste brüllen, um sich verständlich zu machen.

»Halts Maul.«

»Du wirst es töten.«

Magnus trat ihr in den Hintern, Lenis Kopf flog gegen die Heizung. »Schnauze!«

»Ich werde dein Kind verlieren!«

Magnus hielt inne. Dann drehte er die Musik aus.

»Was?«

Leni schluchzte. Sie hatte heute Morgen den Test gemacht, nachdem sie zwei Wochen überfällig gewesen war. Seitdem wusste sie nicht, ob sie sich freuen oder verzweifeln sollte. Wie sollte ein Kind mit einem solchen Vater gedeihen? Wenn sie das Kind behielt, musste sie von Magnus weg. Aber wo sollte sie hin, was konnte sie tun? Sie hatte es ihm nicht sagen wollen, um sich selbst Bedenkzeit zu geben. Nun war es zu spät.

»Ich bin schwanger. Du wirst Vater, Magnus.«

Leni hörte die Federn quietschen, als Magnus sich auf ihr Bett setzte. Sehen konnte sie ihn nicht, weil es hinter ihr stand. Magnus schwieg.

Nach einer Ewigkeit, wie es Leni vorkam, stand er auf und machte sie los. Er nahm ihr Kinn in die Hand und sah sie an. Tränen glänzten in seinen Augen, und er lächelte.

»Mein kleines Wunder. In deinem Bauch, ja?«

Plötzlich wurde Leni von unkontrollierbarem Weinen durchgeschüttelt. Sie nickte, und Magnus nahm sie in die Arme. »Mein kleines Wunder. Verzeih mir. Es tut mir so leid.«

Vielleicht würde jetzt alles gut werden. Vielleicht würde

er zur Vernunft kommen. Leni lehnte sich erleichtert an Magnus' Brust.

»Wir werden jetzt gut für dich sorgen und gut auf dich aufpassen. Hast du Hunger?«

Leni schüttelte den Kopf.

»Du musst aber essen. Das Kind braucht das jetzt.« Magnus setzte Leni sanft aufs Bett. »Warte hier.«

Eine Viertelstunde später kam er mit Rühreiern und einem Glas Milch zurück. »Hier, das gibt Kraft. Du bist viel zu dünn, um mein Kind auszutragen.«

Leni gelang ein kleines Lächeln. »Gut, ich versuche es.«

»So ist es brav. Und dann schläfst du dich gut aus. Und ich fahre gleich morgen früh in die Stadt und besorge dir etwas Schönes.«

»Was denn?«

»Du darfst dir alles wünschen, was du möchtest.«

»Ich weiß nicht.«

Magnus setzte sich neben Leni und tätschelte ihr die Wange. »Mir fällt schon was ein.«

Dann wartete er, bis sie aufgegessen hatte, nahm das Geschirr und sagte Gute Nacht.

Als Magnus die Tür hinter sich zuzog, fühlte Leni sich beinahe wohl. Wenn er bei Verstand blieb, dann konnte alles wieder gut werden, und sie würde ihm verzeihen. Vielleicht würde sie sogar lernen, ihn zu lieben.

Leni beschloss, einen Spaziergang am Meer zu machen. Allein und möglichst ausgedehnt. Das Essen lag ihr wie ein Stein im Magen, und ein paar Schritte am Wasser waren das beste Mittel, um einen klaren Kopf zu bekommen. Sie zog sich warm an und drückte auf die Türklinke. Es war abgeschlossen. Leni stürzte ins Bad neben ihrem Zimmer und erbrach Eier und Milch.

VI

Berlin, 02. April 2009

Genau genommen war der Job zum Kotzen. Jeden Tag musste Leni zehn- oder zwölfmal immer wieder dieselben Arbeiten korrigieren. Grammatiktests, Vokabeln, Übersetzungen vom Deutschen ins Isländische. Aber die Fernuni bezahlte nicht allzu schlecht, und sie konnte die Arbeit im Internetcafé machen. Da hatte sie Ruhe und fühlte sich gleichzeitig nicht so einsam. Für einen eigenen Computer reichte das Geld noch nicht. Sie sparte, um sich eine Wohnung einrichten zu können. Leni sah auf die Uhr. Noch zwei Stunden, dann hatte sie einen Besichtigungstermin in Kreuzberg. Noch zwei Stunden Vokabeln abhaken. Leni legte für einen Moment den Kopf auf den Tisch und lauschte den gedämpften Gesprächen, dem Fauchen der Kaffeemaschine und dem Tastaturgeklapper um sich herum. Dann richtete sie sich ruckartig auf, packte ihre Unterlagen zusammen, bezahlte und ging zur U-Bahn.

An der Gneisenaustraße stieg sie aus und lief den Rest zu Fuß. Sie hatte noch viel Zeit, blieb bei einem Comicladen stehen, erkundete eine Markthalle. Die Gegend erschien ihr angenehm, und es würde guttun, aus der Hauptstraße fortzukommen. Sie und Zicky kamen einfach nicht miteinander klar, und Ines' und Nickys Probleme drückten ebenso auf ihre Stimmung wie ihre eigene, immer noch allgegenwärtige Angst.

Es würde guttun, auf neutralem Terrain noch einmal von vorn anzufangen. Dann würde sie es vielleicht auch schaffen, sich richtig um die Sache mit Oma zu kümmern. Lenis Herz zog sich zusammen. Sie hatte seit mindestens drei Wochen nicht mehr bei Ben angerufen. Sie stand fast täglich vor dem schwarzen Telefon an Zickys himbeerfarbener Wand und ging im Geiste seine Nummer durch. Manchmal hob sie auch ab und wählte, ließ den Hörer dann aber immer wieder fallen. Das Klappern, mit dem er auf die Gabel fiel, klang wie trockenes Holz oder Knochen. Oma war nun schon so lange verschwunden. Es wäre beinahe eine Erleichterung zu erfahren, dass sie tot war. Das wäre besser als diese ewige Ungewissheit.

Lenis Blick fiel auf das Schaufenster eines Musikfachgeschäfts. Vintage Music. Es war voller alter Musikinstrumente und Noten, aber es gab auch modernste Technologie. Leni sah auf die Uhr. Sie hatte immer noch zwanzig Minuten Zeit. Sie würde in das Geschäft hineingehen. Nur ganz kurz.

Eine gute Stunde später verließ Leni den Laden wieder. In zwei dicken Einkaufstüten hatte sie einen Digitalrecorder für fast sechshundert Euro mit einer Audioauflösung von vierundzwanzig Bit bei sechsundneunzig Kilohertz. Mehr gab eine professionelle Soundkarte auch nicht her. Dann diverse Mikrofone, Equalizer, Compressor, Gate, ein MIDI-Interface und zwei verschiedene Sequencer zur Wellenbearbeitung von Sounds. Dazu brauchte sie unbedingt noch einen Sampler, damit sie nicht nur die vorgefertigten Sounds benutzen konnte, sie hatte sich für einen HALion entschieden. Und zuletzt hatte sie noch ein altes Glockenspiel auf den Ladentisch gelegt. Das beruhigte die Nerven. Sie würde es für ein Stück benutzen, das sie *Kleines Wunder* nennen wollte. Etwas Naives, Hübsches, voller perlender Melodien und Gelächter, das von schleichender Brutalität unterspült werden würde. Sie stellte sich vor, wie sie die Brutalität unter eine Art akustisches Mikroskop legen und immer näher heranholen würde, bis sie das ganze Gehör ausfüllte. Und sie brauchte Boxen, ein Keyboard, ein kleines Mischpult, einen mit extra viel RAM und Audiokarte aufgerüsteten Computer, einen E-Bass und einen Verstärker. Aber das würde alles direkt in die Hauptstraße geliefert werden, das war zu viel und zu schwer, um es selbst zu transportieren.

Leni grinste hilflos, als sie die Rechnung unterschrieb. Mit ihrem Job an der Fernuni würde es vier Jahre dauern, die Raten abzuzahlen. Wenn sie bei Olga und Zicky blieb und nicht allzu viel Miete zahlen musste. An einen Umzug war vorerst nicht zu denken. Aber für den Besichtigungstermin war es jetzt ohnehin zu spät. Leni trat aus dem Geschäft auf die Straße und stellte fest, dass sie nicht einmal mehr genügend Geld in der Tasche hatte, um mit der U-Bahn zurück zum Kleistpark zu fahren.

Plötzlich hatte sie einen Kloß im Hals, und gleichzeitig flatterte ihr Puls vor Aufregung. Zicky würde nicht begeistert sein. Ganz und gar nicht. Und was, wenn sie mit diesen Profigeräten gar nicht richtig umgehen konnte? Wenn sie wie ein dummer Anfänger dasitzen würde? Sie kannte sich nur sehr theoretisch mit der Produktion von Musik aus. Hoffentlich würde Olga hinter ihr stehen. Vielleicht gab sie ihr sogar etwas Geld dazu. Obwohl sie als Kellnerin sicher auch nicht gerade üppig verdiente. Zicky war diejenige mit dem Geld, das *Dunkel* warf beste Umsätze ab. Aber trotzdem jammerte sie immer, dass es hinten und vorn nicht reichte. Sie hatten seit dem Zusammentreffen im Wohnzimmer nicht wieder über das Thema Musik gesprochen.

Während Leni sich eine Strategie zurechtlegte, wie sie es Zicky am besten beibringen konnte, kam sie an türkischen Gemüsegeschäften, indischen Möbelläden, französischen Weingeschäften, Off-Plattenläden und Souterrain-Trödlern vorbei. Und mit jedem Schritt fühlte sie sich schlechter.

Diese Gegend gefiel ihr. Sie hätte gerne hier gewohnt. Es

war idiotisch, Geld auszugeben, das sie gar nicht hatte. Und es war dumm, weiter auf Zicky angewiesen zu sein. Zicky hatte deutlich gemacht, dass sie keinen Wert darauf legte, Leni Teil ihres Lebens werden zu lassen.

Kurz hinter dem S-Bahnhof Yorckstraße wurde es voller, irgendeine Veranstaltung trieb die Menschen Richtung Bahn. Und plötzlich sah Leni ihn. Er wurde wieder von der Menge verschluckt, aber sie war sich ganz sicher. Er hatte ihr direkt in die Augen gesehen, und sofort war das wölfische Grinsen in seinem Gesicht erschienen. Er hatte sie erkannt, er war auf der Suche nach ihr. Wie hatte Leni nur glauben können, dass er tot war?

Leni drehte sich um und ging schneller. Vielleicht konnte sie untertauchen. Als sie sich umblickte, sah sie ihn erneut. Er hatte seinen Arm um eine fremde Frau gelegt, beiläufig, als wäre es das Normalste der Welt, aber das diente sicher nur zur Tarnung. Und wieder sah er ihr unverwandt ins Gesicht, die Zähne blitzten auf.

Leni zögerte nicht weiter. Sie rannte los, die Treppen zur S-Bahn hinauf, eine Bahn stand bereit, das Signal zum Türenschließen ertönte, Leni sprintete die Stufen hinauf und zwängte sich im letzten Moment durch eine sich schließende Tür. Eine der Tüten mit den neuen Geräten hing noch draußen, als die Bahn anfuhr. Lenis Arm war gefangen.

Im Vorbeifahren sah sie Magnus, der mit der fremden Frau auf dem Bahnsteig stand und fluchte. Es kam ihr vor, als sei er gewachsen, und die Form der Nase stimmte auch nicht ganz. Sie hatte sich geirrt. Leni wurde von einem erleichterten Schluchzen geschüttelt.

»Die Fahrkarten, bitte.«

Die Stimme hinter ihr war brüchig, und als Leni sich umwandte, sah sie, dass sie zu einem älteren Herrn gehörte. Sie wusste, dass sie ihn kannte, konnte ihn aber nicht einordnen. Leni war sich nicht sicher, ob sie langsam verrückt wurde. Vielleicht sollte sie aufhören, Ines' Tabletten zu nehmen.

Der Kontrolleur zeigte seine Dienstmarke vor, und die Fahrgäste zückten ihre Karten. Leni hatte keine Fahrkarte, und ein etwa siebenjähriges Mädchen mit blondem Haar ebenfalls nicht.

»Wie heißt du denn?«

»Lisa Gesell.«

»Du musst leider mit aussteigen, und ich muss dich aufschreiben.«

In Lisas Augen funkelten Tränen, aber sie fügte sich. Der Kontrolleur wandte sich zu Leni um.

»Und Sie brauche ich nicht aufzuschreiben, ich weiß ja, wo Sie wohnen.«

Die Bahn hielt, die Türen öffneten sich und gaben Lenis Tüte frei. Leni ließ den Arm sinken. Sie war irritiert und folgte dem Kontrolleur und dem Mädchen namens Lisa auf den Bahnsteig. Der Kontrolleur drehte sich um.

»Sie müssen nicht mit aussteigen.«

»Ich muss hier sowieso raus.«

»Ach so.«

Wieso wusste der Kontrolleur, wo Leni wohnte? Woher kannten sie sich? Dann fiel es Leni ein: Er war der Nachbar, der aus der Toreinfahrt gekommen war, damals, als Sandra abgestürzt war. Es war nett, dass er sie laufen ließ. Leni bedauerte einmal mehr, dass sie ihr gesamtes Geld ausgegeben hatte. Sie hätte gerne die Strafe für das kleine Mädchen ausgelegt. Es sah verängstigt und unglücklich aus. Der Nachbar sah Leni an und schien zu warten, dass sie sich entfernte.

»Na dann. Auf Wiedersehen.«

Leni ging Richtung Ausgang, sah sich aber noch einmal um. Der Kontrolleur ging mit dem Mädchen zum anderen Ausgang und verschwand. Von Weitem sahen sie aus wie ein Großvater mit seiner Enkeltochter.

Als Leni nach Hause kam, war Zicky zu ihrer Erleichterung nicht da. Nur Olga hockte auf allen vieren in ihrem Ankleidezimmer, das neben Lenis Schlafzimmer war, und tastete suchend umher.

»Mist, ich kann meine Jadekette nicht finden. Hast du sie gesehen?«, fragte Olga, während sie Leni ihr Hinterteil entgegenreckte. Das Ankleidezimmer war chaotisch, ganz anders als der Rest der Wohnung, und Leni fragte sich, ob die penible Ordnung, die sie einhielten, wirklich wegen Olga war oder ob sie eher Zickys Bedürfnis entsprach. Andererseits, in Olgas Ankleidezimmer hielt sich nur Olga auf. Niemand nahm etwas in die Hand und legte es an einen anderen Platz. Olga hatte ihre eigene Ordnung.

»Komm doch mal mit ins Wohnzimmer, Olga. Ich muss dir was zeigen«, sagte Leni mit belegter Stimme.

Olgas Begeisterung zerstreute sofort all ihre Zweifel. Olga konnte so leidenschaftlich sein, und sie war immer aufrichtig. Sie hatte bei der Aussicht auf professionelle Hausmusik ihre Jadekette sofort vergessen und ließ sich von Leni in allen Details erklären, wie man einen Song komponierte und produzierte. Wenn Zicky nicht so eifersüchtig gewesen wäre, dann wäre Leni gerne mit Olga befreundet gewesen. Sie hatte das Gefühl, mit Olga könnte sie über alles reden. Vielleicht sogar über das, was in Vík und in diesem Parkhaus geschehen war. Über das, wovor sie davonlief. Aber nicht heute. Heute ging es um Musik. Heute ging es darum, wo sie hinwollte, und Leni rüstete den Computer im Wohnzimmer auf und steckte alles zusammen, was sie mitgebracht hatte. Sie würden sofort beginnen, bevor Olgas Überschwang – oder ihr eigener – wieder verebbte. Bevor sie wieder Zweifel oder Angst beschlichen. Bevor Zicky nach Hause kam.

Leni sprach schnell. »Meine Oma kannte noch rituelle Gesänge, und ich möchte eine ähnliche Stimmung erzeugen.

Etwas Treibendes, Bedrohliches, das aber zugleich von einer tiefen Schönheit getragen ist. Verstehst du ungefähr, was ich meine?«

Olga nickte ohne Unterbrechung.

»Hier, das ist ein Mikro.«

In dem Moment, als sie es Olga in die Hand gab, hörte Leni die Haustür klappen. Ihr Herz schlug noch schneller als ohnehin schon, und eine Minute später gesellten sich Zicky und der Junge zu Leni und Olga ins Wohnzimmer. Wenn Ines an Sandras Grab ging, dann nahm Zicky oft den Jungen. Er ertrug das hilflose Weinen seiner Mutter nicht. Zicky grüßte nicht, aber sie hatte die Stirn in skeptische Falten gelegt, und Nicky hielt ein Weizenglas in beiden Händen, das bis oben mit einem rosafarbenen, schaumigen Shake gefüllt war. In der dicken Flüssigkeit standen ein Strohhalm und ein Papierschirm. Ines' neuestes Animationsprogramm, vermutete Leni.

Olga befeuchtete ihre Lippen mit der Zunge. »Und jetzt soll ich einfach drauflossingen?«

»Ja, genau. Einfach, was dir einfällt. Ich nehme alles auf, und dann schauen wir mal.«

»Ich dachte, du guckst dir eine Wohnung an?«, sagte Zicky mit schneidender Stimme.

Leni stieg das Blut ins Gesicht, als sie antwortete. »Die war schon weg.« Zicky ahnte bestimmt, dass sie log. »Aber ich suche mir was anderes. Versprochen.«

»Was macht ihr hier eigentlich?«

»Leni hat ein paar Musiksachen eingekauft.«

»Ach. Und das kannst du dir leisten?«

»Das ist doch meine Sache, oder?«

»Bedingt, würde ich sagen.«

»Ach, Zicky! Ich sage ja auch nichts, wenn du ständig diesen seltsamen Jungen hier anschleppst«, fuhr Olga dazwischen.

Nicky zog den Kopf ein und sagte nichts, aber an Lenis und Zickys betretenem Schweigen erkannte sie wohl, dass der Junge anwesend war.

»Seht ihr. Er *ist* seltsam. Ich kann ihn nicht mal hören. Welches Kind drückt sich so leise in der Gegend herum, kannst du mir das mal sagen?«

Leni tat der Junge leid, der offensichtlich Angst vor Olga hatte. Sie nahm ihn an die Hand.

»Komm, du kannst zugucken, wenn du willst.«

»Kann ich auch was machen?«

»Hm, weiß ich noch nicht. Mal schauen.«

Nicky lachte und setzte sich mit seinem Shake, möglichst weit weg von Olga, auf das orangefarbene Sofa. Er wippte auf und ab und saugte geräuschvoll an seinem Strohhalm.

»Erdbeer?«

»Nee, Proteine.«

Leni wollte nicht wissen, um was für Proteine es sich handelte. Ines hatte den Jungen auf eine Fleischdiät nach einem gewissen Doktor Lutz gesetzt, die jeden Ernährungswissenschaftler vor Entsetzen erbleichen ließe. Aber dem Jungen schien es gut zu bekommen.

»Pass auf, dass du nicht kleckerst mit deinem Schweinkram. Und sitz still.« Olga klang genervt. Sie zeigte unverhohlen, dass sie den Jungen nicht mochte. Sie fand, dass er komisch roch und etwas Unheimliches an sich hatte.

Dass sie Nicky besonders gern hatte, konnte Leni auch nicht behaupten. Olga hatte recht, er war seltsam. Aber wer es so schwer im Leben hatte, hatte ein Recht, seltsam zu werden. Leni fühlte, dass sie irgendetwas mit dem Jungen verband. Vielleicht waren sie wie unbeliebte Schüler, die sich zusammentaten, weil sie sonst niemanden hatten. Leni hatte außerdem das Gefühl, dass sie dem Jungen etwas schuldete. Wenn Nicky sie nicht im Treppenhaus aufgegabelt hätte, wäre sie vielleicht gar nicht hiergeblieben, und dann würde sie keine Musik mit Olga machen.

Zicky und Olga stritten oft wegen Nicky. Doch Leni glaubte, dass sie den Jungen nur als Vorwand benutzten, um über etwas viel Grundlegenderes zu streiten: Zicky wollte ein Kind, sie wollte unbedingt selbst schwanger sein. Und Olga war strikt dagegen. Sie war blind. Überall lauerten Gefahren. Und es war für sehende Eltern schon schwer genug.

»Na, ihr scheint mich ja nicht unbedingt zu brauchen.« Zicky tat noch einen Blick in die Runde, dann machte sie auf dem Absatz kehrt und knallte die Wohnungstür hinter sich ins Schloss.

»Oje. Müssen wir ihr nicht hinterher?«

Olga winkte ab. »Die fängt sich schon wieder.« Sie stand auf und holte sich ihre Braillemaschine aus dem Regal. »Kannst du mir das noch mal sagen, mit den rituellen Gesängen?«

Nicky wippte immer noch leicht auf dem Sofa auf und ab, und die Federn gaben ein leises, aber deutliches Knarren von sich.

»Herrgott noch mal, Nicky. Sitz still!«

Nicky zog einen Flunsch, als Olga ihn ein weiteres Mal anfuhr. Olga warf ihre Haare zurück, als die Sofafedern endlich Ruhe gaben. »Können wir dann?«

»Gut. Das Stück soll *Väterchen Frost* heißen ...«

Olga bediente die Hebel ihrer Maschine, während Leni sprach. Es war Leni ein Rätsel, wie sie mit neun Variablen alle Schriftzeichen in ihr festes, gelbliches Papier prägen konnte. Auswendig. Olga war schnell, und ihre Finger, die immer mehrere Hebel zugleich drückten, tanzten ein kompliziertes Menuett. Leni folgte einer Eingebung und nahm das Geräusch der Maschine mit dem Rekorder ab. Vielleicht ließ es sich für ein Stück verwenden, das sie *Hörsturz* nennen wollte.

Als Olga fertig war, spielte Leni auf dem Glockenspiel eine klirrende Melodie vor, die ihr seit Tagen im Kopf herumging. Es klang wie Schneekristalle, die sich bilden und gleich wieder zerfallen.

»Und jetzt stell dir Millionen davon vor, Schicht über Schicht, bis alles in Fluss gerät. Und du fädelst dich mit dem Gesang in diesen Fluss ein.« Olga nahm das Mikro und improvisierte mit ihrer Altstimme eine zweite Melodie zu Lenis Schneekristallen, während Leni Textfetzen rappte, die während der Schlaflosigkeit der letzten Nacht zu ihr gekommen waren. Es ging um erfrierendes Fleisch und darum, wie es warm wird, bevor es stirbt. Sie würde noch eine Weile herumprobieren müssen, bevor daraus etwas Brauchbares wurde.

Aber Leni war Feuer und Flamme. Wenn sie genügend Stücke für ein ganzes Album zusammenhatten, konnten sie es im Internet zum Download anbieten. Zum ersten Mal seit Magnus spielte Leni mit Klängen, Wörtern und Bedeutungen, als ob sie keine Fehler machen könnte. Und es tat gut, etwas zu tun, worin sie gut war. Sie wollte nicht mehr den ganzen Tag herumsitzen und an all die Toten in ihrem Leben denken. Sie musste aufhören, an Magnus zu denken. Sie musste vielleicht sogar aufhören, an ihr Kind und an Oma zu denken.

Nicky schlürfte mit dem Strohhalm die letzte Pfütze aus seinem Glas. Olga schüttelte sich angewidert, und während sie weiter Sounds, Beats und Melodien besprachen, stellte Nicky sein Glas ins Regal und strich mit den Händen an den CDs entlang. Er konnte noch nicht lesen.

Olga ließ das Blatt in der Braillemaschine, als sie mit ihren Notizen zu *Väterchen Frost* vorerst fertig war und sie sich einer neuen Idee zuwandten. Sie nahmen gerade eine schwebende Tonfolge auf, die sie für ein Instrumentalstück verwenden konnten, etwas Unartikuliertes, beinahe zu hoch für Olgas ausgeprägten Alt, aber darum umso zerbrechlicher. Leni wollte Olgas Stimme hier nicht als Gesangsstimme, sondern als Instrument einsetzen, und beim Hören sollte man sich fragen: Ist das Gesang oder nicht? Plötzlich zerstörte das Rattern der Braillemaschine die Aufnahme. Olga war außer sich.

»Du Unglückskind! Kannst du denn nicht mitdenken?«

»Schimpf nicht«, sagte Leni. »Ist doch klar, dass ihm langweilig ist.«

Olga riss das Papier aus der Maschine und fuhr mit den Fingerkuppen die Zeilen entlang.

»Alles hin!«

Nickys Augen füllten sich mit Tränen – ein Signal, das Olga nicht sehen konnte, das in Leni aber umso mehr Mitleid erregte.

»Ist nicht so schlimm, Nicky. Das lässt sich alles wieder richten.«

Trotzdem begann Nicky zu weinen. Er war empfindlicher, als Leni in der ersten Nacht vermutet hatte. Aber vielleicht lag das auch nur daran, dass er Vertrauen zu ihr und Zicky gefasst hatte und sich jetzt traute, auch Gefühlen wie Zorn und Trauer freien Lauf zu lassen, ohne zu fürchten, dass er dafür zurückgewiesen würde. Außerdem war immerhin seine Schwester gestorben. Leni war beinahe stolz, dass Nicky in ihrer Gegenwart weinte.

»Mensch, Olga.«

»Jaja, schon gut.«

Leni nahm den Jungen in den Arm und klopfte ihm auf den Rücken. Dann sah sie auf die Uhr.

»So, und jetzt wird nicht mehr geheult. Hör mal. Olga und ich wollen hier noch ein bisschen arbeiten. Wie wäre es, wenn du dir was im Kinderkanal ansiehst, und nachher gehen wir noch zum Spielplatz.«

Nicky schniefte und nickte und verzog sich dann in die

Küche. Mit den Fernbedienungen und Menüsteuerungen kannte er sich aus, dumm war der Junge sicher nicht. Leni hatte zwar ein schlechtes Gewissen, dass sie Nicky vor dem Fernseher parkte, Ines hielt nichts davon. Andererseits konnte Ines ja auch nicht verlangen, dass sie ihren ganzen Alltag für sie umschmissen.

Leni schüttelte den Gedanken ab und widmete sich wieder ihrer Musik. Eigentlich war sie der einzige Grund zu leben. Wenn die Klänge durch sie hindurchfluteten, löschten sie alles andere aus. Dann löschten sie *ihn* aus.

Zwei Stunden später erinnerte sich Leni wieder an den Jungen. Nicky war nicht in der Küche. Leni seufzte. Er war überhaupt selten dort, wo man ihn vermutete. Die Tür zum hinteren Treppenhaus stand einen Spaltbreit offen, dort sang Nicky mit seiner zarten Stimme die Zeilen, die sie vorhin probiert hatten. Die Worte gab er rein phonetisch wieder, er verstand nicht, was er sang. *Ei! Gattno! Ei! Gattno!*

Leni musste grinsen. Dann lief sie ins Wohnzimmer und holte ihren Rekorder, um Nickys Sprechgesang heimlich aufzunehmen. Als sie fertig war, steckte sie den Kopf durch die Tür. Nicky hüpfte auf seinem gesunden Fuß die Stufen hinab.

»Wusstest du, dass ich auch nicht mehr alles dran habe an meinen Füßen?«

Nicky blieb stehen und schüttelte den Kopf.

»Mir fehlen fünf Zehen, zwei links und drei rechts.«

»Echt? Wieso denn?«

»Die sind mir abgefroren als Kind. Willst du mal sehen?«

Der Junge nickte. Seine Wangen röteten sich vor Aufregung. Leni setzte sich auf eine Treppenstufe und zog ihre Strümpfe aus. Sie selbst hatte sich an den Anblick ein Leben lang gewöhnt, aber für andere war es immer ein kleiner

Schock, ihre verstümmelten Füße zu betrachten. Nicky zeigte sich jedoch gar nicht schockiert.

»Darf ich mal anfassen?« Nicky beugte sich vor und tastete vorsichtig die Narben ab. Es waren jeweils die äußeren Zehen, die fehlten. Er schnaufte vor lauter Konzentration, und Leni hätte am liebsten die Füße weggezogen. Nicht nur, weil es kitzelte, sondern auch, weil der Eifer, mit dem Nicky ihre Verstümmelung untersuchte, etwas Beunruhigendes hatte. Leni hatte sich als Kind oft gefragt, ob Mama überlebt hätte, wenn sie nur lange genug ausgehalten hätte, bis alle Zehen abgefroren waren. Sie hätte dieses Opfer gerne gebracht.

»Wann wachsen die nach?«

Leni schüttelte den Kopf. »Was einmal ab ist, wächst nicht nach.«

Nicky guckte sie böse an. »Mama sagt, alles wächst nach.«

Leni seufzte und strich Nicky über den Kopf. Sie verstand nicht, wie Ines dem Jungen so aussichtslos falsche Hoffnungen machen konnte. Er war alt genug, um mit der Wahrheit zu leben. Er lebte doch schon damit. Was war so schlimm daran?

»Wie hast du deinen Fuß verloren?«

»In Mamas Bauch. Er hat vergessen zu wachsen.«

Leni zog ihre Strümpfe wieder an und stand auf.

»Nun spiel noch ein bisschen. In einer halben Stunde können wir los.«

Nicky begann wieder mit seinem Abzählreim und hüpfte die Treppen hinunter. Leni setzte Wasser auf und rief Olga zum Kaffee.

Als Leni eine halbe Stunde später aus dem Küchenfenster in den Hof hinabsah, entdeckte sie Nicky. Er war gerade dabei, den blutigen Müll des Zahnarztes aus dem ersten Stock zu durchwühlen.

»Scheiße. Dieses Schwein.«

»Was ist denn?«

Leni war schon auf dem Weg nach unten, als sie Olga antwortete. »Dieses Zahnarztschwein. Das gehört doch in den Sondermüll!«

Abends saß Nicky am Küchentisch und puzzelte, und Leni stand mit Olga in ihrem Ankleidezimmer. Leni ließ den Blick über die bunten Kleiderhaufen schweifen, die sich vor den beiden Schränken türmten, und staunte darüber, wie zielsicher Olga nach den verschiedenen Teilen griff. Sie fand ein Ankleidezimmer angemessen für jemanden wie Olga. Sie war eine Diva. Oder sie war auf dem besten Weg, eine zu werden. Olga würde es schaffen, davon war sie überzeugt, und später einmal würden Frauenzeitschriften über ihr Ankleidezimmer berichten, und Olga würde souverän darüber hinweglachen, dass die Reporter sich mehr für ihre Blindheit als für ihren Gesang interessieren würden.

»Hoffentlich kommt sie überhaupt rechtzeitig. Hoffentlich hat sie es nicht vergessen.« Olga war sichtlich nervös. Sie und Zicky wollten in die Philharmonie gehen, Olga freute sich schon seit Wochen auf diesen Abend.

Leni hörte, wie der Schlüssel im Schloss gedreht wurde, und atmete auf, als die Anspannung von ihr abfiel. Erst jetzt merkte sie, dass sie insgeheim befürchtet hatte, Zicky wäre immer noch eifersüchtig wegen der Sache mit der Musik heute Mittag und würde deswegen nicht kommen. »Da kommt sie, alles wird gut.«

Olga grinste. »Ja.«

Zicky hielt eine halb leere Bierflasche in der Hand, als sie ins Zimmer kam. »Wie siehst du denn aus?« Ihre Stimme klang verwaschen.

»Ich mache mich schick, für das Konzert.«

»Aber es ist doch ganz egal, wie du aussiehst. Du sollst

keine Arie vorführen. Du hörst bloß zu. Niemand achtet drauf, wie du aussiehst.«

Olga fummelte an ihrem Dekolleté rum. Die Korsage war mindestens zwei Nummern zu klein, und in Rosa sah sie aus wie Miss Piggy. Ihr Grinsen war einem verletzten Gesichtsausdruck gewichen.

»Ach, weil ich behindert bin, meinst du? Behinderte müssen schließlich nicht gut aussehen. Es reicht, wenn sie behindert sind. Das ist Schauwert genug. Aber weißt du was? Ich *fühle*, wie ich aussehe und rüberkomme.«

Zicky verdrehte die Augen und trank von ihrem Bier.

»Was trinkst du da? Kannst du überhaupt noch fahren?«, wollte Olga wissen.

Zicky reagierte nicht auf die Frage. »Du siehst immer toll aus, Olga, und das weißt du auch.«

»Aber nicht, wenn oben die Möpse rausquellen und der halbe Hintern freiliegt.«

»Ich finde auch, dass ihr das Ding nicht besonders steht, Zicky.«

»Ich mein ja nur.« Zicky sah auf ihr Handy. »Das Konzert beginnt in genau siebzehn Minuten.«

»Was?!« Olga riss sich den rosafarbenen Panzer vom Leib.

»Und bis zur Philharmonie brauchen wir mindestens zehn Minuten. Plus Parkplatzsuche.«

»Leni, schnell, such mir was aus!«

»Wenn der Verkehr nicht zu dicht ist.« Zicky trank den Rest ihres Bieres.

»Wie wäre es mit der meergrünen Bluse zu der schwarzen Satinhose?«

»Her damit! Und du hörst sofort auf zu trinken.«

»Ich denke nicht dran.« Zicky fischte eine kleine Wodkaflasche aus der Jackentasche und leerte sie in einem Zug. »Ihr verbringt hier Stunden mit Verkleiden, während ich ganz allein draußen rumlaufe. Ich könnte in der Gosse landen, aber das wäre euch egal. Für wen machst du dich eigentlich so schick?«

Olga stieg in ihre High Heels, in denen sie Zicky um einen Kopf überragte, und baute sich in der Zimmertür auf. Ihr Haar umfloss sie wie goldenes Wasser, und ihre Augen schienen gerade durch ihre Blindheit eine besondere Tiefe zu gewinnen. Sie sah göttlich aus, und ihre Stimme war wie flüssige Bronze. »Zicky. Niemand hat dich gezwungen, draußen herumzulaufen. Komm endlich.«

Zicky verdrehte wieder die Augen, zog den Autoschlüssel aus der Hosentasche und ging in ihren ältesten Chucks hinter Olga her. Sie schwankte bereits.

»Ihr nehmt aber ein Taxi«, rief Leni ihnen nach.

Jetzt musste nur Ines noch ihren Sohn abholen, dann wäre Leni allein und bereit für die Verabredung mit ihrem Schlafmittel. Er würde sie zum Essen ausführen, und dann würden sie weitersehen. Besonders viel versprach sie sich nicht davon.

◇◇◇

Und nun stand er also hier, den Zeigefinger der Linken auf der Klingel, die schweißige Rechte in der Sakkotasche um sein Marlboro-Päckchen geklammert.

Eigentlich sollte er den Abend damit verbringen, den Schulwegmonsterfall zu durchdenken. Bei dem letzten Opfer hatten sie nicht einmal die Eltern auftreiben können, das Kind war unidentifiziert geblieben. Wahrscheinlich war es irgendwoher für die Prostitution gekauft worden, und niemand wollte einen Anspruch darauf anmelden. Immerhin verschob das den Fokus ins Zuhältermilieu. Dennoch kam er einfach keinen Schritt weiter damit. Die Schulen und Kindergärten in Schöneberg standen inzwischen durchgängig unter Polizeischutz, und die Stimmung in der Bevölkerung gärte.

Er musste alles noch einmal gründlich durchgehen, er musste die Spuren finden, es musste welche geben. Er sah sie nur nicht, und je länger er brauchte, desto kälter wurde die Fährte. Der letzte Fund war schon bald zwei Monate her.

Natürlich hoffte er nicht auf eine neue Leiche. Andererseits würde sie vielleicht endlich den entscheidenden Hinweis liefern. Mein Gott, wie konnte er nur so denken! Es musste an seiner Nervosität liegen.

Friedemann hatte Leni seit dem ersten Mal nicht wiedergesehen. Dabei war er oft ins *Dunkel* essen gegangen. Obwohl das teuer war. Letzte Woche hatte Friedemann sich ein Herz gefasst und die Kellnerin, die mit Leni zusammenwohnte, direkt nach Leni gefragt. Sie hatte ihm einfach ihre Telefonnummer gegeben. Das war peinlich gewesen, aber er konnte unmöglich ablehnen. Das wäre noch peinlicher gewesen.

Als er die Nummer hatte, fiel es Friedemann erstaunlich leicht, sie zu wählen. Nur legte er immer wieder auf, sobald jemand an den Apparat ging. Lenis Stimme klang klein und beinahe ein wenig zitterig, wenn sie in den Hörer fragte: »Hallo? Wer ist da?« Und nach einer bangen Pause, in der weder Friedemann noch Leni sprachen: »Magnus?«

Wahrscheinlich wartete sie auf seinen Anruf, und Friedemann machte sich komplett zum Idioten, wenn er Leni hinterherlief. Beim zwölften Anruf, Friedemann hatte mitgezählt, hatte Leni ihn auf Isländisch angeschrien und dann auf Deutsch nachgesetzt: »Lass mich endlich in Ruhe! Ich zeig dich an!«

Erst da hatte Friedemann seinen Mut gefunden.

»Wen wollen Sie denn anzeigen, Leni?«

Es war einen Moment lang still gewesen in der Leitung.

»Martin?«

»Werden Sie verfolgt?«

»Nein. Natürlich nicht. Warum rufst du an?«

»Ich wollte Sie um ein Treffen bitten. Ich muss Sie wiedersehen.«

Jetzt stand Friedemann vor der Haustür der Schöneberger Hauptstraße und hatte gerade beschlossen, wieder zu gehen, als Frau Kretschmar und Frau Blau die Treppe herunterkamen.

Frau Kretschmar hielt ihm die Tür auf. »Na los, wir ham's eilig.« Sie war offensichtlich betrunken. Trotzdem hätte es komisch ausgesehen, wenn er nicht hineingegangen wäre.

Kurz entschlossen nahm Friedemann immer drei Stufen auf einmal. Im zweiten Stock war er außer Atem und musste erst einmal warten, bis sein Herzschlag sich wieder beruhigt hatte. Das dauerte eine Weile. Also konnte er auch noch eine rauchen.

Friedemann überlegte gerade, wohin er die glühende Kippe entsorgen könnte, als diese dicke, dauerstillende Mutter die Treppe herabgetrampelt kam. Sie sah schlaff und müde aus, genau wie ihre Brüste.

»Rauchverbot, Herr Kommissar.«

Friedemann räusperte sich und drückte die Glut auf seiner Zigarettenschachtel aus, wo sie einen schwarzen, fettigen Fleck hinterließ. Wenn man das auf Haut machte, suppte die Wunde unter Umständen wochenlang. Friedemann hatte erst gestern ein Mädchen auf dem Revier gehabt, höchstens dreizehn Jahre alt, die von ihrem Zuhälter auf diese Weise bestraft worden war. Die Dicke drängte sich an ihm vorbei und klingelte an Lenis Tür.

Leni öffnete. Er hätte sie fast nicht erkannt, denn sie trug statt des roten, lockigen Streichholzschnitts irritierenderweise schwarzes Haar, das ihr bis zur Hüfte hinabreichte, glatt und glänzend. Hinter ihr stand der Junge. Ein schmächtiges Kind, gar nicht wie die Mutter.

»Mäuschen!«

»Er hat heute den Zahnarztmüll durchwühlt. Ich hoffe,

er hat sich nicht irgendwas geholt.« Leni klang schuldbewusst.

»Was hast du bitte gemacht? Nicky! Ich hab dir das hundertmal verboten! Zwei Tage Hausarrest.«

»Glaubst du nicht, das ist ein bisschen zu streng, Ines? Ich meine, ich hätte ja auch besser aufpassen müssen.«

»Nein, er kennt das Verbot, und er muss lernen, solche Schweinereien sein zu lassen. Also, junger Mann. Ab nach oben.«

Nicky trottete die Treppe hinauf, ohne sich von Leni zu verabschieden. Friedemann kam es vor, als ob der Junge ein wenig humpelte. Vielleicht wurde er doch misshandelt. Er traute der Dicken nicht über den Weg.

»Hallo Martin. Komm rein.«

Friedemann räusperte sich und drehte sich zu Leni um. Er hatte noch immer die Kippe und die Zigarettenschachtel in den Händen, sodass er Leni nicht die Hand geben konnte. Aber er hätte ohnehin nicht gewusst, ob das angemessen gewesen wäre. Vielleicht erwartete sie auch einen Kuss oder dass er sie kniff. Das wusste man bei Frauen nie so genau, und bei dieser hier schon gar nicht.

Leni ging vor ihm her den langen Flur entlang. Ihr Po war schmal und stramm.

»Möchtest du was trinken? Bier? Oder lieber Wein?«

»Nicht im Dienst«, sagte Friedemann gewohnheitsmäßig, und Leni lachte. Friedemann fühlte, dass er errötete. Sicher hatte er auch wieder diese hektischen Flecken am Hals. »Wein, bitte.« Er hatte gehört, dass Frauen Weinkenner mögen.

»Gefallen dir die Haare nicht?«

»Doch, doch!«

»Habe ich bei Cocoon gekauft. Ein Perückenladen in der Potsdamer.«

»Wollen Sie nicht erkannt werden?«

Leni verteilte eine ganze Flasche dunkelroten Wein auf zwei große, blaue Thermobecher und setzte sich ihm gegenüber an den Tisch.

»So ungefähr, ja.« Sie hob ihren Becher. »Prost. Heute ist der Tag der großen Besäufnisse.«

Friedemann schob seine Marlboros auf den Küchentisch, die Kippe legte er vorsichtig darauf.

»Und, willst du wieder mit mir ins Bett? Hat es dir gefallen das letzte Mal?«

Friedemann war erneut von Lenis Direktheit überrascht.

»Ähm, ich weiß nicht. Ich meine, ja, es hat mir gefallen. Sehr sogar. Ich meine, vielleicht könnten wir uns trotzdem erst mal ein wenig kennenlernen?«

»Glaubst du, wir haben irgendwelche Gemeinsamkeiten?«

Friedemann taute ein wenig auf, fühlte sich beinahe entspannt. »Das könnten wir doch herausfinden, oder?«

Leni nahm eine von Friedemanns Zigaretten und zündete sie sich an. Sie blies den Rauch aus dem Mundwinkel aus, wie ein Cowboy. Das sollte wohl hart aussehen, aber Friedemann fand Leni süß und anziehend, was auch immer sie tat.

»Gut. Ich bin Komponistin. Es ist das Einzige, wovon ich was verstehe und was mich interessiert. Ich brauche harten Sex. Mein Mann ist ein Schwein. Oder war eins, falls ich ihn bei unserer letzten Auseinandersetzung getötet habe. Meine Oma ist verschwunden. Ich habe panische Angst vor einer weiteren Schwangerschaft. Und ich weiß nicht, wie ich mein kaputtes Leben wieder heil machen soll. Genügt das fürs Erste?«

Ihr Blick war durchdringend, ihre dunklen Augen sahen vollkommen flach aus, wie Knöpfe, und sie schienen gar nicht ihn anzusehen, sondern irgendetwas in ihm, das jenseits von Friedemanns eigenem Wahrnehmungsbereich lag. Er bemerkte, dass Leni flach atmete. Er kannte das aus Verhörsituationen von Leuten, die Angst hatten. Vielleicht war sie genauso nervös wie er. Friedemann lachte betont locker.

»Und ich bin Polizist. Ich könnte Sie jetzt festnehmen. Ich mag eigentlich lieber Bier als Wein. Und ich will unbedingt das Schulwegmonster finden. Ich hoffe, dass ich davon etwas verstehe, denn sonst tut es mir um die Kinder leid. Apropos – was meinen Sie damit, dass Sie Angst vor einer weiteren Schwangerschaft haben? Haben Sie bereits Kinder?«

Leni nahm einen großen Schluck Wein, und Friedemann tat es ihr nach. Der Alkohol entspannte ihn spürbar.

»Ich hatte.«

»Oh. Das tut mir leid. Darf ich fragen, was passiert ist?«

»Nein.«

Friedemann trank seinen Becher aus. »Ich meine, Kinder sind doch das Wichtigste im Leben. Ich sehe das immer wieder, wenn wir verzweifelten Eltern die Nachricht überbringen müssen, dass ihr Kind tot ist. Von einem Moment auf den anderen wissen sie nicht mehr, was sie auf der Welt sollen, warum sie noch da sind. Alles ist kaputt. Und da gibt es doch tatsächlich Frauen, die ihre Kinder freiwillig abtreiben. Eigentlich kaum vorstellbar.«

Leni stand auf und rieb sich müde die Nasenwurzel. Sie sah wunderschön aus, beinahe durchsichtig. Als sie die Perücke abnahm, saßen die roten Locken wie eine enge Kappe auf ihrem Kopf. Friedemann hätte sie jetzt gerne berührt.

»Besser, du gehst jetzt. Es wird doch nichts aus uns.«

Friedemann blieb sitzen, wo er war. Er wusste nicht, was er sagen sollte.

Nachdem der Kommissar endlich gegangen war, trank Leni ihren Becher aus. Danach ging sie ins Bad, hängte die Schneewittchenhaare an einen Handtuchhaken und probierte stattdessen die blonde Marilyn-Frisur. Beide Rollen standen ihr nicht besonders. Aber sie verfremdeten sie stark genug, um sich draußen sicher zu fühlen. Halbwegs sicher. Leni seufzte, hängte auch Marilyn weg und duschte eine Stunde lang.

Nachdem sie schon eine Weile im Bett lag und dem Zimmer zugesehen hatte, wie es sich um sie drehte, kamen Zicky und Olga wieder. Sie gingen in ihr Schlafzimmer, das genau gegenüber von Lenis Zimmer lag, und stritten. Leni verstand jedes Wort.

»Seit Leni da ist, trinkst du immer mehr. Warum?«

»Geht dich gar nichts an.« Zicky lallte.

»Aber es geht dir schlecht, das merke ich doch. Du hasst Leni nicht, im Gegenteil. Sie ist dir viel zu wichtig, aber du kannst ihre Gegenwart nicht ertragen. Warum? Ich verstehe das nicht.«

In der Küche mussten noch Friedemanns Marlboros liegen. Er war so verstört gewesen, dass er sie vergessen hatte. Leni stand auf und schlich in die Küche, um sie zu holen. Wieder in ihrem Zimmer setzte sie sich auf die Fensterbank und blies den Rauch nach draußen. Zicky würde es trotzdem riechen, aber das war ihr egal.

»Du hast keine Ahnung, Olga. Keine Ahnung von nichts, wie ich gelebt habe, was ich ... und das ist auch besser so.«

»Ich will aber, dass du mit mir redest. Wie kann ich dir sonst vertrauen?«

»Du hast einfach keine Ahnung, Olga.«

»Eben! Dann rede doch endlich mit mir!«

Leni hörte die Türen klappen, erst die Schlafzimmertür – »Zicky, geh jetzt nicht einfach weg!« –, dann die Wohnungstür. Im Schlafzimmer blieb es still, und auch die rhythmischen Geräusche über Leni waren seit ein paar Tagen nicht mehr zu hören gewesen.

VII

Vík, 19. November 2008

Es ist kalt. Das Kind aus Lenis Bauch liegt auf den Steinstufen vor dem Haus, nackt und verkrümmt in der eisigen Luft. Magnus und ein Geistlicher stehen etwas abseits und beraten sich leise.

Leni geht zu dem toten Kind, sieht es an. Sie weiß nicht, ob es ihr Kind ist oder das tote Kind ihrer Mutter. Es tut ihr leid, und sie will, dass es nicht so unwürdig daliegt, nackt und krumm auf den Stufen. Doch das Kind gleitet immer wieder in seine embryonale Haltung zurück. Leni schwitzt und flucht und hält das kalte Kind in den Armen. Seine Haut ist klamm und ein wenig feucht.

Plötzlich öffnet es die Augen, schwarz in schwarz blicken sie Leni an, es richtet sich auf. Die eben noch fest aufeinandergepressten Lippen entspannen sich, ein winziger Mund öffnet sich. Darin sind spitze Zähne, die sich in Lenis Arm verbeißen.

Leni schreit, lang und gleichtönend, wie eine Sirene.

Sie kannte dieses Geräusch schon. Fast jede Nacht wachte sie davon auf, fast jede Nacht kam dieser Traum. Sie konnte nichts mehr essen, und wenn sie es doch tat, kotzte sie alles wieder aus.

Magnus hatte ihre Oma aus Reykjavík geholt, damit sie ein bisschen Unterstützung hatte, wenn er in der Stadt war, so wie jetzt. Angeblich, um sich mit einem Seelsorger zu treffen, mit dem er zusammenarbeiten wollte.

Aber Leni wusste, dass er in einen Klub ging, seit sie für ihn unberührbar geworden war. Leni war unendlich dankbar, dass er sie in Ruhe ließ. Und sie war zugleich tief verletzt, dass er sie hinterging. Aber Magnus würde sie niemals verlassen, und nur darauf kam es an.

Gestern war der Arzt da gewesen. Er wollte Leni ins Krankenhaus einweisen. Aber Magnus hielt das für Unsinn. Seeluft und gutes Essen. Sie würde schon wieder auf die Beine kommen. Die Übelkeit hielt höchstens drei Monate an, das hatte er gelesen. Aber es gab auch Frauen, die bis zur Geburt kotzten. Und Leni war bereits in der achtzehnten Woche.

Der Traum hing noch in Lenis Augen, aber sie stand auf und hangelte sich an der Wand entlang zum Klo. Sie hatte nichts in sich, das sie von sich geben konnte, und trotzdem zwang ihr Körper sie zu würgen und zu speien.

Als sie von der Toilette kam, vor Erschöpfung schluchzend, stand Oma mit einer Taschenlampe vor ihr im Flur. Ihr weißes Haar fiel ihr offen über die Schultern, und ihre Beine guckten bleich unter dem Nachthemd hervor.

»Es wird dich umbringen, das Kind.«

Leni nickte. Sie wusste, dass die alte Frau recht hatte. Aber was konnte sie tun? Wenn sie es verlor, dann würde eben Magnus sie umbringen. Es machte keinen Unterschied.

»Ich muss eine rauchen. Das hilft.«

»Ich weiß, wo er sie versteckt. Warte hier.«

Oma zwinkerte verschwörerisch und kam ein paar Minuten später mit zwei Zigaretten, einem Becher Brühe und einer Scheibe Knäckebrot zurück.

»Erst die Zigarette, dann die Nahrung.«

Gemeinsam mit Oma saß Leni auf der Galerie über der Halle. Sie ließen die nackten Beine durch das Geländer baumeln, froren und rauchten.

»Ich könnte es wegmachen. Du weißt, dass ich Erfahrung

damit habe. Ich hab dich auf die Welt geholt. Du bedeutest mir so viel wie meine eigene Tochter.«

»Nein.«

»Es tötet dich. Ich habe es gesehen.«

Oma hatte recht. Leni sog an ihrer Zigarette und weinte.

»Wird es weh tun?«

»Ja. Sehr sogar. Aber danach geht es bergauf mit dir. Und du musst sofort von diesem grauenvollen Mann weg.«

Ben hatte recht gehabt, und Oma auch. Sie war im Unrecht. Leni schluchzte. Es tat weh. Sie hatte Sehnsucht nach Ben. Er hatte immer von ihr verlangt, dass sie selbstständig wurde, dass sie ihr eigenes Ding durchzog. Dass sie Musikerin wurde. Er hatte recht gehabt, sie hatte unrecht. Und jetzt war er weg.

»Wann?«

»Ich habe dabei, was ich brauche. Ich wusste, dass es nötig werden könnte.«

Oma drückte ihre Zigarette auf dem Läufer aus und nahm Lenis Hand in ihre trockenen, faltigen Finger. Leni fühlte sich beschützt und entspannte sich ein wenig.

»Aber wenn du in Reykjavík bist, musst du dir unbedingt Antibiotika besorgen. Du könntest sonst an einer Infektion sterben.«

Leni nickte.

»Ich gebe dir die Adresse von einer Hebamme, die keine Fragen stellt. Zu der gehst du, ja?«

Leni nickte wieder.

»Und jetzt isst du. Du brauchst die Kraft.«

Leni gehorchte, und zum ersten Mal seit vier Tagen blieb drin, was sie zu sich nahm. Sie fühlte sich beinahe stark.

»Und nun pack eine kleine Tasche, nur das Nötigste.«

Als Leni mit Packen fertig war, hatte Oma im Badezimmer einen Stuhl aufgestellt und davor Lenis leer geräumte Kleiderstange, die sie auf die niedrigste Stufe heruntergefahren hatte. Wo hatte Oma Papas alte Motorradjacke hingetan? Sie musste sie mitnehmen.

»Schlüpfer aus. Dann hinsetzen und die Beine hier rüber.«

Oma öffnete ihre alte Arzttasche, die sie benutzte, seit Leni denken konnte, und holte ein dickes Stück Leder hervor.

»Da beißt du drauf, wenn ich es dir sage.«

Dann zog Oma eine Spritze aus der Tasche, die mindestens einen Liter Flüssigkeit fasste, mit einer langen, metallenen Kanüle vorn und einem ebenfalls metallenen Kolben. Das Gerät sah aus wie aus dem neunzehnten Jahrhundert.

Oma zog die Spritze mit einer milchig aussehenden Flüssigkeit aus einer Küchenschüssel auf, die auf dem Badewannenrand stand.

»Das ist Seifenlauge. So, und jetzt beißen. Und stemm deine Füße gegen meine Schultern. So fest, wie du kannst.«

Sie hatte Angst, die alte Frau umzustoßen, aber die stand erstaunlich fest auf den Beinen. Leni gehorchte.

Was dann kam, war der schlimmste Schmerz, den sie je verspürt hatte. Ein Reißen und Brennen, das alles überstieg, womit sie gerechnet hatte. Sie biss auf das Leder, doch zwischen ihren Zähnen stieg trotzdem ein hoher, dünner Schrei auf. Leni wusste nicht, ob er von ihr kam oder von dem Kind, das in ihr starb.

Während Blut und Seifenwasser aus Leni herausliefen, hielt der Schrei an.

Danach half Oma ihr ins Schlafzimmer hinüber. Lenis Oberschenkel zitterten unkontrollierbar.

»Wo ist es?«

»Es ist noch drin. Es wird erst mit der Auskratzung rauskommen.«

Es war also noch nicht vorbei.

Oma half Leni ins Bett, das Bettzeug war heruntergerissen und auf der Matratze lagen zwei mit Packband festgeklebte Müllsäcke.

»Da legst du dich jetzt hin. Die Beine aufstellen.«

Lenis Atem ging unregelmäßig. Oma reichte ihr drei Tabletten.

»Gegen die Schmerzen. Das wird jetzt zwei oder drei Stunden dauern, bis ich reinkann.«

Leni nahm die Tabletten. Sie hätte sie beinahe sofort wieder erbrochen. Sie konzentrierte sich. Sie brauchte sie. Sie mussten drinbleiben.

Dann setzte Oma ihr einen Dehnungsring in den Muttermund. »Alle drei Minuten einen Millimeter weiter. Vier Zentimeter werden genügen.«

In den nächsten zwei Stunden litt Leni geduldig und stumm. Sie brauchte ihre gesamte Konzentration, um sich den Dehnungsring nicht herauszureißen.

In der Zwischenzeit flößte Oma ihr mehr Brühe ein, damit sie bei Kräften blieb, und wischte immer wieder den kalten Schweiß ab, der Leni in die Augen lief. Sie stank wie ein Tier, das zur Schlachtbank geführt wurde.

Als der Muttermund weit genug geöffnet war, um den Kratzer durchzulassen, schob Oma ihr wieder das Leder zwischen die Zähne. Dann setzte sie sich eine Kopflampe auf, wie man sie beim Trekking benutzte, und führte den Kratzer ein. Und holte es heraus. Leni schrie nicht. Sie biss sich die Lippen durch das Leder hindurch blutig.

Hinterher fühlte sie sich genauso tot wie ihr Kind. Wie ihre Mutter. Wie deren Kind. Sie hatte kein Leben mehr. Ihre Oma hatte es mit dem Fötus aus ihr herausgeschabt. Zum ersten Mal seit Monaten war Leni nicht übel. Sie war frei und tot.

Oma wollte ihr den Anblick ersparen, aber Leni bestand

darauf. Auf dem blauen Müllsack zwischen ihren Beinen lagen Blut und Gewebe und ein Wurm von der Größe eines Fingers, an dem man Ansätze von Armen und Beinen erkennen konnte. Er hatte sogar schon Augen. Dieser Wurm wäre ihr Kind gewesen. Vielleicht hätte es sie getötet. Nun war sie auch so ganz und gar tot.

»Kannst du laufen?«

Leni nickte schwach. Sicher konnte sie laufen, langsam und steifbeinig, wie Tote es eben tun. Sie würde nie mehr aufhören zu laufen.

Oma half ihr mit der Einlage und beim Anziehen, hängte ihr Papas Lederjacke um die Schultern und schärfte ihr noch einmal ein, sich um das Antibiotikum zu kümmern. Dann trug sie ihr die Reisetasche zum Auto hinunter.

»Kommst du nicht mit?«

Oma schüttelte den Kopf. Sie war noch im Nachthemd. Natürlich kam sie nicht mit. »Ich sorge dafür, dass er dir nicht folgt.«

Leni konzentrierte sich, um die vor ihr liegende Aufgabe zu bewältigen. Sie musste also allein nach Reykjavík fahren. Mit dem Auto.

»Ich sag ihm, dass du mitten in der Nacht losgefahren bist. Ohne ersichtlichen Grund. Nach Osten. Dass du durchgedreht und übergeschnappt bist.«

Leni nickte. Reykjavík lag im Westen. Sie stieg ein. Oma strich ihr durchs Haar.

»Ich hab immer deine Haare gehasst. Du hast die gleichen Haare wie dein Vater.«

»Vielleicht hätte mein Kind auch diese Haare gehabt.«

Oma nickte. »Machs gut, Mädchen. Ich fürchte, wir sehen uns nicht mehr.«

»Sag so was doch nicht.«

Oma lächelte. Dann schlug sie die Autotür zu.

Leni ließ den Motor an. Langsam fuhr sie die Auffahrt entlang und den Hügel hinauf zum Tor. Dort stellte sie den Wagen in die Wendebucht, machte die Scheinwerfer aus, nahm eine weitere Schmerztablette und rauchte.

Sie sah Licht in ihrem Schlafzimmerfenster. Oma räumte auf. Und dann sah sie Lichter, die sich der Auffahrt näherten. Sie sah Magnus' schwarzen Jeep, der in die Auffahrt einbog. Sie sah Magnus, der ausstieg und sich umsah. Der Lenis Wagen nicht an seinem Platz fand. Der in die Garage lief, wieder herauskam, offensichtlich ratlos. Der ins Haus rannte.

Eine Minute später kam Oma um das Haus herum. Sie musste den Hinterausgang benutzt haben. In der Hand trug sie die zusammengerollten Müllsäcke. Wenn sie es nur geschafft hatte, rechtzeitig alle Spuren zu beseitigen und aufzuräumen.

Als Oma den Müllsack entsorgt hatte, ging sie nicht zurück ins Haus, sondern zu Magnus' Wagen. Sie zog ihr Messer aus dem Ärmel, Leni kannte es genau. Es war ein ganz normales Schälmesser mit einem Holzgriff, und die Klinge war vom vielen Schärfen ganz krumm und dünn geworden. Hunderte von Nabelschnüren hatte dieses Messer durchtrennt, Oma hatte nie eine Schere benutzt. Und nun durchstach sie damit Magnus' Reifen und zerschnitt seinen Bremsschlauch. Sie würde dafür sterben, wenn er es herausfand. Leni fror so sehr, dass ihre Zähne aufeinanderschlugen.

VIII

Berlin und Lübars, 11. April 2009 (Karsamstag) und 12. April 2009 (Ostersonntag)

Die einzige Stelle, an der Leni nicht fror, war ihr Kopf, weil die blonde Perücke daraufsaß.

Eigentlich hatten sie für Nicky Ostereier irgendwo draußen verstecken wollen. Aber es war einfach zu kalt, vielleicht vier Grad. Nass und kalt und matschig. Es war eine blöde Idee gewesen, sich ausgerechnet im Monbijoupark mit Jason zu verabreden. Sie kannte Zickys Geschäftspartner nicht besonders gut, er war ein schräger Typ, der mit vierzig immer noch als Punker herumlief. Aber sie hatte ihn von dem Moment an gemocht, als sie ihn zum ersten Mal bei Zicky gesehen hatte. Er lachte viel, hatte einen ähnlich trockenen Humor wie Olga, er versuchte zu verheimlichen, wie belesen er eigentlich war, und vor allem wirkte er gutherzig und verantwortungsbewusst. Zicky suchte sich ihre Freunde sorgfältig aus, und wenn sie nicht so eifersüchtig wäre, dann würde Leni Jason sicher schon viel besser kennen. Die Initiative, gemeinsam Ostereier kaufen zu gehen, war von ihm ausgegangen, und wie immer hatte Zicky ein saures Gesicht gezogen. Aber um so etwas kümmerte Jason sich gar nicht, er sah es einfach nicht.

Während sie wartete und sich fragte, warum sie sich bei dieser Kälte nicht gleich am Alex in irgendeinem Kaufhaus trafen, summte Leni mit ihrer hellen Singstimme ein isländisches Schlaflied vor sich hin. Mama hatte es ihr vorgesungen, und als sie das letzte Mal bei Ben angerufen hatte, da hatte sie gehört, wie Ireen es im Hintergrund ihrem Baby vorgesungen hatte. In letzter Zeit versuchte Leni, den genauen Klang von Mamas Stimme zurückzuholen. Sie brauchte ihn für ihre Musik. An kalten Tagen dachte Leni oft an sie. Hoffentlich wurde es bald Frühling.

Leni schloss die Augen und hielt das Gesicht in einen Sonnenstrahl, der von den Wolken durchgelassen wurde, während sie weiter nach dem Klang suchte. Mamas Stimme war hoch gewesen wie ihre eigene, dabei unsicher, dünn und matt, wenn tiefere Töne kamen. Sie konnte wirklich nicht besonders gut singen. Aber als Kind war diese Stimme für sie alles gewesen, was gut war in der Welt. Warm, ehrlich, voller Geborgenheit. Zicky hatte ihr nie etwas vorgesungen, und Papa auch nicht. Als sich wieder Wolken vor die Sonne schoben, öffnete Leni die Augen.

Vor ihr stand ein Penner mit verfilztem Bart. Adrenalin flutete durch Lenis Adern, und sie wich unwillkürlich zurück. Der Penner grinste und zeigte faulige Zähne. Seine Füße waren trotz des kalten Wetters nackt, und er stank nach Scheiße und Alkohol. Penner waren Leni unangenehm. Sie hatte Mitleid mit ihnen, aber sie verachtete sie auch, weil sie sich nicht zusammenreißen konnten.

»Sing doch weiter, Mädel.«

Leni schüttelte den Kopf. Sagen konnte sie nichts, der Gestank nahm ihr den Atem. Der Penner wiegte sich hin und her und sang die Melodie von Lenis Wiegenlied. Der Zorn trieb ihr heiße Tränen in die Augen. Was fiel diesem Arsch ein, ihr altes Lied zu beschmutzen. Sie stand ruckartig auf und starrte den Mann an. Er war kleiner als sie und trotzdem Furcht einflößend. Er konnte fünfzig sein. Oder siebzig. Das Leben auf der Straße hatte ihn kaputtgemacht. Er griff nach ihrer Jacke.

»He, das is aber meine.«

Leni wich zurück.

»Gib mir die wieder.«

Sie riss sich los und rannte weg, Richtung Oranienburger Straße. Der Penner hinter ihr greinte und bettelte, und er widerte Leni an. Die alte Angst kam wieder hoch, wie eine Vorahnung, eine eiserne Gewissheit, die sich durch nichts erschüttern ließ, und als sie sich noch einmal umdrehte, stand er direkt vor ihr, hochgewachsen, männlich, dunkel, mit strahlend weißen Zähnen. Leni schrie, als sein Arm auf sie zukam.

»Sie haben das vergessen.«

Leni begriff nicht.

»Ihre Tasche.«

Der Mann hielt Leni ihre Einkaufstasche hin. Sie war aus weichem Leder und passte zu Papas Jacke, und sie hatte ein kleines Vermögen gekostet. Der Mann lächelte Leni an. Wie hatte sie ihn für Magnus halten können? Er sah vollkommen anders aus.

»Danke. Das ist nett.«

»Keine Ursache.«

Leni wischte sich den Schweiß von der Stirn, lächelte unsicher und ging so schnell weiter, wie ihre zittrigen Beine es ihr erlaubten. Als sie die Straße erreichte, blickte sie sich ein weiteres Mal um. Der Penner hatte sich auf dem kalten Boden zusammengerollt und wühlte mit beiden Händen in der nassen Erde.

Lenis Herz raste immer noch, und sie fühlte sich ängstlich und wütend zugleich. Sie wusste, was sie jetzt brauchte, um wieder zur Ruhe zu kommen. Sie fand eine Telefonzelle und wählte die Handynummer, die Jason ihr gegeben hatte.

»Wir können uns nicht im Park treffen, bei der langen Warterei, da geh ich ein. Ja, du bist zu spät. Hotel Kastanienhof. Kastanienallee. Rechts, wenn du von unten kommst. Wirst du schon sehen. Ich hab eine Überraschung.«

Leni ging schnell. Sie musste vor Jason da sein, wenn sie ihn rumkriegen wollte. Ein Expunker würde hoffentlich keine Probleme mit Gewalt haben. Danach konnten sie immer noch Geschenke kaufen gehen.

◇◇◇

»Ein Penner? Scheiße. Und das an Ostern.«

Friedemann legte auf. Das Muster war ihm schon länger bewusst. Der Täter brachte seine Leichen in die Berliner Parks, und zwar jedes Mal in einen anderen. Er wollte, dass man sie fand, sonst würde er sie gründlicher entsorgen. Eigentlich müssten sie nachts alle Berliner Parks überwachen lassen, um den Kerl auf frischer Tat zu ertappen. Aber dann würde man weitere Opfer akzeptieren. Deshalb wurden die Schulen bewacht. Völlig ineffektiv, weil der Täter inzwischen offensichtlich die gesamte Stadt abgraste.

Als Friedemann an der Fundstelle ankam, lag der Penner neben einer halb ausgegrabenen Kinderleiche. Ein Mädchen mit langem, blondem Haar, vielleicht sechs oder sieben Jahre alt, nackt. Diese hier war höchstens drei oder vier Tage tot. Schmutz hatte sich in ihre offenen Augen und in den Mund gesetzt. Der Penner summte eine melancholische Melodie und weinte.

»Hat er die Leiche gefunden? Könnt ihr den nicht hier wegschaffen?« Friedemann war wütend.

Der Polizist, der vor ihm stand, war klein und durchtrainiert. Friedemann kannte ihn, er stand oft gegenüber vor der Synagoge Wache.

»Geht nicht. Man kann ihn nicht anfassen.«

»Quatsch, da muss man nur mal richtig zupacken.«

Der Polizist grinste. »Möchten Sie es mal versuchen?«

Friedemann ärgerte sich. Niemand fasste gerne einen stinkenden Penner an, aber das gehörte nun mal auch zum Job. Er beschloss, mit gutem Beispiel voranzugehen.

Türrahmen. Irgendwie war ihr zum Heulen und nicht wirklich nach Gesellschaft. Sie hätte jetzt gerne einfach nur Olga beim Singen zugehört. Ihre Stimme gab ihr mehr als alles andere in Berlin das Gefühl, hier vielleicht heimisch werden zu können.

»Komm schon, ich habe vorhin sogar Schoko-Orangen-Kekse gebacken. Die ganz dunklen.«

Bevor Leni sich zu einer Antwort durchringen konnte, klingelte es an der Tür. Zicky seufzte und ging öffnen. Leni schloss die Augen. Ines sprach leise und eindringlich. Leni stellte erstaunt fest, dass sie kein Wort verstand. Ines' Deutsch erschien ihr plötzlich voller seltsamer Zisch- und Knacklaute, wie eine exotische Buschsprache.

»Sie möchte, dass wir alle mit zu einem Osterfeuer im Umland kommen. Damit wir alle ein bisschen mehr zusammenwachsen, sagt sie. Und Ostern ist die Zeit der Wiedergeburt, da muss man das Leben beim Schopf packen, egal was einem widerfahren ist.« Olga klang absolut sachlich.

»Du hast bessere Ohren als ich.«

»Nein, deine sind besser. Ungerecht, aber wahr. Ines hat vorhin schon mal geklingelt. Ich kann ja schlecht das Auto fahren, und Zicky war gerade einkaufen.«

Leni spitzte die Ohren. Kaffeeduft zog ihr in die Nase, Wortfetzen wurden verständlich. Ines bettelte. Sie tat Leni leid. Sie hatte es schwer, die große Tochter tot, der Kleine krank, das Jugendamt auf den Fersen und zu wenig Geld, um dem Kind auch nur die einfachste Freude zu machen.

Leni richtete sich ruckartig auf und öffnete die Augen. Das Licht in Olgas Zimmer kam ihr grell vor, und sie fragte sich, wozu Olga es überhaupt anmachte und ob sie es je ausmachte. Wahrscheinlich wusste sie gar nicht, ob es an oder aus war. Sie lebte, was Licht und Schatten betraf, vollkommen ahnungslos. Beneidenswert eigentlich. Olga summte kleine Melodiefetzen vor sich hin.

Ines stand in der Wohnungstür, schon im Mantel und mit einem dicken Schal um den Hals. Draußen war es noch kälter geworden. Neben ihr stand Nicky, ebenfalls gut eingepackt, das Gesicht weiß, die Augen groß und dunkel vor Aufregung. Sie ließen Zicky keine Wahl, und an Zickys Körperhaltung konnte Leni erkennen, dass sie keine Lust hatte, zu fahren. Jason lehnte betont lässig an der Flurwand und stützte sich mit seinem vermatschten Doc an der himbeerfarbenen Wand ab. Jason war ein Schatz, aber er war auch ein Idiot. Doch Zicky würde ihm alles verzeihen – Leni dachte an die Stunde im Hotel –, hoffentlich.

»Los, Zicky, lass uns mitfahren.« Jason lächelte erst Zicky und dann Leni ermutigend an. Zicky drehte sich nicht zu Leni um. »Könntest du vielleicht fahren?«, frage sie.

Leni wollte nicht mit Jason und Ines und dem Jungen allein sein. Am liebsten wollte sie mit Olga allein sein.

»Fahr du doch. Du und Jason, ihr habt doch eh noch was zu besprechen, oder?«

Jason verschränkte die Arme vor der Brust. »Ja? Was denn?«

Zicky atmete langsam aus. »Na schön. Aber nur, wenn alle mitkommen. Olga und Leni auch. Ines hat recht. Ostern ist eine gute Zeit, um noch mal anzufangen.«

»Ach was, du willst mich nur nicht mit Leni allein lassen.« Olga grinste, um ihren Vorwurf zu entschärfen.

»Stimmt. Wo ist denn das Feuer?«

»Nur ein paar Kilometer hinter Lübars, nicht weit. Eine Stunde Fahrt vielleicht durch die Stadt.«

Zicky nickte entschlossen, und Jason stieß einen jungenhaften Freudenschrei aus. Leni ergab sich. Ein Osterfeuer hatte sie nicht mehr gesehen, seit sie sechzehn oder so gewesen war. Vielleicht würde es Spaß machen und sie auf andere Gedanken bringen. Der halb verweste Penner, der an ihrer Jacke gezerrt hatte, begann sich in ihrem Kopf bereits, mit

Magnus zu vermischen, mit einem gealterten, verrückt gewordenen Magnus, der ihr die Kleider vom Leib riss. Es verging kein Tag, an dem Leni nicht die Frage umtrieb. Lebte er? War er tot?

Zicky stopfte sich eine Papiertüte mit Orangenkeksen in die Manteltasche und füllte den Kaffee in eine Thermoskanne um, die sie Leni reichte. Olga gab Leni einen flüchtigen Kuss auf die Wange. Leni kannte den Seitenblick, den Zicky ihr zuwarf: Eifersucht. Aber Leni konnte darauf keine Rücksicht nehmen. Sie durfte es nicht. Sie hatte einmal den Fehler gemacht, sich jemandem ganz unterzuordnen, und sie würde es nie wieder tun.

Kaum dass alle in Zickys altem Peugeot saßen, wurde der Himmel finster und schwer. Zicky schüttelte den Kopf.

»Karsamstag, und es fängt an zu schneien. Dabei hatten wir schon Frühling. Ob sie das Feuer überhaupt ankriegen, so viel, wie es in den letzten Tagen geregnet hat?«

Zicky zeigte sich pessimistisch, wie immer. Sie fingerte ihr Handy aus der Jackentasche und überfuhr dabei eine rote Ampel. Links hupte jemand. Zicky kümmerte sich nicht darum und drückte auf die Wähltaste, während sie das Auto durch den spärlichen Samstagnachmittagsverkehr Richtung Berliner Norden steuerte. Leni schloss erneut die Augen und spürte dem Geräusch der Reifen auf dem Asphalt nach. Sie konnte den Schnee hören, der in immer dichteren Flocken fiel. Er war kalt und trocken.

»Ich bin's, Zicky. Kannst du uns mal was bereitstellen? Zwei Flaschen Wodka, zwei O-Saft.«

Olga zog ein Gesicht. Jason klopfte ihr von hinten auf die Schulter. »Hat eh keinen Sinn, Zicky von irgendwas abzuhalten«, meinte er leise. »Sie muss schon selbst auf den Trichter kommen.«

»Und sechs Snickers. Ja, Jason holt die Sachen gleich ab.«

»Ich will kein Snickers.«

Leni hatte sich inzwischen daran gewöhnt, dass der Junge nicht das geringste Interesse an Süßigkeiten hatte und scheinbar auch keinen Futterneid kannte. Trotzdem fühlte sie sich immer ein bisschen schuldig, wenn sie in seiner Gegenwart etwas aß.

Am Kiosk auf der Wisbyer Straße hielt Zicky kurz an, und Jason sprang aus dem Wagen, um die Bestellung abzuholen.

»Das ist wohl euer Stammkiosk?«, fragte Ines.

»Das ist ein alter Kollege. Aus der Projektzeit.«

Ines war neugierig. »Was für ein Projekt?«

»Jason und ich und noch ein paar andere, wir haben Anfang der Neunziger auf der Straße gelebt. Ein Jugendwohnprojekt hat uns geholfen, die Kurve zu kriegen und was auf die Beine zu stellen. Uns allen.«

»Das ist toll. So was hätte es für Sandra geben müssen. Ich konnte ihr nicht helfen.« Ines hatte zum ersten Mal seit ihrem Tod Sandras Namen ausgesprochen. Einen Moment später verfiel sie in finsteres Schweigen.

An der Wisbyer Straße bogen sie links ab, um über Pankow die Stadt zu verlassen. Leni betrachtete Jason von der Seite. Er sah viel besser aus als der Kommissar. Friedemann, Friedemann, dachte sie im Rhythmus der Reifen, die über das alte Kopfsteinpflaster ratterten. Sie hätte ihn nicht fortschicken sollen. Er hatte doch eigentlich recht gehabt. Was gibt es Schlimmeres, als ein Kind zu verlieren? Sie hatte es nur nicht hören wollen. Und sie hätte nicht mit Jason schlafen dürfen. Das wäre Zickys Vorrecht gewesen. Außerdem würde Leni die Pille danach nehmen müssen. Schon wieder. Ines stellte zwar keine Fragen und brachte ihr, was sie jeweils verlangte, aber Leni hatte beim letzen Mal einen ganzen Tag lang kotzend im Bett gelegen. Eigentlich lohnte das die Sache nicht. Dann könnte sie ebenso gut schwanger sein. Leni hatte sich oft gefragt, ob sie ein hübsches und gesundes Kind bekommen hätte. Sie würde es nie erfahren.

»Wer will einen Schluck Wodka?«, fragte Jason in die Runde.

»Später. Ich fahre noch, du Depp.« Zicky hatte für ihre Verhältnisse beste Laune. Offensichtlich tat es ihr gut, etwas zu unternehmen.

Als sie Berlin verließen, dämmerte es bereits. Der Schnee links und rechts der Landstraße leuchtete bläulich im letzten Tageslicht. Am Straßenrand suchten Hunderte von Spatzen nach den ersten Grassamen, bevor sie wieder ganz von Schnee bedeckt sein würden. Sie flatterten erst im letzten Moment auf, wenn Zickys Peugeot sich näherte. Sie blieben unsichtbar, bis sie sich bewegten, und schienen im Zwielicht direkt aus dem Asphalt aufzutauchen. Zicky drosselte die Geschwindigkeit. Und dann klatschte es leise. Ein kleiner Vogel fiel auf die Motorhaube, bevor er nach rechts abrutschte.

»Scheiße.« Zicky fuhr konzentriert weiter, versuchte den Vögeln auszuweichen. »Scheiße, können die nicht woanders rumhocken.«

Nickys Augen wurden noch größer und dunkler als gewöhnlich. »Ist der Vogel tot?«

Ines drehte sich zu ihm um, so weit es ihre Statur ihr erlaubte. »Ich fürchte ja, Schatz.«

»Das will ich aber nicht!« Nickys Stimme bebte. Er kämpfte nicht gegen die Tränen, sondern er heulte laut los.

»Zicky hat es nicht mit Absicht gemacht, Nicky.«

»Der Scheißvogel hat halt nicht aufgepasst.«

»Das war kein Scheißvogel!«

Zickys Stimme war leise und klang sehr bestimmt, als sie antwortete. »Nicky, wir können auch wieder nach Hause fahren, wenn dir das lieber ist.«

Nicky presste die Lippen zusammen und schüttelte den Kopf.

Jason schraubte die erste Wodkaflasche auf und reichte sie herum. »Da, auf den Schreck.«

Leni hatte den Verdacht, dass er ebenso rückfällig geworden war wie Zicky. Zwei ehemalige Alkoholiker, die sich gegenseitig bestärkten. Aber vielleicht irrte sie sich auch. Zicky nahm jetzt doch einen großen Schluck, und man merkte, dass sie Routine hatte. Plötzlich sah Leni sie vor sich, ganz in Schwarz mit ihrem alten Sony-Walkmann und mit Kopfhörern auf den Ohren, wie sie *Ashes to Ashes* mitsang und dabei kleine Kräuterschnapsflaschen in ihren Mund kippte. Damals war Zicky siebzehn gewesen.

Jason kramte in seiner Jackentasche und fand einen Hustenbonbon. »Nicky?«

Nicky schüttelte den Kopf. »Darf ich nicht.«

Jason zog die Brauen hoch und steckte sich den Bonbon selbst in den Mund. »Na, das wird sicher ein fröhlicher Abend.«

Zicky steuerte den Wagen nach rechts einen Feldweg hinauf. Oben auf einem kleinen Hügel sahen sie den vorbereiteten Holzstoß.

Sie parkten den Wagen an einem langen, mit eisernen Spitzen bewehrten Zaun, der irgendein Anwesen gegen die Öffentlichkeit abschirmte, und machten sich die letzten fünfhundert Meter zu Fuß auf den Weg.

Auf dem Hügel war es windig, und es standen etwa hundertfünfzig Leute herum, die von einem Bein aufs andere traten. Es gab eine Bratwurstbude, Bier und Glühwein, und aus einem Löschzug heraus verkaufte ein Feuerwehrmann Fackeln. Jason spendierte Nicky eine. Nicky strahlte.

Dann suchten sie sich einen Platz, dicht genug am Feuer, dass sie seine Wärme würden spüren können, und weit genug davon weg, um nicht gebraten zu werden. Trotz der Menschenmenge fanden sie einen ganzen Baumstamm für sich allein, auf dem sie sitzen konnten.

Es dauerte lange, bis endlich knisternde Flammen durch den Holzstoß schlugen. Leni wunderte sich, wie viel Qualm aus dem Holzstoß quoll, immer mehr und mehr, und völlig lautlos. Sie wunderte sich, dass so viel Qualm in so wenig Holz stecken konnte. Er schraubte sich in den milchigen Himmel hinauf und bildete wilde Muster, die Leni aus zusammengekniffenen Augen betrachtete, während sie rechts Zicky, Olga und Jason lauschte, die abwechselnd aus der Wodkaflasche tranken, und links Ines und Nicky, während das Feuer zischte und knackte. Leni suchte nach den Harmonien dieser Szene, und in ihrem Kopf begann sich ein neues Stück zu formen. *Alles wächst nach*, so würde sie das letzte Stück nennen. Der Qualm, die Bäume, Spatzen. Sogar Embryos wuchsen nach, wenn man eines verlor. Und vielleicht sogar Mütter. Oder Zehen. Die Zweige der Fichte wurden von der Hitze hin und her geworfen, die unteren fingen Feuer und verkohlten zu schwarzen Knochenhänden, und an Jasons Hand reflektierte ein silberner Totenkopfring den Feuerschein.

»Ich würde mich schon gerne reproduzieren, klar, wer würde das nicht.« Jasons Stimme war tief und hatte sich dennoch etwas Jungenhaftes bewahrt. Leni hörte ihm beinahe so gerne zu wie Olga. Leni fiel auf, dass Zicky einen außerordentlich guten Geschmack hatte, was Stimmen betraf. Bowie, Olga, Jason. Wer ihrer Schwester nahestand, klang auch gut. Vielleicht konnte Zicky sich nicht wirklich mit Ines anfreunden, weil die eine so breite, gequetschte Stimme hatte.

»Früher waren die Ostereier weiß, und als der Hase sie im Schnee versteckte, konnten die Kinder sie nicht finden.« Leni stellte sich vor, dass Ines' Stimmbänder nicht genügend Platz hatten, um frei zu schwingen. Sie war einfach zu fett.

»Aber, nichts gegen dich, Zicky, du bist toll, aber ich weiß nicht, ob ich so auf Kommando überhaupt einen hochkriegen würde.«

»Da hat der Osterhase sich gedacht, das geht aber nicht, dass die Kinder keine Eier finden, und er hat nachgedacht.«

»Wir müssten es ja gar nicht richtig machen. Du könntest auch in ein Röhrchen oder so, und dann spritze ich es mir ein.«

»Warst du schon mal schwanger?«, wollte Leni wissen.

Zicky klang empört. »Natürlich nicht. Was denkst du denn?«

»Was meinst du, Schatz, was hat er sich ausgedacht?«

»Weiß nicht, Mama. Sag schon!«

»Und was sagst du dazu, Olga?«

»Ich weiß nicht. Was, wenn das Kind auf die Straße läuft? Was, wenn sich eine Wespe auf sein Eis setzt? Ich bin blind.«

»Er hat angefangen, die Eier bunt zu bemalen.«

»Aber wir sind doch auch noch da. Drei Eltern.«

»Mir kommt das eher vor wie zwei Eltern plus eine Blinde.«

»Damit die Kinder sie im Schnee finden können.«

»Die Geschichte ist doof, Mama. Wenn der Osterhase will, dass man die Eier kriegt, dann muss er sie doch gar nicht erst verstecken. Beim Verstecken geht's doch darum, dass man etwas *nicht* findet.«

Ines lachte und strich Nicky über den Kopf.

»Wenn Olga Ja sagt, mach ich auch mit«, sagte Jason.

»Wieso wird der Baum verbrannt?«

Leni richtete sich nicht auf, als sie auf Nickys Frage antwortete. »Ich glaube, es ist ein Opfer für den Frühling. Damit er bald kommt. Er sieht aus wie eine alte Hexe, die auf dem Scheiterhaufen verbrannt wird. Siehst du die lange Nase?« Leni zeigte auf einen hoch hängenden Ast, der noch nicht vom Feuer verzehrt worden war. »Die Hexen haben geschrien, bis sie tot waren. Unter ihrer Haut hat das Fett gekocht und Blasen geworfen. Und wenn ein Henker gnädig war, dann machte er ein qualmendes Feuer wie heute, damit die Hexe erstickte, bevor sie verbrannte.« Leni war in eine Art Trance gefallen, und sie hatte mit ihrer hohen, kindlichen Singstimme gesprochen. Embryos, Ostereier, Hexenbäume. *Alles wächst nach.* Sie fühlte sich plötzlich leicht und frei, beinahe glücklich, und sie lauschte verzückt dem Knattern der Flammen und dem Gelächter um sich herum.

Ines hielt Nicky die Ohren zu. »Mach ihm doch keine Angst.«

Nicky schüttelte ungeduldig die Hände seiner Mutter ab. »Hat man die Hexen dann gegessen, wenn sie gebraten waren?«

Leni richtete sich auf. »Wenn sie erst mal verbrannt waren, dann war da nichts mehr zum Essen dran.«

»Nicky! So redet man nicht, und das weißt du genau!«

Nicky wollte etwas erwidern, doch ein lang gestrecktes Knarren übertönte seine Worte. Die Fichte in der Mitte des Holzstoßes begann, sich zur Seite zu neigen, erst kaum merklich, dann immer schneller. Sie fiel mit einem erstaunlichen Krachen wie geplant ins Feld, aber viel zu früh. Einige Leute, die sich abseitsgehalten hatten, wurden von brennenden Zweigen gestreift.

Leni sprang auf und fasste instinktiv nach Nickys Hand, der immer noch seine nicht angezündete Fackel hielt. Plötzlich rannte er los, genau auf das Feuer zu. Ines brüllte ihm nach, dann verlor Leni ihn aus den Augen. Ines stieß spitze Schreie aus, bis zwei Helfer kamen und fragten, ob sie verletzt sei.

»Mein Sohn! Mein Sohn ist weg!«

Die Helfer versprachen, dass sie nach ihm suchen würden, doch Ines ließ sich nicht beruhigen. Sie arbeitete sich gegen den Strom der Aufbrechenden in Richtung Feuer vor.

Eine Minute später hatte sie Nicky gefunden und brachte ihn zurück, mit schwarzem Gesicht und brennender Fackel. Er strahlte. Ines schüttelte ihn kurz durch, nahm ihn dann aber in den Arm.

»Wenn du noch einmal wegläufst, machen wir so was nie wieder. Verstanden!«

Der Junge nickte. Er wusste, dass er kurz davor war, richtig Ärger zu bekommen. Aber er hatte gekriegt, was er wollte, und war zufrieden.

Erst jetzt merkte Leni, dass ihr Herz raste. Nicky hätte sich im Dunkeln und dem allgemeinen Tumult verlaufen können. Sie wollte sich gar nicht ausmalen, wie sich ein fünfjähriges Kind fühlte, das nachts allein auf einem Feld steht und seine Eltern nicht findet. So verlassen und verloren. Leni schluchzte kurz und heftig. Das musste die Anspannung sein, die sich löste.

»Wir gehen. Es ist spät«, sagte Ines in einem Tonfall, der keinen Widerspruch duldete.

Hand in Hand, wie um sich nach dem Schrecken gegenseitig Sicherheit zu geben, machten sie sich auf den Weg zum Auto. Zicky und Jason taumelten stumm neben Leni her, und Nicky schien beinahe im Gehen einzuschlafen. Es war fast zehn Uhr.

Als sie bei Zickys Auto ankamen, stellten sie fest, dass sie sich auf der falschen Seite des Zaunes befanden. Zicky und Jason kicherten. Leni war so müde, sie hatte nicht die geringste Lust, den ganzen Weg noch einmal zurückzulaufen.

»Wir klettern einfach rüber. Da ist ein Baum.«

Nicky fand die Idee großartig, nur Ines und Olga machten sich Sorgen. »Wie soll ich das denn schaffen?«

»Mama, wenn wir alle schieben, klappt das.«

Leni war derselben Meinung, und Zicky und Jason waren

sowieso zu allem bereit. Die Aussicht auf ein kleines Abenteuer machte ihnen sichtlich Spaß.

»Vielleicht könnten wir auch einfach zu dem Haus da hinten gehen und fragen, ob wir ein Zimmer kriegen, zum Kindermachen.«

Olga war die Situation sichtlich unangenehm. Ines zog sich an dem Baum hoch, so gut sie konnte, und die Erwachsenen schoben, während Nicky mit seiner Fackel leuchtete. Leni spürte, wie ihre Hände in Ines' Hintern versanken, und einen Moment lang dachte sie, es wäre unmöglich, etwas so Schweres, das so wenig Halt bot wie Fett, überhaupt irgendwohin zu bewegen. Aber dann war es geschafft. Ines ließ sich mit einem kleinen Entsetzensschrei auf der anderen Seite des Zaunes in den Schnee fallen.

»Jetzt ich!« Nicky reichte Zicky die Fackel. »Ich kann das alleine.« Geschickt kletterte er über den Zaun und wartete auf der anderen Seite.

Als Nächstes kam Olga, dann Leni, Zicky und zuletzt Jason. Er hielt sich an den scharfen Zacken des Zauns fest und sprang.

Zicky gab Leni die Autoschlüssel, sie wollte den Wagen öffnen, fand aber das Schüsselloch nicht gleich. Ines rief nach Nicky, der mit seiner Fackel immer noch am Zaun stand und in den Schnee starrte, damit er leuchtete. Kurz darauf kam er angerannt.

In dem Moment, als Leni den Schlüssel umdrehte, stieg Jasons Schrei auf, erst tief und dann immer höher. Er hielt die rechte Hand vor sich ausgestreckt.

Dort, wo der Ringfinger sein sollte, war nur noch ein zerfetzter Stumpf. Es blutete kaum, die abgerissenen Adern hatten sich sofort nach außen gestülpt und zusammengezogen, um einen größeren Blutverlust zu vermeiden.

Leni drehte sich um, stützte sich auf den Wagen, legte die Stirn auf das kalte Dach und atmete tief durch. Zicky schrie ebenfalls, und Olga wollte wissen, was geschehen war. Nur Ines und seltsamerweise auch Nicky behielten einen kühlen Kopf.

»Sie sind mit Ihrem dicken Ring an einer der Eisenspitzen hängen geblieben«, sagte Ines. »Der Ring hat den Finger abgerissen. Wenn wir schnell sind und ihn finden, kann man ihn wieder annähen. In der Kälte haben wir sicher zwei Stunden Zeit. Leni, du suchst mit Nicky nach dem Finger. Ich kümmere mich um die Wunde. Wo ist der Verbandskasten?«

Zicky reagierte nicht.

»Vielleicht im Kofferraum?«, meinte Leni. Sie schloss auf, während Ines weitere Anweisungen erteilte.

»Zicky, du hilfst auch suchen. Nicky, du leuchtest den beiden.«

Leni und Zicky, die mit einem Mal wieder ganz nüchtern wirkte, suchten nach dem Finger. Sie suchten auf beiden Seiten des Zaunes, stocherten im Schnee, traten vorsichtig auf, und nachdem Ines Jason auf den Rücksitz gelegt und ihm eine Beruhigungstablette gegeben und die Wunde versorgt hatte, half sie ebenfalls beim Suchen.

Nach einer Weile fand Leni Jasons Ring, der kalt und schwer in ihrer Hand lag. Sie gab ihn Zicky, sie wollte ihn nicht länger berühren als notwendig. Ein Fetzen Haut hing daran, und im Schnee, nur Zentimeter daneben, fand sie einen Blutfleck und eine kleine Einbuchtung.

»Hier. Er ist weg.« Ihre Stimme klang dumpf in ihren eigenen Ohren. Wie konnte das sein?

Zicky stieß sie an und zeigte in die Bäume hinauf, die sich tiefschwarz gegen den milchigen Himmel über der Stadt abhoben. Hunderte von Krähen saßen auf den Ästen, kein Platz schien unbesetzt. »Den haben die Vögel.«

Diesmal war es Leni, die fluchte. »Verdammte Vögel.«

»Ja. Verdammte Vögel.« Zicky spuckte aus.

Wie sollten sie das Jason beibringen? Leni fühlte sich niedergeschlagen und begann zu weinen, und Nicky schob seine Hand in ihre, um sie zu trösten. Ines war nach wie vor die professionelle Ruhe in Person.

»Gut, dann schnell jetzt ins nächste Krankenhaus. Maria Heimsuchung, Pankow, ich weiß den Weg. Ich fahre.«

Leni war dankbar, dass sie nicht mehr fahren musste. Zicky setzte sich nach hinten zu Jason, der unter Schock stand, und Olga nahm seinen Kopf in den Schoß und streichelte ihn unablässig. Leni setzte sich nach vorn und nahm Nicky auf den Schoß. Ines fuhr schnell. Leni hätte gerne ein wenig geschlafen.

◇◇◇

Als Zicky aus dem Krankenhaus kam, wo sie Jason noch zwei Tage behalten wollten, hatten Leni und Olga bereits ein opulentes Osterfrühstück aufgetragen. Die beiden erkundigten sich kurz nach Jason, redeten ansonsten aber ununterbrochen über den möglichen Erfolg ihrer Miniband. Zicky begann zu begreifen, dass sie die beiden nicht würde aufhalten können.

»Wieso nennt ihr euch KAT? Katalysator?«

»Nein.« Leni biss herzhaft in ihr Brötchen. »Das ist eine Abkürzung für *Kind auf Treppe.*«

»Und wieso das?«

Leni zuckte die Achseln. »Das ist ein Stück von uns. Passt schon irgendwie, entweder geht's rauf oder runter. Und man kann es sich gut merken. Das Album nennen wir Braillemaschine.«

Olga nickte heftig zu Lenis Erklärungen, ihr Kaffee schwappte beinahe über.

»Ihr spinnt. Und das soll Erfolg haben?«

»Es *wird* Erfolg haben. So etwas weiß ich mit Sicherheit«, sagte Olga.

Zicky dachte darüber nach, ihren Kater mit einem Glas Rotwein zu bekämpfen. Aber es wäre besser, das heimlich zu tun, damit sie sich nicht rechtfertigen musste. Wenn sie ehrlich war, dann war sie neidisch. Sie hatte immer gezeichnet, gemalt, fotografiert. Sie hoffte immer noch, damit eines Tages ihre Muse und ihren Meister zu beeindrucken, und jetzt beschlich sie das Gefühl, dass sie sich vielleicht das falsche Medium gesucht hatte. Olga konnte ihre Kunst nicht einmal wahrnehmen. Und sie und Leni schienen sich ihrer Sache so sicher zu sein. Zicky fühlte sich ausgeschlossen.

Sie stand auf und starrte aus dem Küchenfenster zu den Mülltonnen hinab. Erst beim zweiten Hingucken erkannte sie Nicky, der wieder einmal zwischen den Tonnen hockte und an etwas kaute, das von Weitem wie ein Hühnerflügel aussah. Wie ein roher Hühnerflügel. Zicky ging in den Flur und wählte Ines' Nummer.

»Dein Sohn hockt im Hof und isst Fleischabfälle. Vielleicht solltest du nach ihm sehen. Und frohe Ostern.« Zicky legte auf, ohne eine Antwort abzuwarten. Ihr war nicht nach Höflichkeiten.

◇◇◇

Ines legte auf und sah aus dem Fenster. Zicky hatte recht. Da hockte er und kaute. Wie so oft zwischen den Mülltonnen. Wahrscheinlich spielte er noch mal Eiersuchen. Sie begriff nicht, woher der Junge diesen Hang zum Schmutzigen, Widerwärtigen hatte.

Ines war nur in Jogginghose und T-Shirt, ohne Büstenhalter. Aber das machte nichts in diesem Kiez. Sie lief die Treppen hinunter in den Hof und erwischte Nicky, bevor er ahnte, dass sie kam.

Sie wollte nicht zuschlagen. Doch als sie erkannte, woran er kaute, rutschte ihr zum ersten Mal bei einem ihrer Kinder die Hand aus.

Nicky starrte sie aus großen Augen erschrocken an, und Ines riss ihm Jasons bereits halb abgenagten Finger aus der Hand, öffnete eine Mülltonne und warf ihn hinein. Dann packte sie den Jungen am Arm und schleifte ihn hinter sich her die Treppen hinauf. Nicky schrie wie am Spieß, doch Ines' Wut war stärker.

Als die Wohnungstür hinter ihnen geschlossen war, baute sie sich vor ihm auf und schlug ein weiteres Mal zu, mit Absicht jetzt. Und dann noch einmal.

»Warum kannst du kein ganz normales Kind sein? Warum?!«

Nicky schrie zurück. »Das weiß ich doch nicht!«

Dann weinte er, laut und klagend. »Es tut mir leid. Es tut mir leid.«

Erst jetzt begann Ines' Wut sich in Trauer aufzulösen. Sie ging vor dem Jungen in die Knie. »Nein, mir tut es leid. Nicky. Komm her.«

Ines nahm Nicky in die Arme, setzte sich in den Schneidersitz und wiegte ihn hin und her. Sie legte ihn auf ihren Schoß, schob ihr T-Shirt hoch und ließ ihn trinken. Und dann biss er zu. Ines hatte noch nie solch einen Schmerz empfunden.

Während sie ihre Wunde versorgte, hörte sie Nicky in Sandras Zimmer weinen, leise und kontinuierlich.

Ines ging in den Hof hinunter, öffnete die Mülltonne und holte Jasons Finger heraus.

Sie wusch ihn ab und gab ihn Nicky. Dann setzte sie sich neben ihren Sohn auf Sandras nackten Fußboden und streichelte seinen Kopf, während er den Finger fein säuberlich abnagte.

IX

Berlin, Hauptstraße 155, 14./15. Mai 2009

»Du musst einfach mitkommen«, sagte Olga. »Schon für das Album. Im *Dunkel* ist die Geräuschkulisse viel intensiver als irgendwo sonst. Wenn du die Musik des Lebens komponieren willst – dort ist sie. Und Zicky würde sich freuen. Es wäre eine Anerkennung, weißt du.«

Leni war der Gedanke unbehaglich. Sie fürchtete sich im Dunkeln. Und wenn es wirklich so stockfinster war, wie Jason behauptet hatte, würde sie keine Luft mehr bekommen, sobald sie den Laden betrat.

»Ich bin doch bei dir. Ich kenne mich aus.«

Leni gab sich einen Ruck, ließ sogar ihre Perücken zu Hause. Im *Dunkel* würde sie sowieso keiner sehen, und es wurde überhaupt Zeit, dass sie sich ihren Ängsten stellte.

Das *Dunkel* war wirklich erstaunlich. Zuerst kam man in eine Garderobe, in der man Jacken und Taschen abgab, damit man sie in dem stockdunklen Speisesaal nicht verlor. Zickys Handschrift war bei der Inneneinrichtung deutlich zu erkennen, obwohl sie sich hier mit dem Ausdruck ihres Fan-Daseins zurückgehalten hatte. Kein einziger Bowie an den Wänden. Warme Farben dominierten, viel Orange und Gelb, und ein dicker, goldfarbener Teppich dämpfte die Schritte. Nach diesem Raum, der wirklich eine Augenweide war, ging es durch eine Lichtschleuse in den Speisesaal. Man konnte nicht einfach hineingehen, sondern man musste warten, bis einer der Angestellten kam und einen an den Platz führte. Olga hatte ihr erklärt, dass man vorher nicht erfuhr, was es zu essen geben würde, das Menü war exklusiv, aber geheim. Das Geschmackserlebnis sei intensiver, wenn man sich ganz auf Nase, Gefühl und Geschmack verlassen müsse. Leni wusste nicht, ob sie bereit war, etwas zu essen, von dem sie weder wusste, wie es hieß, noch, wie es aussah. Dennoch ließ sie sich von Olga an einen Einzeltisch führen. Sie hatte zugesagt, jetzt würde sie es auch durchstehen.

Als Olga ging, um den Wein zu holen, stieg eine erste Welle von Panik in Leni auf, und sie hatte Schwierigkeiten, tief genug zu atmen. Sie fühlte sich durch die Schwärze um sie herum beengt und zugleich verloren. Sie hätte nicht nachgeben dürfen, es war ein großer Fehler gewesen.

Dann begann sie, sich auf ihre Umgebung zu konzentrieren. Wenn sie genau hinhörte, bekam sie eine Vorstellung von dem Raum, der sie umgab, und das beruhigte sie ein wenig. Menschen unterhielten sich leise, manche gleich neben ihr, manche weiter entfernt. Doch alle Gespräche erschienen ihr konzentriert und offen. Sie wussten nicht, wer alles mithörte, und sie schienen diesen Gedanken ausblenden zu können. Niemand sah sie an, niemand prüfte, ob Körpersprache und Worte zusammenpassten. Wenn man nur Stimme war, konnte man nichts vorspielen. Und das schien befreiend zu sein.

Olga brachte einen trockenen Wein, eine Fingerschale und ein Handtuch. »Die meisten Anfänger sauen sich erst mal ein«, sagte sie leise. Die cremige Vorspeise schmeckte nussig und salzig. Leni konnte nicht identifizieren, worum es sich handelte, aber sie hatte Schwierigkeiten, das Essen überhaupt auf ihre Gabel zu bekommen.

Am Nebentisch hörte sie das verhaltene kehlige Lachen eines Mannes. Wer weiß, dachte Leni, was die Leute hier ganz ungeniert alles treiben. Ihr wurde bewusst, dass die Finsternis um sie herum diesen Ort sowohl öffentlich als auch privat machte, und sie kannte durchaus Leute, die so etwas anregend fanden. Vielleicht würde sie es sogar selbst anregend finden, wenn ein Mann, den sie nicht sehen konnte, den sie nie sehen würde… Leni schob den Gedanken beiseite, als Olga sich zu ihr setzte und sich, dem sanften Klingen von Glas auf Glas und dem charakteristischen Glucksen nach zu urteilen, ebenfalls ein Glas Wein einschenkte. Leni spürte ein Kribbeln zwischen ihren Beinen und schlug die Schenkel übereinander.

»Und für dich ist es immer so?«, fragte sie.

»Sicher.«

»Ich finde es beängstigend.« Leni fragte sich, ob Olga hören konnte, dass sie nur einen Teil der Wahrheit sagte und dass es da noch diesen anderen Teil gab, der Angst haben wollte.

»Das ist es nur am Anfang, wenn man sich noch nicht auskennt. Das Augenlicht fehlt mir. Aber ich habe ebenso viel gewonnen, wie ich verloren habe.«

»Wie hast du es verloren?«

»Durch eine Krankheit. Als ich sechs war.«

»Das muss schrecklich gewesen sein.«

»Ich habe mir in den letzten Wochen jede Ballettsendung im Fernsehen angesehen, bin immer näher an den Fernseher herangekrochen. Ich wäre so gerne Tänzerin geworden.«

»Ich könnte heulen, wenn du das so erzählst.«

Olga streichelte Lenis Wange. »Nicht so schlimm. Glaub mir. Jetzt nicht mehr.«

Und dann spürte Leni Olgas Atem, fühlte ihre Lippen. Olga küsste sie, und Leni öffnete den Mund und ließ Olga gewähren. Ihr Kuss war fest und bedächtig und fordernd. Leni war zu überrascht, um ihn zu erwidern, aber sie wünschte sich, dass Olga nicht aufhörte.

Plötzlich zog Olga sich zurück und räusperte sich.

»Ich trage den Hauptgang auf«, sagte sie und nahm Leni

die Vorspeise weg, die sie kaum angerührt hatte. Leni wusste nicht wohin mit der Gabel.

Als sie wieder allein am Tisch saß, fühlte sie sich einsam und schuldig. Olga war Zickys Frau, so wie Jason Zickys Mann war. Sie hatte kein Recht. Und doch wünschte sie sich so sehr, Teil dieser kleinen Welt zu sein, in der alle es geschafft zu haben schienen, sich am eigenen Schopf aus dem Sumpf zu ziehen, die Vergangenheit hinter sich zu lassen und ein Leben zu haben. Zicky, Olga, Jason, Ines. Keiner hatte es leicht gehabt. Trotzdem kriegten sie alle ihr Leben irgendwie auf die Reihe. Aber keiner von ihnen musste fürchten, einen Menschen getötet zu haben, dachte Leni. Oder sogar zwei, wenn man das Kind mitrechnete. Oder drei, wenn Oma …

Die kehlige Männerstimme vom Nebentisch drängte sich wieder in den Vordergrund von Lenis Bewusstsein. »Jetzt hab ich dich«, raunte sie.

Leni kannte diese Stimme. Das Sonore, die Bestimmtheit, die sich trotz des Flüsterns vermittelte. »Ich mach dich jetzt fertig, und wehe, du gibst einen einzigen Laut von dir.«

◇◇◇

Ein unterdrücktes Stöhnen kam vom Nebentisch zu Leni herüber, Lenis Atem ging schwer. Sie erwartete jede Sekunde seine Berührung, seinen tödlichen Griff.

Als Olga wiederkam, war Leni starr vor Angst. Olga schien zu spüren, dass etwas nicht stimmte. Leni krallte Zsich in Olgas Arm. »Er ist hier. Magnus. Ich habe ihn gehört.«

»Dein Mann? Das ist doch Unsinn. Beruhige dich.«

»Bring mich raus. Schnell.«

»Bist du sicher?«

Statt einer Antwort stand Leni ruckartig auf. Ihr Stuhl fiel um, das Krachen schien Leni überlaut durch den Saal zu dringen, und danach war es unnatürlich still. »Nichts passiert«, sagte Olga laut und hob den Stuhl wieder auf.

Sie nahm Leni beim Arm, so wie man sonst Blinde führt, und brachte sie durch die Lichtschleuse ins Foyer, wo Leni Jacke und Tasche entgegennahm. Sie drückte Olga einen schnellen Kuss auf die Wange und verließ das *Dunkel*. Bevor er auftauchte und sie sah.

Die nächtlichen Straßenlichter kamen Leni grell vor. Sie winkte dem nächsten Taxi, lallte wie eine Betrunkene »Hauptstraße hundertfumfunfumzig« und ließ sich nach Hause fahren.

Über sich in der Wohnung hörte sie Metall auf Metall schaben, und ihre Schlaftabletten waren alle.

◇◇◇

Geräusche mischten sich in Ines' Träume, die ihren Blutdruck in die Höhe trieben und Adrenalin durch ihre Adern pumpten. Sie träumte Hass, unersättlichen Hass auf die, die sie benutzt und dann verlassen hatten. Alle hatten sie alleingelassen. Sogar Sandra. Aber Nicky war krank. Er würde bleiben. Ines wuchtete ihren schweren Körper von einer Seite auf die andere, ertastete Nicky neben sich, schlief unruhig weiter.

Hinter der notdürftig übertapezierten Tür, hinter der ihr Nachbar lebte, schabte und kratzte es. Ines hasste ihren Nachbarn und die Rhythmen, das Stöhnen und das gelegentliche Wimmern, das aus seiner Wohnung durch die Tapetentür in Sandras Zimmer zu ihr herüberdrang. Das Schwein war mindestens siebzig, ein pedantischer, unsympathischer Typ. Nicky verbrachte viel Zeit in Sandras Zimmer, kuschelte sich in ihr Bett oder saß in ihrem Kleiderschrank, um an den kleinen Knochen zu lutschen, die er jetzt immer bei sich trug. Seit er Ines gebissen hatte, verweigerte er die Brust, und Ines hatte keine Milch mehr. Seit vier Wochen trank er Sojamilch mit Blut von dem illegalen Schächter, der am S-Bahnhof einen kleinen Blumenladen betrieb. Er brachte es ihr tiefgefroren in Plastikbeuteln, das war besser als nichts. Das Proteinpulver aus der Apotheke war praktisch unbrauchbar. Nicky wurde immer blasser und dünner. Ines sah ihn verhungern, sie sah seinen hohlen Blick. Er interessierte sich für nichts mehr, lachte nicht mehr, humpelte stärker, und seit Neuestem schlafwandelte er auch. Zum Schlafen nahm Ines ihn mit nach vorn in ihr Bett. Sie wollte nicht, dass der Junge mitbekam, was in der Nachbarwohnung vor sich ging. Er war noch viel zu klein für so was.

Zu dem Schaben und Stöhnen kam jetzt ein weiteres Geräusch hinzu, eine harte, schnelle Folge von Klopfgeräuschen. Ines war jetzt endgültig wach, sie lauschte, doch sie hielt die Augen geschlossen, wartete darauf, dass der Wichser nebenan fertig wurde. Sie musste auf den Jungen aufpassen, Frau Moddel beobachtete sie genau. Niemand durfte ihn ihr wegnehmen. Wieder eine schnelle Folge von Klopfgeräuschen. Jemand war an der Wohnungstür.

Ines schälte sich aus der Decke und zog den Bademantel über.

Vor der Tür stand Leni. Sie sah genauso kaputt und übernächtigt aus, wie Ines sich fühlte. Noch zehn Jahre weiter auf diese Weise, und Leni würde genauso alt und verbraucht sein wie sie selbst. Das ging so schnell, wenn man vom Leben immer nur geschlagen wurde.

»Der Nachbar, ich kann nicht schlafen. Hast du noch Schlaftabletten?«

Ines nickte müde, schlurfte ins Bad und holte für Leni eine Packung mit vierzig Zolpidem, die hoch dosierten. Das Mädchen hatte einen ziemlichen Verbrauch.

»Hier, das reicht aber hoffentlich eine Weile.«

Leni lächelte tapfer. »Danke. Gute Nacht, Ines.«

Als Ines in ihr Schlafzimmer zurückkam, hatten die Geräusche von nebenan aufgehört. Und Nicky war nicht mehr an seinem Platz in ihrem Bett. Ines ging durch die Wohnung und fand ihn in Sandras Bett, eingekuschelt und friedlich schlafend. Sie ließ ihn, wo er war. Wahrscheinlich war es Nickys Art zu trauern.

Am nächsten Morgen erwachte Ines vom leisen Wimmern ihres Sohnes. Sie rieb sich den Schlaf aus den Augen und wollte nach ihm sehen. Doch Sandras Bett war leer. Das Wimmern hielt an, Ines suchte die Wohnung ab, Toilette, Küche, sein eigenes Zimmer, Sandras Schrank. Ines' Atem ging schneller, ihr Puls beschleunigte sich.

So jämmerlich hatte Nicky nur ein einziges Mal in seinem kurzen Leben geklungen, nachdem er einen allergischen Schock erlitten hatte und beinahe erstickt wäre. Er brauchte Hilfe, und wie damals hatte Ines jetzt wieder das Gefühl, selbst ersticken zu müssen, wenn sie nicht sofort zu ihm konnte.

Sie schluchzte, presste die Lippen aufeinander. Sie musste ruhig bleiben. Wenn sie sich aufregte, verschwand die Stimme ihres Sohnes hinter dem Rauschen in ihren Ohren. Also lauschte sie. Ganz ruhig jetzt, Schritt für Schritt, folgte Ines dem Wimmern.

Ihr Weg endete vor der Tapetentür, und hinter dieser Tür war ihr Sohn und weinte. Ines drückte gegen die Tür. Sie war verschlossen. Sie hob die Arme und atmete ihren eignen Angstschweiß ein, während sie die Tür aus den Angeln riss.

Direkt hinter der Tür lag ein kleines Zimmer, es hatte vielleicht acht oder zehn Quadratmeter. Die Wände waren mit Zeitungsausschnitten beklebt, das Fenster mit einer Decke verhängt. Eine altmodische Schreibtischlampe stand auf einem Nachttisch neben einem Feldbett und beleuchtete weiße Haut. Ines stand mit der dünnen Spanholztür in den Händen da und brauchte einen Moment, um zu begreifen, was sie sah.

Ihr Junge lag auf dem Bauch, mit Handschellen ans Bett gefesselt. Seine Schlafanzughose mit den Spongebob-Motiven war halb heruntergezogen, und der alte Mann saß schwer atmend am Fußende des Bettes, und sein alter Schwanz reckte sich im Licht der Lampe feucht glänzend zwischen seinen dünnen Beinen hervor. Er hatte es getan.

Ohne denken zu müssen, wusste Ines, was nun zu geschehen hatte. Sie rammte dem Alten die Kante der Tapetentür ins Gesicht, sie hörte seine Nase brechen, dann fiel er vor ihr auf die Knie. Seine Haare strahlten im Gegenlicht der Lampe wie ein Heiligenschein, und seine stahlblauen Augen blickten flehend zu ihr auf.

»Sie sind das Schulwegmonster.«

Ines wusste nicht, woher diese Gewissheit kam, aber sie war sich absolut sicher.

Der Alte lachte heiser und wischte das Blut ab, das ihm über den Mund lief.

»Deine Tochter hat mich für den lieben Gott gehalten.«

Ines schlug ein weiteres Mal zu, der Alte fiel auf den Bauch, und dann trat sie zu, bis er sich nicht mehr bewegte. Sie wusste, dass sie es nicht bereuen würde.

X

Reykjavík, 08. Januar 2009

Es stank nach Schweiß, Housemusik dröhnte durch den verspiegelten Saal. Um sie herum wurde rhythmisch gestampft und gestöhnt, und auch Leni gab alles. Die Trainerin brauchte sie nicht anzufeuern, obwohl sie sich fast nur noch von Milch und Äpfeln ernährte. Es ging einfach nichts anderes mehr rein. Leni sah ihrer eigenen knochigen Gestalt dabei zu, wie sie sich auspowerte. High-step, cross-step left, cross-step right, und die Arme immer schön mitnehmen! Leni konzentrierte sich auf das Quietschen der Turnschuhe auf dem Schwingboden, lauschte dem Reiben der Hightechstoffe auf bloßer Haut, atmete, machte keinen einzigen Fehler. Sie war stolz, denn sie hatte sich erst vor Kurzem im Fitnessstudio angemeldet, nachdem sie gelesen hatte, dass bei körperlicher Anstrengung irgendwann Endorphine zu strömen begannen. Wenn sie wirklich alles gab, dann machten die körpereigenen Drogen sie high, und dann konnte sie sich entspannen und vielleicht mal wieder eine Nacht durchschlafen.

Falls Magnus nicht anrief, falls aus Bens und Ireens Schlafzimmer nicht wieder dieses lustvolle Stöhnen drang, unter dem sie sich wand wie unter einer Körperstrafe. Falls die Sorge um Oma sie nicht mit diesem immer wieder flauen Gefühl im Magen wach liegen ließ.

Nachdem Leni abgehauen war, war sie nicht zu der Hebamme gefahren, die Oma ihr empfohlen hatte. Sie war direkt zu Ben gefahren. Als Leni dort geklingelt hatte, war es Ireen gewesen, die ihr öffnete. Sie war hochschwanger, und Leni war vor ihren Füßen auf der Schwelle zusammengebrochen, blutend, kaputt, unendlich traurig.

Leni war trotzdem geblieben. Zu wem hätte sie auch sonst gehen können. Silfur war fort, und Oma kam nicht. Sie hätte längst zurück sein müssen aus Vík, Leni ging jeden Tag zu ihrem kleinen Häuschen am Stadtrand. Sie hatte Angst, dass ihr etwas zugestoßen war, aber sie sah keine Möglichkeit, wie sie es herausfinden konnte, ohne Magnus auf sich aufmerksam zu machen.

Ben hatte Leni in den letzten Wochen ignoriert, so gut es ging, aber Ireen hatte sich um sie gekümmert, hatte sie zum Essen animiert, hatte sie getröstet, wenn sie weinte, um ihr Kind, um ihre Ehe, um sich selbst. Um Ben. Sie würde Ireen für immer dankbar sein. Und trotzdem hasste sie sie.

Als Ireens Schwangerschaft sich dem Ende zuneigte und sie immer schwerer wurde, hatte Leni begonnen, den Haushalt zu machen, einzukaufen, das Kinderzimmer in einem zarten, hoffnungsvollen Grün zu streichen. Sie half, wo sie konnte, und manchmal hatte sie beinahe das Gefühl, zu Bens kleiner Familie zu gehören. Sie hatte sogar eine Spieluhr für Ireens und Bens Kind gekauft. Sie hatte lange nach der richtigen Melodie gesucht, die Mama ihr immer vorgesungen hatte. Sie konnte sich nur noch bruchstückhaft daran erinnern, aber als sie sie fand, erkannte sie sie sofort wieder.

Das Einkaufszentrum hatte eine Tiefgarage, oben waren alle Geschäfte, und im Dachgeschoss war das Fitnesscenter. Hier war sie jetzt jeden Tag, mindestens zwei Stunden lang.

Nach der Aerobicstunde trank Leni Wasser direkt aus dem Hahn, und danach ging sie noch zum Tae Bo. Der Trainer behauptete, dass es Selbstbewusstsein verlieh. Leni machte es, weil es sie müde machte, und sie musste furchtbar müde sein, um das Klingeln des Telefons zu überhören.

Wenn Ben oder Ireen an den Apparat gingen, meldete er sich nicht. Und wenn Leni ging, dann bettelte er, dass sie zurückkommen sollte. Oder er drohte, dass er sie holen würde. In letzter Zeit atmete er meist nur, und dann wusste sie, dass er sich einen runterholte. Sie konnte nicht auflegen, sie wartete, bis er fertig war, und dann lief sie ins Bad und übergab sich.

Ireen machte sich Sorgen, weil Leni immer dünner wurde. »Du hast doch Bulimie«, hatte sie heute Morgen gesagt, nachdem er wieder angerufen hatte. Beinahe liebevoll hatte Ireen es gesagt und ihr dabei eine verschwitzte Haarlocke hinters Ohr geschoben. Aber das war es nicht. Leni hätte zu gern gegessen, sie hätte zu gern alles bei sich behalten. Es war einfach nur die Angst, die ihren Magen in einen kleinen, harten Stein verwandelte. »Ich bin in der Stadt«, hatte er ins Telefon geraunt. »Ich hol dich nach Hause.«

Leni hatte ihre Sporttasche gepackt, Papas alte Jacke übergezogen, Bens Auto ohne Erlaubnis genommen und war losgefahren. Ben lieh ihr das Auto nicht gerne, jetzt, wo es bei Ireen jeden Tag losgehen konnte. Ihren Passat hatte sie verkauft, als sie in Reykjavík angekommen war.

Zwei Stunden war Leni ziellos durch die Straßen von Reykjavík gefahren, am Hafen entlang und an dem weißen Neubau, in dem das Musikdepartment der Kunsthochschule untergebracht war. Sie wäre jetzt gerne hineingegangen und hätte sich in eines der Klavierzimmer gesetzt, um ein wenig zur Ruhe zu kommen. Stattdessen hatte sie das Auto ins Parkhaus des Centers gestellt und war die Stufen hinauf zum Fitnessstudio gerannt.

Dreieinhalb Stunden später war Leni fertig. Ihre Muskeln konnten sie kaum noch auf den Beinen halten, und silbrige

Blitze zuckten durch ihr Blickfeld, als sie sich nach dem Duschgel bückte. Das Wasser rauschte und sperrte alle anderen Geräusche aus. War dort jemand, vor dem Duschvorhang, vielleicht war das eine Bewegung gewesen, ein unterdrücktes Husten. Lenis Herz begann zu rasen. Sie stellte das Wasser aus. Sie war allein in der Dusche. Vielleicht konnte sie im Parkhaus bleiben und versuchen, ein oder zwei Stunden im Auto zu schlafen. Dort wäre sie sicher.

Als Leni mit vor Erschöpfung zitternden Beinen die Treppen hinunterging, klingelte das Handy. Magnus konnte diese Nummer nicht haben. Dennoch brach Leni der Schweiß aus. Was, wenn Ireen oder Ben ihm die Nummer gegeben hatten? Die beiden wären zu solch einer Gemeinheit nicht fähig, oder? Leni blieb auf dem Treppenabsatz stehen. Das Klingeln hallte von den kahlen Betonwänden wider. Sie ging ran.

»Na endlich! Ich brauch das Auto. Es geht los.« Ben klang aufgeregt. »Beeil dich!«

»Warte. Fünf Minuten.«

Leni drückte Ben weg und rannte die restlichen Stufen hinunter. Sie war froh über diese Ablenkung, die sie in die Realität zurückholte. Obwohl sie Ireen so sehr beneidete und den Gedanken an ein Baby in ihren Armen kaum ertrug. Sie würde ausziehen müssen, jetzt, wo es so weit war. Sie würde noch heute mit der Wohnungssuche beginnen. Ja, es war gut, dass das Kind kam. Das Ereignis riss sie aus ihrer Trägheit. Sie würde sich ab heute wieder um sich selbst kümmern.

Die Tiefgarage war dunkel, aber Leni hielt sich nicht damit auf, den Lichtschalter zu suchen. Sie wusste auch so, dass sie den Wagen an der gegenüberliegenden Wand geparkt hatte. Jetzt, nachdem sie sich beim Sport verausgabt hatte, spürte sie die Schwere ihrer Beine, und es kam ihr unmöglich vor, die letzten fünfzig Meter im Laufschritt zurückzulegen. Sie versuchte es trotzdem, die Sporttasche hing schwer an ihrem Arm.

Leni zerrte den Schlüsselbund aus ihrer Jeans, schmiss die Tasche auf den Beifahrersitz und drehte den Zündschlüssel. Nichts geschah. »Scheißding.« Ausgerechnet, wenn sie es eilig hatte, sprang er nicht an.

Leni lehnte sich zurück und schloss die Augen. Ausgerechnet jetzt fühlte sie sich von einer Welle tiefer Müdigkeit überschwemmt. Sie tauchte unter, in eine kühle, bleigraue See, vollkommene Stille legte sich auf ihre Ohren, und sie fühlte, dass sie auch unter Wasser atmen konnte. Am liebsten hätte sie sich von hier aus bis auf den Grund sinken lassen, zehn oder zwölf Stunden lang.

Leni riss sich zusammen, öffnete die Augen, schnallte sich an und drehte den Zündschlüssel ein weiteres Mal um. Dieses Mal startete der Wagen, und Leni parkte rückwärts aus, drehte der Wand das Heck zu und fuhr im Schritttempo Richtung Ausgang.

Zwei Wagenlängen vor ihr parkte ein weiterer Wagen aus, ein massiger, schwarzer Jeep. Noch bevor Leni sah, wer am Steuer saß, ballte sich eine Faust in ihrem Magen zusammen. Sie kannte den Wagen. Der Fahrer stellte sein Auto quer in den Gang.

Durch die Seitenscheibe erkannte Leni Magnus' falsches Grinsen. Sie rang nach Atem. Sie wusste, wenn sie Angst zeigte, würde ihn das nur noch mehr animieren. Magnus löste den Sicherheitsgurt und ließ die Scheibe runter. Leni sah sich nach einem Fluchtweg um. Plötzlich war es ihr egal, ob er ihre Angst bemerkte. Sie konnte es sowieso nicht ändern, sie musste hier raus. Alle Parkplätze hinter Leni waren besetzt, sie konnte nirgends hindurchschlüpfen. Hinter ihr war die Wand, und vor ihr stand Magnus' Jeep mit laufendem Motor. Leni saß in der Falle.

Magnus wartete. Er wartete, dass Leni ausstieg, und sie dachte, dass ihr letztlich nichts anderes übrig bleiben würde. Sie war beinahe so weit, sich zu ergeben, mit ihm zu gehen und ihre Strafe in Empfang zu nehmen. Wo hätte sie auch sonst hingesollt, was sollte sie mit ihrem Leben tun? Wo sollte das alles hinführen, wenn sie so allein war?

Dann erinnerte Leni sich an ihr Handy. Ben. Oder besser die Polizei. Sie würde Freunde finden, vielleicht einen neuen Mann. Sie könnte Zicky suchen oder Papa. Das wollte sie schon, seit sie ein Kind gewesen war. Das hier war ihre Chance, ihr Scheideweg. Entweder es würde ihr jetzt gelingen, ihrem Leben zu entkommen, oder nie. Oder nie.

Leni verschloss alle Wagentüren. Sie würde ebenfalls warten. Jemand würde sie holen. Als sie das Handy aus der Jackentasche holte, erkannte sie, dass ihr Plan nicht aufgehen würde. In der Tiefgarage hatte sie keinen Empfang.

Magnus fuhr jetzt direkt auf Leni zu, langsam, genüsslich. Leni sah, dass er nur mit einer Hand lenkte, die andere Hand führte rhythmische Bewegungen in seinem Schoß aus. Leni wurde schlecht. Sie fühlte sich winzig in Bens altem Ford gegenüber dem Jeep mit den aufgezogenen Schneeketten.

Plötzlich stieg ungekannter Hass in Leni hoch. Sie war noch nicht bereit, aufzugeben. Sie legte den Rückwärtsgang ein und setzte zurück, schnell, bevor Magnus zu viel Raum für sich gewann und sie keine Bewegungsfreiheit mehr hätte. Kurz vor der Wand stoppte sie, legte den ersten Gang ein und trat aufs Gaspedal. Der Motor drehte hoch, als sie beschleunigte, sie sah, wie das Grinsen in Magnus' Gesicht Erstaunen wich.

Das hier war dafür, dass er sie geschlagen hatte! Das Krachen und Knirschen von Metall auf Metall war ohrenbetäubend, als sie Magnus rammte. Der Sicherheitsgurt schnitt ihr in die Brust, und ihr Kopf wurde schmerzhaft erst nach vorn und dann gegen die Kopfstütze geworfen. Ben hatte eigentlich einen neueren Gebrauchtwagen kaufen wollen, wegen der Airbags. Jetzt war Leni froh, dass sein Geld dazu nicht gereicht hatte.

Sie setzte zurück, beschleunigte erneut. Das hier war dafür, dass er ihr den Arm ausgekugelt hatte. Und das nächste Mal war dafür, dass er ihr ihre eine, etwas längere Schamlippe mit einer Nagelschere gekürzt hatte. Und dafür, dass er sie beschimpft und gedemütigt hatte. Dass er ihr den Kontakt mit ihren Freunden verboten hatte. Dass sie in seinem Haus frieren musste, dass er sie mit einem Dämon geschwängert hatte, der sie beinahe umgebracht hätte, dafür, dass ihre Oma nicht nach Hause kam, dafür, dass Papa sie verlassen hatte, und auch dafür, dass Mama tot war.

Als Leni fertig war, dröhnte ihr der Schädel. Ihr eigner Motor und der von Magnus' Wagen liefen, es stank nach Abgasen, verschmortem Gummi und Angst. Magnus' Kopf lag auf dem Lenkrad. Blut lief aus seinem Mund. Seine Augen waren geschlossen.

Leni zitterte. Sie nahm die Sporttasche vom Beifahrersitz und stemmte sich gegen die verzogene Tür. Sie gab erst nach, als sie mit beiden Füßen dagegentrat. Das Scheppern, mit dem sie auf die unterirdische Straße fiel, hörte Leni kaum. Ihre Ohren waren taub von der Wucht, mit der sie Magnus gerammt hatte. Leni fürchtete, dass jemand kommen und nachsehen könnte, was hier los war. Sie hätte nicht gewusst, wie sie erklären sollte, was hier geschehen war. Sie wusste selbst nicht genau, was geschehen war.

Leni kletterte über die verbeulte Tür und drückte sich an Magnus' Jeep vorbei, die Augen immer auf sein Gesicht gerichtet, das so friedlich aussah. Aber da war furchtbar viel Blut. Leni wusste nicht, ob Magnus tot oder nur bewusstlos war, aber die Vorstellung, dass er die Augen öffnen und sie ansehen, sie mit seinen blutigen Zähnen angrinsen könnte, ließ sie beinahe in Ohnmacht fallen. Die Sekunden, die sie brauchte, um sich an ihm vorbeizudrücken, kamen ihr wie eine Ewigkeit vor. Leni drehte sich um und rannte.

Unterwegs zum Flughafen warf sie ihr Handy in eine Mülltonne. Falls Magnus noch lebte, würde er sie für immer verfolgen.

TEIL II

XI

Vík, 19./20. November 2008

Magnus spitzte die Lippen zu einem Pfeifen, versuchte sich an der Melodie von *Every Breath You Take* und trommelte mit den Händen den Rhythmus auf dem Lenkrad. Leni und er kamen sich wieder näher. Ja, er hatte einen Fehler gemacht, hatte sie schlecht behandelt. Doch damit war nun Schluss. Er wollte sie wieder auf Händen tragen, so wie sie sein Kind trug. Seinen Sohn. Magnus tätschelte dem mannsgroßen Teddybär auf dem Beifahrersitz das Bein. Leni würde sich freuen.

Als er in die lange Kurve ging, hinter der sein Haus erscheinen würde, schaltete Magnus einen Gang zurück und nahm den Fuß vom Gas. Lose in der Landschaft verteilte Felsen verdeckten den Blick auf das nächtliche Meer, bis er über den Scheitelpunkt der Kurve hinaus war. Magnus beschleunigte, und da lag es, das Haus, massiv wie ein weiterer Felsblock, und dahinter – noch schwärzer als die Nacht – das Meer.

Magnus war hier aufgewachsen, sein Urgroßvater hatte das Haus mit dem Krematorium gebaut, und seither waren alle Männer in der Familie Bestatter gewesen. In Magnus steckte ein Rebell, es gab eine Zeit, da hatte er etwas anderes machen wollen, ohne zu wissen, was. Aber am Ende war er doch zurückgekommen. Auch sein Sohn würde Haus und Geschäft einmal erben, und dieser Gedanke war befriedigend, beinahe beglückend.

In Lenis Schlafzimmer sah Magnus schon von Weitem

Licht, es ging jemand in dem Raum hin und her. In Magnus' gute Laune mischte sich Unmut. Leni sollte längst schlafen, sie achtete nicht genug auf sich und sein Kind. Immer wieder musste er sie zurechtweisen. Sanft zwar, er schlug sie nicht, nicht in ihrem Zustand, aber dennoch bestimmt.

Das Licht im Schlafzimmer ging aus, als Magnus in die Einfahrt einbog, die beiden steinernen Säulen passierte, zwischen denen es früher mal ein eisernes Tor gegeben hatte. Magnus hatte sich schon oft vorgenommen, es erneuern zu lassen, hatte es aber immer wieder verschoben. Spätestens wenn sein Sohn laufen lernte, würde er ein neues Tor brauchen. Damit er nicht auf die Straße lief oder verloren ging.

Als Magnus vor dem Haus hielt, fiel ihm als Erstes auf, dass Lenis Passat nicht an seinem Platz stand. Er stieg aus, schloss den Jeep ab und schaute in der Garage nach. Auch dort keine Spur von dem Wagen. Magnus fühlte Wut in sich aufsteigen, ein metallischer Geschmack war in seinem Mund. Sie sollte in ihrem Zustand nicht Auto fahren, und schon gar nicht mitten in der Nacht. Und wer war das in ihrem Zimmer, wenn nicht sie?

Magnus zügelte sich. Vielleicht war nur die alte Hexe weggefahren, Lenis Großmutter. Vielleicht brauchte Leni Hilfe, und sie war unterwegs, um die Nachbarn zu holen. Magnus atmete tief durch. Er durfte nicht immer gleich das Schlimmste denken. Er wollte vertrauen. Wenn es einen Menschen gab, dem er vertrauen konnte, dann Leni. Leni hatte ihn noch nie belogen. Zumindest war er sich fast sicher, dass es so war.

Magnus nahm die Stufen zur Haustür im Laufschritt, schloss auf und trat in die steinerne Halle. Es war dunkel, kühl. So wie er es gerne hatte in seinem Haus. Dennoch war etwas anders als sonst. Ein seltsamer Geruch hing in der Luft. Seife, und noch etwas, das er nicht identifizieren konnte.

Magnus lief die Treppe hinauf, dämpfte seine Schritte, um Leni nicht zu stören, falls sie schlief. Ihre Tür war verschlossen, der Schlüssel nicht an seinem Platz.

Magnus stutzte. Das war noch nie vorgekommen. Warum schloss sie sich selbst ein? Hatte sie Angst, so allein im Haus, nur mit einer alten, schwachen Frau zum Schutz? Er würde sich etwas einfallen lassen müssen, damit sie sich unter allen Umständen sicher fühlte. Wenn sie Angst hatte, schüttete ihr Körper Adrenalin und Cortisol aus, er hatte sich über alles genau informiert. Stresshormone konnten dem Kind schaden. Magnus klopfte sanft gegen die Tür.

»Leni?«

Er lauschte. Nichts, keine Regung im Zimmer. Eben war sie noch auf und ab gelaufen. Sie konnte doch noch nicht so tief schlafen. Vielleicht war sie gestürzt.

»Leni!«

Wieder keine Antwort. Magnus trat ein paar Schritte zurück und wappnete sich innerlich gegen den Schmerz. Dann rammte er seine Schulter in die Tür, zweimal, dreimal. Die Tür sprang auf.

Der seltsame Geruch, der schon in der Halle gehangen hatte, schlug ihm jetzt mit voller Intensität entgegen. Es stank erbärmlich.

»Leni?«

Keine Antwort. Magnus suchte nach dem Lichtschalter. Das Zimmer war leer, das alte Holzbett seiner Großmutter war blütenweiß und frisch bezogen. »Leni?«

Auch nebenan im Bad war sie nicht. Magnus stand in der Tür und blähte die Nasenflügel, um den seltsamen Geruch zu identifizieren. Es roch … nach Seife. Und salzig, fruchtig.

Seltsamerweise stand Lenis leer geräumte Kleiderstange vor der Badewanne. Und auf dem Badewannenrand stand eine Schüssel mit einer Klistierspritze darin. Magnus drehte sie in den Händen, sie war kalt und schwer und sah antik aus. Auf dem Grund der Schüssel war ein dunkler Fleck, nein, ein kleiner Klumpen, rötlichschwarz. Ein Stück Gewebe. Fleisch.

Ein schrecklicher Verdacht stieg in Magnus auf. Leni hatte über Übelkeit geklagt, aber er hatte ihr gesagt, es läge bloß an ihrer dämlichen und ungesunden Angst, dass es ihr so schlecht ging. Er hatte ihr verboten, sich in diese Angst weiter hineinzusteigern. Sie war schlecht für seinen Sohn.

Magnus ballte die Fäuste. Er tat alles für sie, damit sie die Schwangerschaft genießen konnte. Sie würde keine Zeit mehr haben, den ganzen Tag herumzuliegen, wenn sie sich erst um sein Kind kümmern musste. Und er würde keine Nachlässigkeiten dulden. Magnus trat auf die Galerie über der Halle und rief ins Haus hinab: »Leni, ich warne dich!«

Fast im selben Moment hörte Magnus ihren Wagen. Er stürzte zum Fenster, aber er konnte nichts sehen. Fuhr sie etwa ohne Licht?

Magnus lief vor die Haustür, um Leni zu erwarten. Sie würde sehr bald ein paar Fragen beantworten müssen.

Doch Leni kam nicht, und Magnus wurde jäh bewusst, dass die Motorgeräusche nicht näher kamen, sondern sich entfernten. Der Wagen fuhr auf der Küstenstraße Richtung Reykjavík. Genau da lang, woher Magnus nur ein paar Minuten zuvor gekommen war. Sie verpisste sich.

Magnus rannte zu seinem Jeep, rammte den Schlüssel ins Schloss, sprang hinein und gab Gas.

»Verdammte Scheiße!« Magnus krampfte die Hände ums Lenkrad. Er hatte kaum Kontrolle über den Wagen, schlingerte auf dem Kies, der die Auffahrt bedeckte, und als er bremste, um nicht gegen einen der Steinpfeiler am Tor zu krachen, reagierte die Bremse nicht. Er schrammte mit der Beifahrertür an dem Pfeiler entlang, bevor der Wagen endlich zum Stehen kam. »Scheiße!«

Magnus stieg aus und schlug mit der Faust auf die Motorhaube, bevor er sie aufriss.

Er hätte Leni nicht zugetraut, dass sie so raffiniert vorging. In den wenigen Minuten, seit er nach Hause gekommen war, hatte sie seine Reifen durchstochen und seinen Bremsschlauch gekappt und war abgehauen. Er fragte sich, wie sie das in ihrem Zustand angestellt hatte. Egal, er würde das Miststück zu fassen kriegen.

Magnus ließ die Motorhaube offen und lief zum Haus zurück. Er brauchte das Werkzeug aus der Garage, und er hatte nicht vor, bis morgen früh mit der Reparatur zu warten.

Plötzlich nahm er zwischen den Felsen und den zerzausten Büschen links am Haus eine Bewegung war.

Er erkannte die Alte an ihrem weißen Nachthemd und dem weißen Haar, das in der Nacht zu leuchten schien. Sie kam aus der Hintertür direkt auf ihn zu.

»Was ist denn passiert?« Sie gähnte übertrieben und tat verschlafen. Aber Magnus sah ihre Augen. Sie waren vollkommen wach und klar.

Magnus wollte das dürre alte Weib am liebsten niederschlagen. »Du hast nicht auf sie aufgepasst, das ist passiert. Sie ist weg.«

»Ja, deswegen bin ich aufgewacht. Es war Krach im Haus, und dann ist ein Wagen weggefahren. Ich habe aus dem Fenster geschaut. Sie ist Richtung Osten gefahren.«

»So, Richtung Osten?« Magnus würde herausfinden, warum die Alte log. Er packte sie am Arm und zog sie hinter sich her, die Treppen hinauf in Lenis Bad.

»Was ist das hier in der Schüssel?«

Die Alte zog ratlos die Schultern hoch. Magnus zwang sie, ihm in die Augen zu sehen. Und dabei fiel mit einem hellen Klappern etwas auf die Fliesen. Magnus blickte nach unten. Zwischen seinen neuen Trekkingschuhen und ihren weißen

Füßen mit den ekelhaft gelben Fußnägeln lag ein kleines Küchenmesser, die Klinge altersdunkel und abgenutzt. Es sah sehr scharf aus.

Magnus hob das Messer auf. Sie hatte also seinen Jeep sabotiert. Die Alte sah ihn aus geweiteten Augen an, und Magnus gefiel ihre Angst.

Das grantige, überhebliche alte Miststück. Sie hielt sich für etwas Besseres und hätte schon längst einmal einen kleinen Dämpfer gebraucht. Magnus richtete das Messer auf sie.

»Leni ist nicht nach Osten gefahren, sondern nach Westen. Warum?«

Die Alte richtete sich trotz ihrer Angst zu ihrer vollen Größe auf. »Sie hat dich verlassen, Magnus.«

»Und was ist mit meinem Sohn?«

Die Alte antwortete nicht. Sie hatte ihre Stimme unter Kontrolle, aber nicht ihren Blick, der unwillkürlich zu der Schüssel huschte, in der die Klistierspritze lag. Also doch Mord.

Magnus' Sicht trübte sich plötzlich, das Badezimmer und die Alte verschwammen vor seinen Augen. Er schrie. Und dann schlug er zu.

Die Alte sackte in sich zusammen und blieb wimmernd auf den Fliesen liegen.

»Ist sie zu ihm gefahren?«

Die Alte wimmerte nur. Magnus trat ihr in ihre alte Fresse, damit sie aufhörte.

Dann ließ er sie liegen und schloss die Badezimmertür von außen ab. Nicht dass sie auf die Idee kam, Leni oder sogar die Polizei zu verständigen. Wenn er langsam fuhr, würde er auch ohne Reifen und Bremsen in Reykjavík ankommen.

XII

Berlin, 15./16. Mai 2009

Nach dem ersten Gerichtstermin trat Friedemann aus dem Saal. Er hätte eigentlich damit rechnen müssen, dass eine große Sache daraus gemacht wurde. Auch ohne Pressekonferenz. Dennoch zuckte er zurück, als Blitzlichter ihm in die Augen stachen und mehrere Mikrofone sich ihm bedrohlich entgegenreckten. Dann fing er sich wieder. Es würde lächerlich aussehen, wenn er morgen in der Zeitung überall mit zusammengekniffenen Augen und abwehrend erhobenen Händen abgebildet war. Friedemann ließ die Arme sinken und versuchte, in seinem Trenchcoat möglichst lässig auszusehen.

»Kommissar Friedemann, der Obdachlose Kretschmar hat sich eben ohne große Umstände des siebenfachen Mordes schuldig bekannt. Sind Sie stolz darauf, diesen Fall so schnell gelöst zu haben?«

Friedemann räusperte sich und strich sich unbeholfen mit der Hand das rötliche Haar zurück.

»Nun, ich habe den Fall ja noch nicht gelöst, ich habe nur jemanden festgenommen, der dringend tatverdächtig ist. Bei den eigentlichen Ermittlungen und bei der Urteilsfindung ...«

»Meinen Sie, das Schulwegmonster verdient mildernde Umstände? Wegen Unzurechnungsfähigkeit?«

»Es ist ja nicht meine Aufgabe ...«

»Wie wird denn jetzt den Familien geholfen?«

»Die psychologische Betreuung ist ...«

»Werden die Morde jetzt aufhören?«

»Ja, definitiv ja! Es ist...«

Plötzlich wandten sich die Reporter von Friedemann ab und beeilten sich, zum anderen Ausgang des Saales zu gelangen. Es waren nur drei Journalisten, aber Friedemann hatte das Gefühl, es wären dreißig gewesen. Zwei Beamte versuchten, Karl Kretschmar möglichst unauffällig abzuführen, aber die Reporter waren schneller.

Der Mann tat Friedemann beinahe leid. Er hatte viel geweint, und er hatte sich tatsächlich ohne Zögern zu allem schuldig bekannt. Und er hatte auch zu allen Fällen eine Geschichte. Diese Geschichten waren wirr, sie ähnelten sich auffällig. Immer wieder behauptete er, die Kinder geschwängert zu haben, egal, ob es sich um Mädchen oder Jungen gehandelt hatte.

Friedemann hatte ein etwas ungutes Gefühl bei der Sache. Vielleicht war Kretschmar nur ein Sündenbock, er wollte das nicht ausschließen.

Aber Fakt war trotzdem, dass die Morde im selben Moment aufgehört hatten, als er den alten Penner im Monbijoupark aufgelesen hatte. Das war zu Ostern gewesen, vor zwei Monaten erst. Aber das war keine Garantie für gar nichts. Vielleicht hatte der Täter nur eine Pause eingelegt, vielleicht war die erste Welle vorbei, und die nächste rollte heran. Das kam vor bei Serientätern. Es wäre nichts Ungewöhnliches. Zwei Monate waren nichts. Wenn sie den Falschen erwischt hatten, konnte es jeden Tag wieder losgehen.

Friedemann seufzte. Er hatte mit niemandem über seine Zweifel geredet. Er hatte sie bis vor ein paar Minuten sogar vor sich selbst ganz gut geheim gehalten. Er sah hinüber zu Kretschmar, der gerade durch den Seiteneingang nach draußen gebracht wurde. Ein kleiner, dünner, alter Mann mit grauem Lockenkopf. Für Kretschmar war Einbuchten vielleicht das Beste, was ihm passieren konnte, dachte Friedemann. Er würde ein Dach über dem Kopf haben, er würde ernährt werden, er würde sogar eine Therapie bekommen.

Friedemann ließ die eben noch für die Reporter frisch gestrafften Schultern fallen und fuhr sich erneut durchs Haar. Dann verließ er das Gerichtsgebäude ebenfalls durch die Seitentür.

Er musste erst einmal eine rauchen. Und morgen früh würde er in die Hauptstraße gehen. Die fette Schartmöller und Leni und ihre Schwester wüssten dann sicher schon Bescheid, es würde in jedem Klatschblatt stehen. Vielleicht konnte er mit Leni wieder ins Gespräch kommen. Dann hätte diese ganze Sache wenigstens den einen Sinn gehabt. Wenn nur die Morde nicht wieder anfingen.

◇◇◇

Ines bereute es nicht, den Nachbarn fertiggemacht zu haben. Sie hatte das Schulwegmonster auf frischer Tat ertappt. Genau in dem Moment, als es wieder zuschlagen wollte.

Sie war nur froh, dass sie das Schwein in ihrer Wut nicht umgebracht hatte, dass der Mann noch lebte. Dass er mit ziemlicher Sicherheit noch eine Weile leben würde.

Dennoch hatte sie Tränen in den Augen, als sie Nicky gegenüber am Küchentisch saß und ihm beim Essen zusah. Sie weinte nicht nur vor Erschöpfung, sondern auch aus tiefem Mitleid und wegen der kaum zu ertragenden Schuldgefühle.

Erst ihr Mädchen, und jetzt Nicky. Sie hatte sie beide diesem Monster ausgesetzt. Sie hatte ihre Kinder nicht beschützt. Aber ab jetzt würde das anders werden.

»Mama, wein doch nicht.«

Ines versuchte, ihren kleinen Sohn anzulächeln und schüttelte den Kopf, während sie sich die Nase putzte.

»Ich weine nicht, keine Sorge. Das ist nur der Heuschnupfen.«

Vor Nicky stand ein großes Glas mit einer hellroten Flüssigkeit und ein Teller mit einem grauen Stück Fleisch. Ines atmete tief durch.

»Nicky, guck mich mal an.«

Nicky schaute seiner Mutter in die Augen, während er an einem Stück Fleisch kaute.

»Ist das schon öfter passiert?«

Nicky schüttelte heftig den Kopf und steckte sich noch mehr Fleisch in den Mund.

»Wirklich nicht?«

»Nein. Nur gestern. Ehrlich, Mama«, sagte er mit übervollem Mund. Der Junge hatte einen unbändigen Hunger.

Ines forschte in seinem Gesicht. Sie glaubte ihm. »Gut. Aber du musst mir das sagen, wenn jemand solche Dinge mit dir tut. Immer. Ja, Schätzchen?«

Nicky nickte. Er hatte tiefe Ringe unter den Augen, wahrscheinlich genauso wie Ines. Sie hatte heute noch nicht in den Spiegel geschaut, und sie hatte Angst davor.

Sie hatte Angst, dass man sie ihr vielleicht ansehen konnte, die schwere Arbeit, die sie heute Nacht verrichtet hatte. Die sie wieder würde verrichten müssen.

Aber ihren Sohn mit so gutem Appetit essen und trinken zu sehen, dafür würde es sich lohnen, immer wieder, in jeder Nacht, die noch folgen musste. Ines war dankbar, dass sie auf diese Weise ihren Jungen wenn schon nicht für den Verlust eines unbeschwerten Kinderlebens entschädigen, so ihm doch wenigstens geben konnte, was er brauchte.

»Wenn ein Erwachsener dich auf diese Art anfasst oder dir wehtut, dann muss er bestraft werden. Erwachsene dürfen so etwas nicht tun, niemals und unter gar keinen Umständen. Es ist böse. Verstehst du?«

Nicky pulte etwas Fett von einem Fleischstück ab, bevor

er es in den Mund steckte und antwortete. »Dann muss man die Polizei rufen, oder, Mama?«

»Nein, wenn jemand etwas so unglaublich Böses tut, dann muss man ihn selbst bestrafen. Aber, Nicky ...«

Nicky kaute. »Nicky. Sieh mich an.«

Der Junge nahm einen Schluck von seinem Getränk und wischte sich den Mund am Ärmel seines Spongebob-Schlafanzugs ab. Er trug ihn immer noch. Jetzt war er endgültig ruiniert. Ich muss ihm endlich beibringen, eine Servierte zu benutzen, dachte Ines, solche Flecken kriege ich nicht mehr raus. Sie nahm das Kinn ihres Sohnes in die Hand und zwang ihn sanft, ihr noch einmal in die Augen zu sehen.

»*Wir* bestrafen den Mann, Nicky. Aber das ist unser großes Zaubergeheimnis. Niemand, niemand, niemand darf das wissen. Wenn du es auch nur einem einzigen Menschen auf der Welt verrätst, dann kommt Frau Moddel und holt dich weg. Dann kommst du in ein Heim, und dann darf ich dich niemals wiedersehen. Und dann würde ich für immer weinen. Hast du das verstanden?«

Nicky entzog sich seiner Mutter, blickte auf seinen Teller und sagte leise: »Ja, Mama.«

»Dann sag es selbst. Schau mich an.«

Nicky gehorchte. »Ich darf niemandem verraten, was unser Geheimnis ist. Sonst kommt Frau Moddel und holt mich weg.«

»Und was ist unser Geheimnis?«

»Das darf ich nicht sagen.«

Ines nickte zufrieden. »Da hast du recht, Schatz. Bist du satt?«

»Ja.«

»Dann komm her.«

Nicky kroch auf Ines' Schoß und kuschelte sich an sie. Endlich, endlich kamen die Tränen, auf die Ines schon voller Sorge gewartet hatte.

»Mama, ich bin so traurig«, schluchzte er.

»Warum denn?«

»Weil ich immer an den bösen Mann denken muss.«

Ines war froh, dass Nicky seinen Gefühlen Ausdruck gab. So würde er am besten damit fertigwerden. Sie wiegte ihren Sohn sanft hin und her.

»Ja. Das wird auch noch eine ganze Weile so sein, Nicky. Dagegen kann man nichts machen. Nur warten.«

Nickys Weinen wurde heftiger.

»Willst du auf meinem Schoß einschlafen? Dann kann ich dich vor bösen Träumen beschützen.«

Nicky schmiegte seinen Kopf in Ines' Halsbeuge, nestelte aus der Tasche seiner Schlafanzugjacke die beiden kleinen Knochen, die er immer mit sich trug, und steckte sie in den Mund, um darauf herumzulutschen. Eine Welle tiefer, fast schmerzhafter Liebe durchströmte Ines' Brust.

Es dauerte nicht lange, und Nicky war eingeschlafen. Ines legte ihn vorsichtig ins Bett und legte sich selbst vollständig angezogen daneben. Sie musste sich ein bisschen ausruhen, bevor sie nach dem Patienten sah.

◇◇◇

»Ja?«, fragte Frau Schartmöllers gequetschte Stimme durch die Gegensprechanlage. Friedemann schwitzte.

»Kommissar Friedemann. Ich habe eine gute Nachricht für Sie.«

»Ich habe viel zu tun. Ist es wichtig?«

Gott, warum musste die sich jetzt auch noch aufspielen. Als wäre es nicht auch so schon schwer genug.

»Ja, es ist wichtig, Frau Schartmöller.«

Es kam keine Antwort mehr, und Friedemann dachte schon, er müsse in den sauren Apfel beißen und direkt bei Leni klingeln. Doch dann ertönte der Summer, Friedemann drückte gegen die Tür.

Er nahm immer drei Stufen auf einmal. Solange er entschlossen war, musste er seine Energie nutzen. Frau Schartmöller öffnete die Wohnungstür, bevor er ein weiteres Mal klingelte.

»Leise, sonst wecken Sie mir noch den Jungen auf«, zischte sie ihm entgegen. Sie sah übermüdet und gehetzt aus, aber das war Friedemann im Moment egal. Er hatte keine Lust, sich seinen immer mal wieder aufflammenden Phantasien über Frau Schartmöllers schweinische Aktivitäten hinzugeben. Außerdem, wenn sie mit Leni befreundet war, dann war sie sicher in Ordnung. Nur dass er persönlich sie eben nicht ausstehen konnte. So etwas sollte es geben.

»Hier, für Sie.«

Friedemann streckte Frau Schartmöller die Zeitung entgegen. Sie sah das Boulevardblatt an, als könne es eine ansteckende Krankheit übertragen.

»Was soll ich damit?«

»Schauen Sie sich mal die Schlagzeile an.«

Frau Schartmöller nahm die Zeitung mit spitzen Fingern entgegen und überflog den Titel.

»Schulwegmonster gefasst, Kommissar Friedemann Berlins neuer Held«, murmelte sie.

Friedemann grinste, er war plötzlich verlegen, und das war ihm gar nicht recht. Auf Frau Schartmöllers Gesicht breitete sich ebenfalls ein Grinsen aus.

»Sie müssen sich jetzt keine Sorgen mehr wegen Ihres Sohnes machen. Der Schulweg ist jetzt sicher. Das Monster ist erlegt.«

Die Nachricht schien sie tatsächlich zu freuen. »Erlegt! Sie sind gut.«

Frau Schartmöller lachte schallend und mit wackelndem Bauch, bis ihr die Tränen kamen. »Erlegt. Soso. Na, dann gibt es ja einen guten Grund, sich darüber zu freuen, dass diese Morde jetzt aufhören, richtig?«

Friedemann nickte irritiert.

»Ja. Genau. Die Morde hören auf. Ich bin hier, um Ihnen das zu sagen. Weil Sie doch so beunruhigt waren und …«

Frau Schartmöller nahm Friedemanns Hand in ihre eigene gut gepolsterte Hand und schüttelte sie. Ihre Berührung ekelte ihn, aber er ließ sie dennoch gewähren.

»Ich danke Ihnen, Herr Kommissar. Sie wissen gar nicht, wie sehr mich das wirklich beruhigt. Aber Sie sind doch sicher nicht nur deshalb gekommen?«

Friedemann steckte seine Hand in die Tasche seines Trenchcoats und wischte sie verstohlen ab.

»Um ehrlich zu sein, nein. Die Zeitung ist nur ein Vorwand. Ich komme eigentlich wegen Leni. Sie sind doch mit ihr befreundet. Hat sie, ich meine, meinen Sie …«

»Ob sie über Sie spricht?«

Friedemann nickte. Frau Schartmöller schien einen Moment nachzudenken.

»Nein. Aber sie hat sowieso bloß ihre Musik im Kopf.« Frau Schartmöller machte mit dem Finger eine kleine, kreisende Bewegung vor ihrer Stirn. »Sie ist etwas abwesend zurzeit.«

»Sie meinen …«

»Verrückt? Nein. Aber wenn Sie ihr etwas Gutes tun wollen, dann laden Sie sie zu einem Spaziergang ein, damit sie mal aus ihrer Bude rauskommt.« Frau Schartmöller beugte sich verschwörerisch vor. »Um ehrlich zu sein, mir geht das Gedudel da unten auf die Nerven. Vollkommen schräges Zeug, wenn Sie mich fragen.«

»Meinen Sie?«

Frau Schartmöller richtete sich wieder auf und stemmte die Hände in die Hüften. »Ja, wirklich schräg.«

»Nein, ich meinte – soll ich sie wirklich einladen?«

Friedemann hätte sich am liebsten auf die Zunge gebissen.

Warum fragte er die fette Schartmöller solche Sachen? Konnte er das nicht immer noch selbst entscheiden?

»Absolut. Laden Sie sie ein! Nur keine Scheu.«

»Ja, wenn Sie meinen.«

»Ja, meine ich! Und danke noch mal für die Zeitung.«

»Keine Ursache, kein Problem.«

Friedemann stand wie angewurzelt vor Frau Schartmöllers Wohnungstür. Nun geh doch endlich, du Idiot, sagte er sich, und Frau Schartmöllers Blick schien dasselbe zu sagen. Er machte sich lächerlich.

»Also dann, Herr Kommissar.«

»Ja, also dann. Danke.«

»Ich habe zu danken. Tschüs dann.«

Frau Schartmöller schloss die Wohnungstür vor seiner Nase.

◇◇◇

Ines lehnte sich gegen die Wohnungstür und wartete, bis sie hörte, wie Kommissar Friedemann die Treppe hinabging. Sie atmete langsam und gründlich aus und fühlte, wie alle Spannung von ihr abfiel.

Ab jetzt würde sie nur noch in die Zukunft schauen und für ihren Sohn da sein. Und niemand würde sich wundern, dass die Morde aufgehört hatten. Alles fügte sich, das Schicksal war auf ihrer Seite.

Bevor Ines in die Nachbarwohnung ging, um zu tun, was nötig war, ging sie in ihr Schlafzimmer und betrachtete ihren Sohn. Seine Haut sah rosig aus, und er lächelte im Schlaf. Alles würde gut werden.

◇◇◇

»Aber sicher wärst du eine gute Mutter. Du wärst eine phantastische Mutter!« Jason redete schon seit mehreren Minuten auf Olga ein, die mit steifem Rücken zwischen ihm und einer hohläugig und abwesend aussehenden Leni am Küchentisch saß.

Jasons Blick verriet Begehren, das entging Zicky nicht. Eigentlich war sie diejenige, die schwanger werden wollte, doch Zicky beschloss, es zu ignorieren, wie Jason Olga taxierte. Olga würde sich sowie nicht auf ihn einlassen. Sie stand weder auf Männer, noch wollte sie schwanger werden. Also, alte Ziege, wies sie sich selbst zurecht. Vergiss deine elende Eifersucht. Was hätte sie sich mehr wünschen können, als ihre beiden liebsten Menschen so eng bei sich zu haben, und letztlich tat Jason nur genau das, was sie von ihm verlangte: Olga so lange zu bearbeiten, bis sie bereit war, mit Jason als Samenspender und Zicky als leiblicher Mutter eine Familie zu dritt zu gründen.

Es war leicht gewesen, Jason dazu zu überreden. Zicky wusste, dass viele Männer sich in der Rolle des Erbgutlieferanten gefielen, wenn man nicht von ihnen verlangte, die Rolle des Vaters zu übernehmen. Jason starrte Olga an, in der sicheren Gewissheit, dass sie sein Starren nicht bemerken würde. Zicky strafte ihn mit Blicken, aber er schien es nicht einmal zu bemerken. Am Ende war Jason doch nur wie alle Männer. Olgas üppige Formen, ihre blonde Mähne machten ihn an. Und welcher Mann träumte nicht davon, einmal mit einer Blinden zu schlafen, die sozusagen ganz Haut war … Zicky seufzte und wandte sich dem Wasserkocher zu, der laut zu blubbern begann, als das Wasser kochte. »Jason, ich bin blind. Ist denn das so schwer zu begreifen, dass ich kein Kind will?«

»Was hat denn das damit zu tun?«

»Das hatten wir doch alles schon: Ich kann nicht eingreifen, wenn mein Kind auf die Straße läuft. Ich sehe die Wespe nicht, die in seiner Apfelschorle zappelt.« Olga machte eine Geste, die alles umfasste, was passieren konnte. »Ich kann es einfach nicht beschützen.«

Zicky fiel es schwer, dazu zu schweigen, aber sie wusste, dass Olga sich nur noch vehementer wehren würde, wenn sie sich jetzt einmischte. Sie stellte ihre geliebten blauen Thermobecher auf den Tisch und verteilte den Kaffee.

Leni bekam eine Extraportion. Olga hatte erzählt, dass sie gestern im *Dunkel* eine Panikattacke gehabt hatte. Aber es war sinnlos, sie auf solche Sachen anzusprechen. Leni redete mit ihr nicht darüber, und sie wusste nicht, ob sie überhaupt mit jemandem redete. Sie fraß irgendetwas in sich hinein. Aber egal wie fertig sie ist, dachte Zicky, sie ist immer schön mit ihrer durchscheinenden Haut und dem dichten, roten Haar. Wahrscheinlich, weil sie noch so jung ist. Das fängt erst Mitte dreißig an, dass man sichtbar abbaut.

»Nein, ein Kind kommt für mich auf keinen Fall infrage.«

»Aber Zicky wäre doch auch noch da. Und ich. Wir haben Augen. Und es gibt auch andere blinde Frauen mit Kind. Die schaffen das auch. Warum dann nicht wir drei?«

Leni sah unglücklich aus, aber Zicky beschloss, dass das nicht ihr Problem war. Sie stellte die Kaffeekanne hin und nahm Olga von hinten in den Arm. Doch Olga wand sich heraus.

»Ich traue es mir einfach nicht zu. Das müsst ihr nun endlich mal akzeptieren. Und ich will jetzt nichts mehr davon hören. Leni, machen wir heute wieder Musik?«

Leni nahm einen großen Schluck Kaffee. Ihr Unterhemd saß schief, sodass man von der Seite hineinsehen konnte. Zicky war kurz davor, sie darauf aufmerksam zu machen, so wie man ein kleines Kind auf eine laufende Nase aufmerksam macht. Dabei störte Zicky nur das unbewusst Aufreizende, das Leni unablässig ausstrahlte. Sie war sexy – und sie wusste es nicht. Zicky hasste solche Frauen, weil sie sie beneidete. Sie selbst war nie sexy gewesen. Selbst wenn sie es versuchte.

»Klar, kein Problem«, sagte Leni.

Wenn Zicky es schaffte, mit dem Saufen aufzuhören, dann würde sie auch mit Olga ein Kind haben. Wenn sie es schaffte, mit dem Saufen aufzuhören, dann schaffte sie alles. Zicky stellte die Kaffeekanne weg und wollte sich gerade setzen, als es an der Tür klingelte.

»Das ist hier oben«, sagte Olga. »Sicher wieder die GEZ, die sind gerade unterwegs.« Sie stand auf. »Ich gehe. Mir glauben die wenigstens, dass ich keine Glotze habe.«

Als Olga in die Küche zurückkam, hatte sie Kommissar Friedemann im Schlepptau. Leni verdrehte die Augen und gab sich keine Mühe, das vor Friedemann zu verbergen. Ihr Unterhemd war immer noch verdreht, und Friedemann hatte den Einblick sofort bemerkt und wurde rot.

Zicky hatte noch gar nicht mitbekommen, dass es zwischen den beiden Probleme gab, und fragte sich, was vorgefallen sein mochte. Wahrscheinlich war er einfach nicht Lenis Kragenweite. Nein, sicherlich nicht.

»Herr Friedemann bringt die Zeitung«, sagte Olga.

»Na so was, haben Sie den Job gewechselt?«, fragte Jason und hob den Daumen seiner verstümmelten Hand. »Gute Sache!«

Er nahm Olga die Zeitung ab, überflog die Titelseite und pfiff durch die Zähne. »Nicht schlecht, das ist dann wohl Ihr großer Tag heute, Herr Kommissar?«

Friedemann nickte. Er stand etwas hilflos in der Küche herum und blickte Leni an, die stur ihren Kaffee fixierte. Jason reichte die Zeitung an Zicky weiter. Sie las vor.

Schulwegmonster gefasst! Kommissar Friedemann Berlins neuer Held!

Irre – Das Schulwegmonster ein alter Penner! Karl K.

wurde vor zwei Monaten im Monbijoupark verhaftet, als er die siebenjährige Lisa G., die er zuvor hier verscharrt hatte, wieder ausgrub.

Leni blickte auf. »Der Name kommt mir bekannt vor«, sagte sie.

Zicky überflog den Artikel, kehrte aber immer wieder zu dem Sensationsfoto zurück, das auf der ersten Seite prangte. Karl K. Der Mann auf dem Bild war rasiert und gewaschen. Er war abgemagert, seine Haut hing schlaff herunter. Er musste an die sechzig sein. Er war es. Karl Kretschmar.

»Lies doch weiter«, forderte Olga sie auf.

Zickys Stimme war plötzlich belegt, und sie musste sich räuspern, bevor sie weitersprechen konnte. »Ach, da gibt es nicht mehr viel. Er hat sieben Kinder umgebracht, nachdem er sie zuvor sexuell missbraucht hat.«

Zicky versuchte es mit Munterkeit und schlug Friedemann kameradschaftlich auf den Rücken. »Unser Kommissar ist also ein Held.« Ihre Hände zitterten, während sie die Zeitung immer kleiner zusammenfaltete. »Das ist es im Wesentlichen.«

Sie wusste, dass sie sich seltsam benahm, als sie rückwärts auf die Küchentür zuging. Aber sie musste hier raus. Schnell. »Ich habe ja ganz vergessen, dass ich noch eine Verabredung habe.«

Jason runzelte die Stirn. »Was, aber wir wollten doch heute die *Dunkel*-Abrechnung machen.«

»Genau, du schuldest mir noch Lohn für fast drei Monate.« Olga tat empört und Zicky rang sich ein kleines Lachen ab.

»Wer Lohn will, muss arbeiten. Im Augenblick hängst du nur am Mikrofon.«

»Nee, aber ehrlich, Zicky«, beschwerte sich Jason. »Wir müssen die Finanzen mal durchkauen, ich laufe dir schon seit Wochen hinterher, und heute sind wir fest dazu verabredet.«

»Ja, sorry, ich weiß. Aber heute geht's nicht.«

Leni und Jason sahen Zicky entgeistert an, und auch Olga reckte fragend den Hals. Friedemanns Gesicht konnte sie nicht sehen, denn der stand immer noch wie bestellt und nicht abgeholt direkt hinter ihr. Zicky drängelte sich an ihm vorbei und lief los. Die Zeitung in ihrer Hand hatte sie zu einem kleinen, festen Brikett zusammengefaltet. Der Schweiß an ihren Händen löste die Druckerschwärze ab.

Als Zicky unten aus der Haustür kam, rannte sie bereits. Beim Zeitungskiosk schräg gegenüber kaufte sie sämtliche Ausgaben aller Zeitungen, die die Schlagzeile brachten, bezahlte mit Karte, lieh sich eine Sackkarre aus und bugsierte ihre Beute zu Fuß bis ins *Dunkel*. Hier waren die Mülltonnen groß genug, und es war extrem unwahrscheinlich, dass Leni dort nach Zeitungen wühlte. Und zum Glück war es im Moment auch unwahrscheinlich, dass Leni überhaupt das Haus verließ. Sie lag seit Wochen nur auf der Matratze in ihrem Zimmer und starrte an die Decke, rauchte heimlich am Fenster oder blockierte mit Olga das Wohnzimmer, um an irgendwelchen Sounds herumzubasteln. Seit Neuestem nannten sie es das Musikzimmer. Zicky schnaubte durch die Nase.

Wenn sie Glück hatte, würde Leni nie erfahren, dass ihr Vater als Kinderficker und Mörder im Gefängnis saß. Und sie würde auch nie erfahren, wer ihre Mutter war.

Leni ließ den blauen Deckel der Altpapiertonne herunterkrachen, wischte sich die Hände an der Hose ab, und ging durch den Hintereingang in die Küche des *Dunkel*.

Dort nahm sie sich eine Flasche Jägermeister aus dem Kühlschrank und setzte sich damit mitten auf die kleine Bühne, die sie noch nie genutzt hatten. Sie war ihnen noch vom Vorbesitzer geblieben, der hier einen Stripklub betrieben hatte. Der rote Vorhang aus billigem Pannesamt war noch da, und auch die beiden Pole-Dancing-Stangen. Zicky trank direkt aus der Flasche.

»Auf dich, Papa. Darauf, dass sie dich endlich drangekriegt haben.«

Es war seltsam, wie wenig Erleichterung es Zicky verschaffte, von der Verhaftung ihres Vaters zu lesen. Vielleicht lag es daran, dass der, den sie festgenommen hatten, ein alter, verrückter, vollgepisster Mann war – und nicht der böse, geliebte Papa von damals.

XIII

Reykjavík, 23. November 2008

Es war lächerlich leicht gewesen, ihn zu finden. Er musste nur bei dieser Musikschule an der Hafenbucht vorbeigehen und sich den Stundenplan ansehen. Das Weichei war immer noch an dieser sogenannten Kunsthochschule und unterrichtete irgendeinen Schwachsinn. Magnus konnte sich nichts Unmännlicheres vorstellen. Er konnte nicht verstehen, was Leni an ihm fand.

Gegen sechzehn Uhr ging eine junge Frau über den Parkplatz und betrat das Gebäude durch die honigfarbene Holztür. Die ganze Bauweise regte ihn schon auf, typisch skandinavisch, Holz, Kassettenfenster, weiße Tünche. Die Frau war blond, hochgewachsen, sommersprossig. Und schwanger.

Wut ließ Magnus' Herz schneller schlagen. Er war sich sicher, dass die Alte sein Kind ermordet hatte. Und sie würde dafür büßen.

Aber zuerst musste er Leni ins Gesicht sehen. Er wollte wissen, ob sie die Chance verdiente, die er ihr zu geben bereit war. Wenn sein Sohn noch lebte, wenn er sich irrte. Er hoffte so sehr, dass er sich irrte. Und zugleich wünschte er sich, Leni bestrafen zu können. Oder die Alte. Oder diesen lahmarschigen Ben. Oder diese Idealfrau, die da eben in das Gebäude hineingegangen war. Magnus stieg aus dem Wagen und ging nach links, wo ein weiterer Eingang etwas zurückgesetzt hinter der Fassade des Gebäudes lag. Es war besser, wenn er nicht gesehen wurde.

Fünf Minuten später kam Ben mit der schwangeren Blonden heraus, Arm in Arm. Magnus konnte sein Glück kaum fassen. Das Weichei war nicht nur ein Weichei, es hatte Leni auch noch verraten. Er hatte eine andere. Magnus hatte Leni nicht geglaubt, als sie es ihm erzählt hatte. Vielleicht hatte sie wirklich eine Chance verdient. Die beiden stiegen in einen klapprigen blauen Ford.

Magnus eilte zurück zu seinem Jeep und folgte dem Ford in eine hübsche Wohngegend mit frisch sanierten, bunt gestrichenen Mehrfamilienhäusern aus dem neunzehnten Jahrhundert. Die Frau nahm ein paar Einkaufstüten vom Rücksitz, Ben nahm sie ihr ab, dann verschwanden die beiden in einem weißen Häuschen. Wie idyllisch, dachte Magnus mit einem säuerlichen Grinsen und dachte nach. Bei Ben hätte er keine Chance. Er musste an die Frau herankommen.

Dann ließ er den Motor an und parkte den Wagen mehrere Blocks weiter. Damit Leni ihn nicht zufällig sah, falls sie auftauchte. Dort ließ er ihn stehen und machte sich zu Fuß auf die Suche nach einer Pension.

Am nächsten Morgen stand Magnus bereits um sieben Uhr früh in der Nähe des Hauses und beobachtete die Leute, die nach und nach aus der Tür kamen, manche gelassen, manche in Eile. Ben kam erst gegen halb zehn. Die faulen Säcke an der Uni hatten offensichtlich nichts zu tun. Magnus wartete noch einmal ein paar Minuten, dann ging er zu dem Haus und klingelte bei Ben und Ireen Erikson. Ireen hieß die blonde Schlampe also.

»Ja?«

»Hallo, Frau Erikson?«

»Ja.«

Magnus gab seiner Stimme genau den sonoren Klang, von dem er wusste, dass er bei Frauen das Gefühl erweckte, beschützt zu sein.

»Mein Name ist Magnus, ich bin Lenis Mann.«

»Leni?«

»Bens frühere Freundin. Sie haben sich vor einer Weile schon getrennt.«

»Ja. Und weiter?«

»Kann ich bitte einen Moment hereinkommen?«

Am anderen Ende der Gegensprechanlage war es für einen Moment still.

»Es geht um Ben und Leni. Ich habe die beiden zusammen ... na ja ... erwischt.«

Am anderen Ende blieb es immer noch still. Magnus wartete. Dann hörte er einen Seufzer.

»Ich weiß ein nettes Café um die Ecke. Warten Sie unten.«

Wieso wollte die Schlampe ihn nicht reinlassen? Vielleicht hatte sie etwas zu verbergen. Vielleicht war Leni schon hier. Aber er musste strategisch vorgehen.

»Gerne«, sagte er und wartete.

Ein paar Minuten später saßen Magnus und Ireen in einem winzigen Laden mit dem hochtrabenden Namen *Pizza Napoleon*. Lächerlich, was hatte Pizza mit Napoleon zu tun. Und außerdem gab es in Island gar kein Zett, es müsste *Pissa* heißen, pissender Napoleon. Alles war klein, eng, wie in einer Puppenstube. Die Wände waren rosa gestrichen und mit gelben Rosen bedruckt, die Holzmöbel weiß lackiert. Magnus entwich ein bellendes Lachen, bevor er sich wieder im Griff hatte. Dann ließ er den Blick schweifen und nickte anerkennend. »Hübsch. Würde man gar nicht vermuten von außen.«

Er lächelte, löffelte den Schaum von seinem Cappuccino und ließ sich eingehend betrachten. Ireen trank frisch gepressten Orangensaft und strich über ihren prallen Bauch.

»Vitamin C ist gut fürs Kind«, sagte sie, und dann, nach einem kleinen Zögern: »Sie müssen entschuldigen, dass ich

Sie nicht heraufgebeten habe. Ben hat mir von Ihnen erzählt. Von Ihrer … Auseinandersetzung.«

Sicher, das hätte Magnus sich denken müssen. Wahrscheinlich war diese Ireen jetzt der Meinung, dass er Leni schlecht behandelte. Das würde die Sache etwas schwieriger machen.

»Ireen, ich darf Sie doch so nennen? Ich habe nicht leichtfertig um ein Gespräch mit Ihnen gebeten. Sehen Sie, ich will ehrlich zu Ihnen sein. Ich fürchte, Leni ist immer noch in Ben verliebt, sie sprach in den letzten Monaten immer wieder davon, zu ihm zurückzukehren. Ich dachte zuerst, Lenis Verhalten sei lediglich eine Panikreaktion auf Ihre Heiratspläne. Immerhin kennt sie Ben seit Ewigkeiten, und es fällt Leni sehr schwer, jemanden zu verlieren. Sie kann nur schwer loslassen, wenn Sie wissen, was ich meine. Sie hat als Kind schreckliche Verluste erlitten.«

Magnus nahm einen Schluck von seinem Cappuccino. Er hasste den süßlichen, milchigen Geschmack, aber er wollte vertrauenswürdig wirken.

»Jedenfalls, dann wurde Leni schwanger.«

Ireen sagte nichts dazu, nickte aber, damit Magnus fortfuhr.

Magnus schob eine hoffentlich gedankenverloren aussehende Pause ein, bevor er weitersprach.

»Ja, wir waren beide sehr glücklich. Vor fünf Monaten war das.«

Magnus rührte weiter in seinem Cappuccino, zögerte das Sprechen hinaus, als ob es ihm schwerfiele, darüber zu reden. Dann senkte er den Blick, um Schuldgefühle anzudeuten.

»Aber es ging ihr schlecht, sie war regelrecht krank. Irgendein Schwangerschaftshormon, das verrücktspielt.«

»Progesteron«, sagte Ireen sachlich.

»Genau, das war es! Jedenfalls, vor ein paar Tagen musste

ich beruflich in die Stadt. Und als ich dann gestern zurückkam, war sie nicht mehr da. Sie ist offensichtlich Hals über Kopf aufgebrochen, vielleicht in Panik.« Magnus blickte auf und sah Ireen direkt in die Augen. »Ich fand Blut im Badezimmer.«

Ireen blickte immer noch wachsam.

»Ireen, ich fürchte, sie hat das Kind verloren, während ich nicht bei ihr war. Und ich fürchte, dass sie sich etwas antun könnte.«

Ireen schloss für einen Moment die Augen. Magnus sah, wie es in ihr arbeitete.

»Sie erwarten selbst ein Baby, Ireen. Sie müssen zumindest ahnen, was für ein grauenvoller Verlust das wäre.« Magnus musste sich keine Mühe geben, seine Stimme zittern zu lassen. Sie zitterte vor unterdrückter Wut. Jemand würde für seinen Schmerz büßen müssen.

Ireen schluckte. »Das ist furchtbar, was Sie mir erzählen. Aber warum kommen Sie damit zu mir?«

Magnus hätte am liebsten seine Tasse an diese ekelhaft rosafarbene Wand geworfen. Es fiel ihm plötzlich schwer, seiner Wut nicht einfach freien Lauf zu lassen. Diese Schlampe dachte nur an sich und ihre eigenen zarten Gefühle. Sie wollte nicht hineingezogen werden. Er hasste egoistische Frauen.

»Sehen Sie, ich hatte gehofft, Leni würde zu Ihnen gehen. Oder besser gesagt zu Ben. Er ist der Einzige, soweit ich weiß, den sie hier noch hat.« Magnus blickte auf seine Hände und bemühte sich, niedergeschlagen auszusehen. »Ich mache mir große Sorgen um meine Frau. Und auch um mein Kind.«

Ireen nickte.

»Würden Sie mir Bescheid sagen, falls sie bei Ihnen auftaucht? Würden Sie mich, bitte, anrufen?«

Magnus winkte der Kellnerin und bat sie um einen Kugelschreiber, um Ireen seine Handynummer aufzuschreiben. Dann schob er ihr den Zettel hinüber.

»Bitte.«

Ireen nahm den Zettel und steckte ihn in ihre Handtasche. Obwohl sie ihm nichts versprach, wusste er, dass sie anrufen würde.

»Danke, Ireen. Und alles Gute für Sie und das Baby.«

Magnus stand auf, drückte Ireen fest und vertrauenerweckend die Hand.

»Auf Wiedersehen.«

In der Tür drehte er sich noch einmal um. »Und es wäre vielleicht gut, wenn Sie Ben nichts von unserem kleinen Treffen sagten. Meinen Sie nicht?«

XIV

Berlin, Hauptstraße 155 und Köthener Straße 38, 22./23. September 2009

Es war einfach nicht möglich, sich daran zu gewöhnen. Es ging einem nur kontinuierlich schlechter, wenn man nicht genügend Schlaf bekam. Leni näherte sich ihrem Spiegelbild, sah sich selbst in die Augen. Die Ringe darunter waren bläulichschwarz, die Haut fahl.

Aber schlimmer war, dass sie sich auf nichts mehr konzentrieren konnte als auf die Geräusche im Haus, die sie überdeutlich hörte. Wie eine eigene Musik, unendliche Variationen der immer gleichen Harmonien: Die Toilettenspülung schräg unter ihr, die ewig laufende Waschmaschine der Großfamilie im ersten Stock, das Husten, das über den Hof herüberschallte, Ines' schlurfende Schritte, Schlüsselgeklapper im Treppenhaus, den Zahnarztbohrer. Die immer wiederkehrenden feuchten, metallischen, stöhnenden, schabenden Geräusche über ihr.

Und als Beat dazu, überlaut, ihr eigenes Herz. Es schien in letzter Zeit immer häufiger aus dem Takt zu kommen. Herzrhythmusstörungen waren ein typisches Symptom bei andauerndem Schlafmangel. Leni stieß sich vom Spiegel ab. Zeit, mit der Arbeit zu beginnen.

»Noch einmal, und diesmal etwas gleichmäßiger. Tak, tak, tak, tak.« Leni hielt das Mikro vor Nicky hin, sein Mund mit den ersten beiden neuen, großen Zähnen vorne war zu einem stolzen Dauergrinsen verzogen, als er die beiden Knochen aneinanderschlug.

Zicky hatte ihm erzählt, dass Hühnerknochen Glück bringen, und der Junge glaubte mit einer unwahrscheinlichen Hingabe daran. Er trug sie immer bei sich. Leni fand, dass das für einen Fünfjährigen erstaunlich war. Normalerweise verloren Kinder alles sofort, besonders, wenn es ihnen wichtig war. Zumindest war ihr das als Kind so gegangen. Es ging ihr heute noch so.

Nicky versuchte wirklich, im Takt zu bleiben, er war mit Feuereifer dabei. Aber es war sinnlos. Leni seufzte. Der Junge schien leider hoffnungslos unmusikalisch zu sein. Sie schaltete den Rekorder ab. »Okay, danke für deine Hilfe, Nicky. Das wird toll!«

Sie würde die Aufnahme trotzdem gebrauchen können, zumindest diesen hellen, zerbrechlichen Klang, der es ihr angetan hatte, seit sie Nicky zum ersten Mal mit den Knochen hatte spielen sehen. Nicky strahlte.

»In welchem Lied kommt das?«

»Weiß ich noch nicht. Aber ich verspreche dir, dass es drin ist.«

Sie strich Nicky kurz über den glänzenden, dunklen Haarhelm. Es war keine spontane, sondern eine antrainierte Geste, weil man das bei kleinen Kindern eben so macht, um ihre volle Aufmerksamkeit zu haben und ihnen zu zeigen, dass man es gut mit ihnen meint.

»Und nun lässt du mich arbeiten, ja?«

Der Junge war definitiv gesünder jetzt, kräftiger, strahlender, agiler. Seine Augen hatten einen intensiven Glanz. Jedenfalls schien er den Tod seiner Schwester besser zu verkraften als Ines, die in den letzten Monaten immer dicker, älter und kahler geworden war. Obwohl sie Nicky jetzt nicht mehr stillte. Aber vielleicht tat sie es doch noch, heimlich, damit Frau Moddel nicht intervenierte, überlegte Leni. Andererseits konnte einem der Kummer wahrscheinlich ebenso die Haare vom Kopf fressen.

Leni fuhr den Computer hoch und fragte sich, wann ihre eigenen Ängste und Schuldgefühle dauerhafte Spuren bei ihr hinterlassen würden.

Sie war nie besonders stolz auf ihr Aussehen gewesen, aber sie wusste, dass andere sie für hübsch hielten. Wenn man hübsch war, konnte es ab einem bestimmten Alter nur noch bergab gehen. Frauen wie Zicky dagegen, die wurden mit jedem Jahr interessanter. Leni würde ihr gutes Aussehen gerne sofort hergeben, wenn sie dafür vergessen und wieder richtig schlafen könnte.

Nicky setzte sich schwungvoll auf das orangefarbene Sofa und legte den Finger an die Lippen. Er wusste, dass er jetzt still sein musste, wenn Leni ihn nicht hinausschicken sollte.

Leni setzte sich die Kopfhörer auf, wandte sich dem Bildschirm zu und fuhr mit ihren etwas hilflosen Versuchen fort, ihr erstes Album abzumischen.

Theoretisch wusste sie, was zu tun war, und sie hatte, bevor sie auf Magnus gestoßen war, hin und wieder auch mal ein Stück produziert, für die Kunsthochschule, als Semesterarbeit.

Aber ein ganzes Album war etwas anderes. Hier musste das komplette Sounddesign stimmen, zu jedem Stück für sich und auch übergreifend für das ganze Album. Zuerst musste das kommen, was Leni als die Seele der Musik empfand. Dann erst kamen Körper und Geist, Melodien und Beats. Dasselbe Stück konnte eine völlig andere Seele haben, je nachdem, welcher Sound ihm zugrunde lag.

Leni saß schon seit Wochen allein an den Reglern, Olga kam nur noch ab und zu herein und hörte sich die Zwischenergebnisse an. Sie waren sich beide darüber einig, dass nur sehr langsam etwas halbwegs Brauchbares dabei herauskam. Sie bräuchten einen richtigen Produzenten, einen Profi. Als sie eine weitere Klangschicht über *Bye Bye Baby* legte und dann Olgas Gesangsspur doppelte, sodass sie noch voller klang, bekam sie eine Ahnung davon, was es bedeutete, es gut zu machen. Der Anflug eines Glücksgefühls stieg in ihr auf, beinahe greifbar. Aber das Gefühl verstrich, und plötzlich fühlte sie sich unbehaglich, eine Art Übelkeit, die aber nicht vom Magen kam, sondern die ihren gesamten Körper erfasste. Leni atmete langsam und bewusst und versuchte, sich auf den Sound zu konzentrieren. Nicky saß vollkommen still, aber Leni spürte, dass er sie von der Seite anstarrte.

Sein Blick war seltsam taxierend, so, als dächte er intensiv über Leni nach. Leni wandte ihm den Rücken zu und drehte die Lautstärke weiter auf, damit auch nicht das leiseste Geräusch zu ihr hereindringen konnte. Es gab Momente, in denen der Junge älter wirkte, erfahrener, als ihr angemessen erschien. Er war lieb, aufmerksam, wohlerzogen. Und trotzdem hatte er manchmal etwas an sich, das Leni abstieß. Plötzlich verstand sie, warum Olga den Jungen nicht ausstehen konnte.

Trotzdem, sie würde ihn das niemals spüren lassen. Immerhin war Nicky ein Kind, er konnte nichts dafür, dass er so ... körperlich war. Leni steckte das USB-Kabel in den Anschluss und zog die Klickgeräusche der Knochen auf den Rechner hinüber. Genau das war es. Der Junge strahlte eine intensive Körperlichkeit aus. Es war nicht die süße, warme Körperlichkeit eines kleinen Babys und auch nicht die schwüle Körperlichkeit eines Teenagers. Trotzdem, irgendetwas war an dem Jungen nicht altersgemäß. Leni seufzte und nahm die Kopfhörer ab. Sie konnte sich einfach nicht konzentrieren.

»Nicky, wie wäre es, wenn du dir eine DVD anmachst?«

Der Junge schüttelte den Kopf. »Ich will lieber bei dir bleiben.«

Die milde Vormittagssonne schien herein und brachte das

Sofa, auf dem Nicky saß, zum Leuchten. Leni starrte die Staubpartikel an, die in der Luft schwebten. Was konnte sie dagegen sagen, dass er hier war? Der Junge war still, er machte nichts kaputt, er bewegte sich nicht einmal. Wenn nur Ines endlich von der Frühschicht käme.

Leni wollte sich die Kopfhörer gerade wieder aufsetzen, als das Telefon im Flur zu schrillen begann. Ihr Herz machte einen Satz, wie immer, wenn es klingelte. Immer noch. Sie rief sich selbst zur Ordnung. Er *konnte* es nicht wissen. Sie hatte keine einzige Spur hinterlassen, nicht einmal Ben kannte ihre Adresse. Auch die Telefonnummer kannte er nicht. Ach Ben, dachte Leni, ich habe einen riesengroßen Fehler gemacht. Ich hätte dich niemals verlassen dürfen. Nicht für ihn.

»Das Telefon klingelt«, sagte Nicky.

»Ja, ich höre es.«

Als Leni von ihrem Platz vor dem Computer aufstand, fiel ihr Blick auf die Sitzfläche des Holzstuhls. Sie bemerkte zum ersten Mal das herzförmige Lochmuster darin. Seltsam, mit was für Nebensächlichkeiten sich das Hirn ablenkt, wenn man etwas Unangenehmes tun muss, dachte Leni. Ein Herz. Das steht für Mut.

Leni hob den Blick und ging entschlossen in den Flur, wo Zickys altes Telefon an der Wand hing. Sie war nach wie vor der Meinung, ein schnurloses Telefon sei überflüssig. Man würde es nur verlegen, und außerdem habe ja ohnehin jeder ein Handy. Leni hatte kein Handy. Sie hatte sich keins mehr gekauft, seit sie ihr letztes in Reykjavík in den Mülleimer geworfen hatte. Die Vorstellung, dass es jeden Moment klingeln und sie zu Tode erschrecken könnte, hielt sie davon ab.

Das Telefon glänzte schwarz an der himbeerfarbenen Wand und verströmte seinen sanften Bakelitgeruch. Wenn Leni noch etwas wartete, würde das durchdringende Schrillen vielleicht verstummen. Ihre Hand schob sich auf den Telefonhörer zu, umfasste ihn, hob ab. Das Klingeln erstarb.

Lenis Herz pumpte Blut durch ihre Arterien, es rauschte in den Ohren. Sie könnte den Hörer jetzt einfach wieder auf die Gabel fallen lassen. Aber das würde nichts bringen. Dann wüsste er, dass sie Angst vor ihm hatte. Sie durfte sich jetzt vor allem keine Blöße geben.

»Ja?« Selbst bei diesem kurzen Wort war das Zittern in Lenis Stimme nicht zu überhören. Sie spürte, wie sich Nickys Hand in die ihre schob, wie damals in der ersten Nacht im Treppenhaus. Suchte er nur Nähe, oder wollte er sie beschützen? Trotz eines leisen Widerwillens ließ Leni dem Jungen ihre Hand.

»Leni?«

»Ja?«

Leni war zu durcheinander, um die Stimme gleich zu erkennen.

»Warum gehst du denn nicht ans Telefon?«

Ein Teil der Anspannung fiel von ihr ab, und Lenis Knie wurden weich. Olga. Leni lehnte sich mit dem Rücken an die kühlende Wand und atmete aus. »Ich hatte Kopfhörer auf.«

»Okay, egal. Hör zu, du musst sofort in die Köthener Straße kommen, Nummer achtunddreißig. Ins Hansa-Studio.«

Olga machte eine Kunstpause. Zicky und Olga waren heute früh zu einer Studioführung aufgebrochen. Es gab nur selten offene Termine, bei denen man sich auch das berühmte Studio zwei mit dem Blick über die ehemalige Grenze zwischen West- und Ostberlin ansehen konnte. Olga erwartete wohl, dass Leni fragte, warum sie ins Studio kommen sollte, doch Leni fühlte sich im Moment nicht in der Lage, logisch zu reagieren. Im Hansa-Studio hatten viele Stars ihre Alben produziert, angefangen mit Bowie, so viel wusste sie immerhin. Leni entzog Nicky ihre Hand, fuhr sich durch das kurz geschnittene Haar und wartete ab. Vielleicht hatte Zicky mal wieder über die Stränge geschlagen. Für sie war es ein Muss, jede Führung mitzumachen und sich danach mit anderen hartgesottenen Fans im *Neuen Ufer* zu treffen, angeblich eine Stammkneipe von Bowie und Iggy Pop. Das *Ufer* war nur zwei Häuser weiter, und Zicky ging in letzter Zeit ständig dort hin. Meistens kam sie dann betrunken nach Hause. Wahrscheinlich war Olga diesmal mitgegangen, um Zicky ein wenig kontrollieren zu können.

»Olga, ich kann nicht kommen. Ich habe Nicky hier. Ich kann ihn doch nicht allein lassen.«

»Kennst du Edu Meyer?«

Der Name kam Leni vage bekannt vor.

»Er war früher hier verantwortlich als Toningenieur. Er hat mit allen gearbeitet, mit … ach, mit allen!«

»Gut. Und weiter?«

»Er ist hier!«

Plötzlich fiel auch der letzte Rest Anspannung von Leni ab, und sie musste lachen. Sie kannte Olga überhaupt nicht so aufgeregt, so überschwänglich. Olga war die Sachliche, die mit dem trockenen Humor.

»Leni, er hilft uns. Er produziert uns das Album, wenn ihm das Material gefällt! Aber du musst *jetzt* kommen, er will *jetzt* hören, was wir zu bieten haben. Er wohnt nicht mehr in Berlin.«

Während ihr Hirn die Informationen verarbeitete, begann Lenis Herz wieder schneller zu schlagen. Aber diesmal war es eine andere Art von Angst. Es war nicht diese dumpfe, hohl klingende Angst, die einen von der Welt trennte und hilflos machte. Es war eine silberhelle, flatternde Angst, die sich einstellte, wenn einem etwas Großes in Aussicht gestellt wurde. Man will es haben, man hätte nie zu hoffen gewagt, dass es auch nur annähernd in Reichweite ist. Und nun war es da, Leni musste nur zugreifen. Aber was, wenn es ihr im letzten Moment wieder weggezogen würde?

»Oh Gott. Scheiße. Aber ich habe Nicky hier!«

»Bring ihn mit, Zicky übernimmt ihn.«

Leni hörte Zicky im Hintergrund protestieren: »Aber ich wollte mit den andern ins *Ufer*.«

»Okay, wir sind gleich da. Wo ist das Tonstudio?«

»Köthener Straße achtunddreißig. Auf der Ostseite vom Potsdamer Platz. Nehmt ein Taxi.«

»Gut, was brauchen wir für ein Dateiformat?«

»Egal, bring alles mit, was wir haben. Bring die externe Festplatte mit.«

»Okay. Lauft nicht weg!«

Leni knallte den Hörer auf die Gabel und stieß einen verhaltenen Jubelschrei aus. Sie traute sich immer noch nicht, es wirklich zu glauben. Hoffentlich würde Zicky mitspielen. Wenn sie es nicht für Leni tat, würde sie es für Olga tun. Sie durfte Olga diese Chance nicht verderben, wenn sie sie liebte. Leni grinste und atmete heftig, sie kam sich vor wie ein Stummfilmstar, der Freude spielt. Trotzdem war es diesmal keine einstudierte Geste, sondern spontan, als sie Nicky hochhob und herumwirbelte.

»Manno! Lass das!« Nicky zog die Mundwinkel herunter, und seine Augen glänzten verdächtig feucht. Verstand der Junge von spontaner Freude noch weniger als Leni?

»Komm, zieh Jacke und Schuhe an. Wir müssen los.«

»Wohin denn?«

»In ein Tonstudio. Da wird Musik aufgenommen.«

Leni lief zurück ins Musikzimmer, überspielte mit zitternden Fingern die Daten auf die Festplatte, holte die Sporttasche aus ihrem Zimmer, warf wahllos ein paar Kabel hinein und lief wieder auf den Flur hinaus.

Nicky war noch nicht fertig, er machte penetrant langsam. Leni half ihm in die Jacke, schnappte sich den Schlüssel aus der Nische, in der früher einmal ein Sicherungskasten gehangen hatte, zog ihre Lederjacke vom Haken und schob Nicky vor sich zur Tür hinaus.

»Manno, Leni!«

»Was ist denn?«

»Meine Schuhe.«

Leni seufzte. Nicky war doch noch ganz und gar Kleinkind.

»Bevor du in die Schule kommst, musst du aber eine Schleife lernen.«

»Das sagt Mama auch.«

»So, nun los!«

Leni und Nicky polterten die Treppen hinunter, und Leni sah, wie der Junge gegen seinen Willen zu grinsen begann.

Erst vor der Haustür merkte Leni, dass sie vergessen hatte, eine ihrer Perücken aufzusetzen. Nach dem Vorfall im *Dunkel* hatte sie noch mehr darauf geachtet, dass sie nicht als sie selbst vor die Tür ging. Einen Augenblick überlegte sie, ob sie noch einmal hinaufgehen sollte, entschied sich dann aber dagegen. Sie sah von links schon den Bus die Hauptstraße herunterkommen. Die Haltestelle war hinter der Ampel, zweihundert Meter weiter rechts. Das Taxi würden sie sich sparen.

»Los, den schaffen wir!« Sie packte Nicky an der Hand, und der Junge lachte, während sie rannten. Lenis Herz fühlte sich frei und leicht an. Das Material würde Edu Meyer gefallen. Es musste ihm einfach gefallen. Leni wusste, dass es gut war.

Leni zog Nicky in den Bus und schob ihn in eine Sitzbank, bevor sie bezahlte.

Als sie sich neben ihn setzte, war das Lächeln aus Nickys

Gesicht verschwunden, und sein eben noch rosiges Gesicht hatte eine grünliche Färbung angenommen.

»Hier stinkts«, maulte er.

Nicky hatte recht, es stank nach überhitztem Gummi.

»Quatsch. Und wenn schon. Wir sind ja gleich da.«

Das Haus in der Köthener Straße war einer der wenigen Altneubauten in dieser Gegend. Klotzig, schwer, mit einer überteuerten Pizzeria im Erdgeschoss.

Leni bemühte sich, Nicky nicht zu berühren, als sie durch die Rauchglastür in ein düster wirkendes Foyer mit Marmorboden traten. Der Junge hatte sich im Bus vollgekotzt, rötlichgrauer, saurer Schleim hatte sich zwischen den Maschen seines Strickpullovers festgesetzt.

Leni blickte zu den Milchglaslampen hinauf und hoffte, dass sie eine Toilette fanden, wo sie Nicky ein bisschen sauber machen konnte, bevor sie ins eigentliche Studio kamen. Alles war irgendwie schwärzlich und golden hier, an der Wand mit den Firmenschildern dominierten Messing und Eiche. Das Schild des Tonstudios war viermal so groß wie die anderen. Hier also trieben sich die Stars und Legenden herum.

Links führte eine verglaste Doppelflügeltür in den Meistersaal, rechts eine einfache Glastür in ein schlichtes, modernes Treppenhaus. Der Fahrstuhl war von innen komplett mit nachtblauem Teppichboden ausgeschlagen. Die Tür glitt zu, und Nickys Kotzegeruch stieg Leni erneut in die Nase. Sie widerstand dem Impuls, sich an die Teppichwand zu schmiegen und die Augen zu schließen, während der Fahrstuhl geschmeidig in den vierten Stock hinaufschoss. Nickys Hand fühlte sich kalt an in ihrer eigenen, schweißigen Hand.

Die Studiotür war aus Strukturglas mit einem Drahtgeflecht darin. Leni erkannte dahinter die Umrisse dreier Menschen.

Es gab keine Klingel, aber sie war bemerkt worden, und ein Herr mit weißem Haar öffnete die Tür. »Leni Draugur?«

Leni schluckte und nickte und ergriff die Hand, die ihr entgegengestreckt wurde.

»Edu. Darf ich du sagen? Komm rein.«

Hinter ihm standen Olga und Zicky. Olgas Nasenflügel bebten, als habe sie etwas gewittert.

»Ich fürchte, wir brauchen erst einmal eine Toilette. Dem Jungen ist schlecht geworden.«

»Ach, der Arme. Kommt rein«, sagte Edu Meyer und trat einen Schritt zur Seite, um Leni und Nicky durchzulassen.

»Danke.«

Hinter der Glastür fiel Leni als Erstes noch mehr Glas auf: Gegenüber war eine Tür mit der Aufschrift »Studio 1« und einem Rotlicht, auf dem »Ruhe« stand. Daneben wieder ein Glaskasten, in welchem die erfolgreichsten Vinyls ausgestellt waren, und darunter eine ganze Reihe historischer Bandmaschinen, die ordentlich an der Wand aufgereiht waren.

»Das sind unsere alten Analogen, Ampex, ein echtes Museum. Zwei Zoll, ein Zoll, ein halber und da ein viertel.«

Leni nickte. Sie war im Moment zu verwirrt, um mit diesen Informationen etwas anfangen zu können. Ihr Blick wanderte nach rechts in ein verglastes Büro. Dort stand eine professionelle Kaffeemaschine. Leni hätte zu gerne einen Kaffee und eine Zigarette gehabt, um ihre Nervosität zu dämpfen.

»Tom Müller hat immer gesagt, zu einem Topstudio gehört auch ein Toppkaffee. Möchtet ihr einen?«

Leni lächelte. »Später gerne«, sagte sie und wies auf Nicky, der sich neugierig umblickte.

»Ach ja. Die Toilette ist rechts den Gang entlang, und dann ganz am Ende links. Das Ganze hier ist wie ein Atrium gebaut.«

»Danke«, sagte Leni noch einmal.

»Wir gehen dann schon mal ins Studio«, schlug Edu Meyer vor.

»Ich will aber auch mit rein«, protestierte Nicky.

Olga schüttelte bestimmt den Kopf. »Kommt nicht infrage. Wir sind schließlich nicht zum Spaß hier. Wir müssen arbeiten.«

»Ach, komm schon, Olga«, sagte Zicky.

Olga seufzte. »Aber erst müsst ihr sowieso die Kotze wegmachen.«

Edu Meyer blickte zwischen den drei Frauen und dem Jungen hin und her. Leni war die ganze Situation unendlich peinlich. Sie wollte Nicky den Gang entlangschieben, der bei den Ampex-Maschinen abging, als Zicky einsprang.

»Ich mach das schon. Geht ihr erst mal rein und quatscht euch zusammen.«

◇◇◇

Als Zicky mit dem Jungen durch den Gang wieder zurückkam, war die Studiotür geschlossen und das Rotlicht mit der »Ruhe«-Aufschrift leuchtete. Sie klopfte, aber niemand öffnete. Nicky zog eine Schippe.

»Komm, Nicky, ist nicht so schlimm. Wir warten einfach ein bisschen. Hier rennen ständig Leute hin und her, irgendwer macht uns bestimmt auf.«

Zicky sah sich um und setzte sich vor einen großen, dunklen Fernseher. Ihr fiel zum ersten Mal auf, dass man sich in den modernen Flachbildschirmen nicht wie in den alten, verglasten Röhren spiegeln konnte. Zicky kam sich vor wie ein Vampir ohne Spiegelbild. Schade, dass niemand im Büro war, sonst hätte sie vielleicht so einen »Toppkaffee« bekommen können.

»Darf ich rausgehen?«, fragte Nicky.

»Was willst du denn da?«

Nicky zuckte die Achseln. »Spielen.«

»Na schön. Aber mach keinen Unsinn, ja?«

Der Junge setzte seine ganze Körperkraft ein, um die Tür ins Treppenhaus zu öffnen.

Zicky kam sich vor wie ein Teenager. Sie würde hier auch übernachten, wenn dadurch die Chance bestände, Bowie durch die Studiotür gehen zu sehen. Sie würde auch nach New York fliegen und sich dort ins Treppenhaus setzen. Aber dort gab es einen Pförtner, der genau so etwas verhinderte. Das hatte sie zumindest gehört.

Nicky sang draußen irgendwelche halb artikulierten Abzählreime. Es hörte sich entfernt wie Englisch an, aber Nicky gab die Wörter nur rein phonetisch wieder. Zicky starrte die Studiotür an. An der Wand daneben waren die Spuren von Schuhsohlen zu sehen, die sich gegen sie gestemmt hatten.

Vielleicht hatte Bowie hier gestanden, sich eine Zigarette angesteckt und ein Schultheiss aus der Flasche getrunken. Allerdings hatte man damals die Raucher noch nicht vor die Tür geschickt. Inzwischen rauchte er nicht mehr. Und er machte auch keine Platten mehr. Was würde Zicky dafür geben, wenn er hier noch einmal eine Platte machte.

Da drinnen waren jetzt Leni und Olga und Edu und machten Musik. Und sie wartete vor der Tür wie ein Schulmädchen, das die Stars belästigte. Seit Jahren kam sie hierher. Sie kannte jede Ecke hier. Sie wusste, bei welcher Aufnahme wo welche Mikros gestanden hatten. Und Leni und Olga mussten nur einmal mit dem Finger schnippen.

Zicky wurde von einem heftigen Poltern und nachfolgendem Gebrüll aus ihren Gedanken gerissen. Sie fuhr hoch, sprang zur Tür und stieß sie nach draußen auf.

Nicky war die Treppe runtergefallen. Jetzt saß er vor ihr auf den kalten, schwarzen Steinfliesen und schrie, als habe er sich mindestens den Arm gebrochen. Das Gebrüll hallte durchs Treppenhaus wie durch eine leere Bahnhofshalle. Zicky fluchte und beugte sich zu dem Jungen runter, während sie mit einem Bein die Tür aufhielt, damit sie nicht zufiel.

»Schhh, nichts passiert. Leise. Lass mal sehen. Wo tut's denn weh?«

Nicky liefen dicke Tränen die Wangen hinab. Er zog seine Jeans hoch, und Zicky sah, wo unter dem Kniestrumpf der Übergang zwischen Fußprothese und Bein war. »Zeig.«

Das Knie war leicht gerötet, aber es war keine Schramme zu sehen, kein Blut.

»Mach mal das Bein gerade und wieder krumm.«

Nicky tat, was Zicky verlangte.

»Siehst du, alles gut. Komm, steh auf.«

Sie wollte dem Jungen auf die Beine helfen, als hinter ihr die Tür zu Studio 1 aufging. Edu Meyer streckte den Kopf heraus.

»Könntet ihr etwas leiser sein?«

Zicky sah Edu Meyer verzweifelt an, aber sie spürte, dass sie sich unbeliebt machen würde, wenn sie noch länger blieb.

»Entschuldigung. Wir sind gleich weg.«

Edu Meyer zog sich wieder ins Studio zurück.

Nicky saß immer noch auf dem Boden und schniefte vor sich hin. Zicky schaute auf die geschlossene Tür. Das Rotlicht leuchtete nach wie vor.

»Na los, steh endlich auf.«

Zicky nahm den Jungen bei der Hand und zog ihn hinter sich her.

Zu Hause hängte Zicky Ines einen Zettel an die Tür. Sie war nicht bereit, wegen Leni und Olga auch noch auf ihr Treffen im *Ufer* zu verzichten, und dem Jungen tat etwas Abwechslung auch mal ganz gut.

Zwei Stunden später tauchte Ines dort auf, Zicky sah sie am Schaufenster vorbeieilen und lachte ihr entgegen.

»Ines! Kommse rin, setzense sich.«

Nicky hatte von Kurd einen nagelneuen iPod in die Hand gedrückt bekommen, guckte Trickfilme und wirkte ganz zufrieden. Im Gegensatz zu Ines.

»Hallo, Spätzchen. Alles okay?«

Nicky reagierte kaum auf seine Mutter, nickte nur abwesend und starrte weiter auf den winzigen Bildschirm. Ines setzte sich nicht.

»Zicky, hör mal, wenn es euch zu viel wird, dann sagt mir das bitte.«

»Was denn zu viel?«

Zicky merkte selbst, dass sie zu laut sprach. Sie hatte schon vier Gläser Rotwein getrunken, der Kellner brachte gerade das fünfte und stellte ein Glas mit Salzstangen daneben.

Ines sprach leise und eindringlich. »Du kannst mir glauben, dass ich es ätzend finde, dass ich auf Hilfe angewiesen bin. Ich bin alleinerziehend, ich habe nur wenig Geld, ich habe keine Mutti in Berlin, niemanden, den ich um Hilfe bitten kann. Aber wenn ich das Gefühl habe, ihr macht das nicht gerne oder Nicky ist euch eine Last, dann geht es auch ohne euch.«

Zicky wedelte etwas unkoordiniert mit der Hand in Ines' Richtung. »Ines, nu mach mal nicht so 'n Wind. Ich mag deinen Nicky doch.«

Ines seufzte und zog sich nun doch einen Stuhl heran. »Okay. Ich weiß, Zicky. Du ja. Aber die anderen. Leni gibt sich zumindest Mühe, ihn zu mögen. Aber wenn dann so Sachen sind wie heute …«

Zicky winkte dem Kellner. »Noch einen Wein für Ines, bitte.«

Der Kellner nickte, aber Ines rief: »Nein, lieber einen Milchkaffee.«

»Okay, kommt gleich.«

»Wie gesagt, so Sachen wie heute«, setzte Ines wieder an, aber Zicky unterbrach sie erneut:

»Darf ich vorstellen ... Gerald, Kurd, Janine, Barbara. Wir wollen die Wohnung im ersten Stock mieten, sobald sie frei wird. *Wenn* sie jemals frei wird."

»Aha. Hör mal, Zicky, ich meine das ernst. Ich will solche Sachen wie heute nicht.«

»Ich weiß ja gar nicht, was du meinst.«

Ines beugte sich ihr entgegen, als ob Zicky schwerhörig wäre.

»Verstehst du das denn nicht? Ich gebe Nicky bei Leni ab, sie sagt mir, dass sie sich bis nach Schichtschluss um ihn kümmert. Dann komme ich nach Hause, bei euch ist niemand da, und dann hängt bei mir ein Zettel an der Tür, dass Nicky mit im *Ufer* ist. Erstens wird hier gequalmt, was für ein fünfjähriges Kind mehr als schlecht ist, zweitens wird hier getrunken, und zwar nicht zu knapp, drittens ist er hier allen möglichen Versuchungen ausgesetzt. Und viertens ist er auch nicht mit Leni hier, sondern mit dir.«

Zicky stieß einen empörten Laut aus, aber Ines ließ sie nicht zu Wort kommen. »Nichts gegen dich. Ich weiß, dass du gut mit Nicky kannst. Aber es geht einfach nicht, dass ihr meinen Jungen rumreicht wie ein Möbelstück. Und ich will auch nicht, dass er zwischen lauter Besoffenen sitzt.«

Janine wollte etwas dazu sagen, aber Zicky ließ sie nicht zu Wort kommen. Sie nahm einen großen Schluck aus ihrem Weinglas. Der Shiraz hier machte ihr Kopfschmerzen, sie kannte das schon, aber das war ihr egal.

»Ines, wir sind eine Art Familie. Nein, wir *sind* eine Familie.« Zicky nickte heftig, um ihre Aussage zu bekräftigen. »Wir sind eine *Familie*. Verstehst du?«

Ines sah Zicky verständnislos an. Der Kellner brachte ihr den Milchkaffee, und sie streute sich großzügig Zucker in den Schaum.

Zicky wurde plötzlich wütend. Es gab einiges, was man Ines mal sagen musste, und vielleicht war dies genau der richtige Moment dafür.

»Nee, das verstehst du nämlich nicht. Weil ihr da oben total abgeschottet lebt. Nicky darf nicht mit andern Kindern spielen, er darf nichts essen, er darf nicht alleine raus, er darf nicht alleine zu Hause bleiben. Auf die Art wird er ein Freak. Total asozial.«

Ines blieb ungerührt. »Der Gesetzgeber schreibt vor, dass man Kinder nicht vor ihrem sechsten Geburtstag ohne Aufsicht in der Wohnung lassen darf. Sie hätten ihn mir deswegen beinahe weggenommen.«

»Jajaja, weiß ich ja. Aber mal ehrlich, das ist doch nicht normal, was du da oben treibst. Guck, er ist gesund, er ist schlau. Wenn er Freunde hätte, dann wär er auch nicht so komisch.«

Ines sah Zicky eiskalt an. »Was soll an ihm komisch sein?«

»Na, so ein typisches Kind eben, das keine Freunde hat.«

Ines legte den Löffel neben ihren Milchkaffee und stand auf. »Was hatte Nicky? Ich hoffe, nur Wasser?«

»Er hat einen *Keks* gegessen!«

Ines fasste Nicky an der Schulter und drehte ihn zu sich herum. »Nicky, stimmt das?«

Nickys Blick blieb am Bildschirm haften. »Quatsch, Mama.«

Zicky schüttelte fassungslos den Kopf. »Das war nur ein Witz, Ines. Du spinnst echt.«

Ines zahlte an der Theke ihren Kaffee und Nickys Wasser. »Komm, Nicky, wir machen Abendbrot. Bald ist Schlafenszeit.«

Nicky zog eine Schippe, gab Kurd aber den iPod zurück. Dann winkte er in die Runde. »Tschüs.«

Alle winkten zurück.

Zicky drückte den Jungen kurz an sich. »Ciao, Kleiner. Bis bald, ja?«

Ines zog ihn hinter sich her zur Tür hinaus.

Zicky blies die Backen auf und stieß die Luft aus. »Mannomann.« Sie winkte dem Kellner. »Haste noch Shiraz für mich?«

◇◇◇

Olga hatte sich bei Leni eingehakt, sie hatten beschlossen, zu Fuß vom Studio nach Hause zu gehen. Der Tag und der Abend waren so inspirierend gewesen, so intensiv.

Edu Meyer hatte die Idee gehabt, das gesamte Album in binaurale Schwebungen einzubetten. Das war extrem beruhigend und versetzte den Hörer in einen meditativen Zustand, und das stand wiederum in scharfem Kontrast zur Stimmung der meisten Stücke, die Angst, Trauer, Vergeblichkeit und manchmal auch Horror vermittelten. Das Ergebnis war extrem, man wurde von der Musik umhüllt, wurde ein Teil von ihr. Es war unmöglich, sich dieser Wirkung zu entziehen. So ging es zumindest Leni, und sie fühlte sich, als ob sie immer noch auf Sinuswellen dahinschwebte, während sie neben Olga herging.

Olga seufzte. »Wirklich, ich hätte nie gedacht, dass mir das so viel geben würde. Edu ist klasse. Und du auch.« Sie drückte Leni zielsicher einen Kuss auf die Wange. »Ich möchte dir danken. Ohne dich hätte ich mich nie getraut zu singen. Ich frage mich, warum Zicky mir nie gesagt hat, dass ich singen kann.«

Sie erreichten den Potsdamer Platz, der zu jeder Tages- und Nachtzeit belebt war.

»Wie hast du eben meine Wange getroffen?«

»Ich höre dich atmen. Du bist etwa einen halben Kopf kleiner als ich. Und du bist genau neben mir. Und der Kopf sitzt bei den meisten Leuten obendrauf.«

»Aber du hättest auch meine Nase oder das Ohr oder das Kinn treffen können.«

Olga lachte. »Stimmt.«

»Lass uns noch ins Sony-Center gehen. Ich habe gehört, wenn man sich auf den Boden legt und direkt hoch in die Sonnensegel guckt, soll das sein wie fliegen.«

»Nee, das ist langweilig.«

Leni fühlte sich ertappt. Obwohl sie eben noch über Olgas Blindheit geredet hatten, hatte sie im nächsten Moment schon nicht mehr daran gedacht. Sie vergaß es immer wieder. Olga war so lebensfroh. Im Gegensatz zu Zicky, der man es scheinbar niemals wirklich recht machen konnte.

»Ja, klar. Entschuldige.«

Olga blieb abrupt stehen. »Leni, hör auf, dich dafür zu entschuldigen, dass ich blind bin. Du kannst nichts dafür.«

Leni fühlte nach der Festplatte in ihrer Sporttasche. Sie war noch da. »Lass uns nach Hause gehen. Ich will heute Nacht noch die ersten zwei Stücke ins Internet stellen.«

»Willst du nicht warten, bis wir fertig sind? Mit dem ganzen Ding?«

»Wieso denn?«

Olga zuckte mit den Schultern. »Nur so ein Gefühl. Ein Album ist ein Album. Das ist was anderes als einzelne Songs. Besonders mit diesen Schwingungen. Das hast du selbst gesagt.«

»Aber wir können verbreiten, was wir tun, wir können Aufmerksamkeit bekommen. Auch, weil wir Edu Meyer an Bord haben.«

Leni und Olga blieben an einer Ampel stehen und warteten, dass es grün wurde. Auf der anderen Straßenseite sprach Leni weiter: »Ich bin mir nicht sicher, aber ich habe das Gefühl, dass wir das professionell machen können. Dass wir gut genug sind. Interessant genug.«

»Weil ich blind bin?«

Leni schwieg einen Moment, die Antwort war nicht selbstverständlich da, sie musste sich selbst erst darüber klar werden: »Ich hatte eine schlimme Kindheit, vielleicht noch schlimmer als Zicky. Ich kämpfe darum, die innere Einsamkeit loszuwerden. Ich versuche, in Kontakt mit der Welt zu kommen. Und ich glaube, das spürt man in der Musik. Dass sie jemanden erreichen will. Wir sind kein seichtes Pop-Duo, mit einer Blonden und einer Rothaarigen. Wir haben Substanz, wir machen unsere Musik selbst. Sie kommt von innen, sie ist unkommerziell. Und ich glaube, dass sie gerade deshalb erfolgreicher sein kann als vieles, was bloß für den Markt gestrickt wird.«

Sie erreichten die Potsdamer Straße und zogen jetzt mit schnellen, gezielten Schritten an Imbissbuden, Stofflagern und Import-Export-Läden vorbei.

Olga ging auf Lenis Bekenntnis nicht ein. »Ich hoffe, Edu ist gut nach Hause gekommen«, sagte sie stattdessen.

»Das ist er bestimmt.«

Olga fasste Lenis Arm fester. »Ich will ehrlich sein, Leni. Ich halte uns nicht für so überragend. Die Kombination unserer Stimmen ist etwas Besonderes, die isländischen Brocken. Aber letztlich ist es Elektropop, manchmal mit Hardcore-Elementen. Schön, treibend. Aber ich habe auch nicht den Anspruch, etwas ganz Besonderes zu sein. Ich will einfach nur leben.«

Leni warf einen Blick in die bunt dekorierte Auslage des Geschäfts, in dem sie ihre Perücken gekauft hatte. Cocoon, ein passender Name. Ihr fiel auf, dass sie den ganzen Tag nicht daran gedacht hatte, dass sie ihre Perücke vergessen hatte. Vielleicht kam sie über ihre irrationalen Ängste doch noch hinweg.

Olga fuhr fort: »Ich hatte eine gute Zeit mit Zicky. Als sie mit Jason das *Dunkel* aufgemacht hat, das war eine tolle

Zeit. Aufbruchstimmung. So wie jetzt bei uns. Jetzt ist auch eine tolle Zeit. Nur nicht mit Zicky.«

»Ihr habt Krach miteinander.«

»Nein. Aber Zicky hat wieder mit dem Trinken angefangen. Sie war trocken, als es mit dem *Dunkel* und mit uns richtig losging. Sie war trocken.«

Leni wollte das nicht hören, nicht jetzt. Sie wollte sich das Glück, das sie seit ein paar Stunden empfand, nicht gleich wieder eintrüben lassen. Sie wäre in diesem Moment am liebsten auf Abstand zu Olga gegangen, hätte sie einfach stehen gelassen, aber das konnte sie natürlich nicht tun. Leni schluckte. »Willst du mir damit etwas Bestimmtes sagen?«

»Was meinst du?«

»Dass es so ist, seit ich hier bin.«

Olga schüttelte den Kopf. »Ich glaube nicht, dass es mit dir zu tun hat. Es hat eher etwas damit zu tun, dass ich kein Kind mit ihr möchte. Ich kann es mir einfach nicht vorstellen.«

»Wegen der Gefahren.«

»Nein. Wenn ich ehrlich bin, wegen Zicky. Ich kann mir nicht vorstellen, mit ihr auf diese Weise einen Bund fürs Leben einzugehen. Ich will es einfach nicht.«

»Und weiß sie das?«

Olga antwortete nicht. Sie waren am Kleistpark angekommen. Nun mussten sie noch über die Ampel, am *Ufer* vorbei, und dann waren sie zu Hause.

Weder Leni noch Olga sprachen jetzt, so als müsse eine gewisse Zeit zwischen ihrem Gespräch und dem Betreten der Wohnung vergehen, als würde das Thema ansonsten sichtbar an ihnen haften.

Leni wollte unbedingt vermeiden, dass Zicky misstrauisch oder noch eifersüchtiger wurde, als sie ohnehin schon war. Sie sah auf die Uhr, die an der Kreuzung stand. Kurz nach elf. Sie hatten lange gearbeitet. Leni hatte es kaum bemerkt.

Als sie unten die Tür aufschloss, hörte sie es bereits. Das Schaben.

»Ah, nicht schon wieder. Hörst du das, Olga?«

Olga lauschte. »Ganz leicht. Irgendwas quietscht.«

»Es quietscht, knarzt, sägt, es hört sich nass an, es stöhnt. Ich könnte kotzen, wenn ich es höre. Und ich habe nicht die geringste Ahnung, was es ist.«

»Du hast verdammt gute Ohren. Das ist ungerecht, die könnte ich viel besser gebrauchen.«

Lenis Laune sank in den Keller, während sie mit Olga in den zweiten Stock hinaufstieg. »Ich hole mir besser Tabletten von Ines. Geh du schon rein.«

Nichts geschah, als Leni an Ines' Tür klopfte. Wahrscheinlich war es schon zu spät. Aber sie brauchte die Tabletten, sonst würde es wieder eine schlaflose Nacht werden.

»Bitte, Ines, wälz dich noch mal aus dem Bett.«

Leni klopfte noch einmal lauter, und endlich hörte sie es in der Wohnung rumoren. Dann öffnete Ines. Sie war rot im Gesicht und trocknete sich gerade die Hände ab.

»Sorry, dass ich dich noch störe. Aber ich kann bei dem Krach einfach nicht schlafen.«

»Was denn für ein Krach?«

»Na, das Quietschen. Hörst du das denn nicht?«

Ines und Leni lauschten. Die Geräusche waren verstummt.

»Ach, jetzt ist es weg. Aber sonst immer, du musst das doch hören. Es ist genau bei dir nebenan, dieser Alte mit den weißen Haaren.«

Ines strich sich eine dünne, verschwitzte Haarsträhne aus der Stirn. »Also, ich hör da nichts.«

»Nie?«

Ines zog die Schultern hoch und schüttelte den Kopf. »Brauchst du Tabletten?«

Als Leni nickte, verschwand Ines kurz im Bad neben der Tür und kam mit einer Krankenhausgroßpackung Zolpidem zu zehn Milligramm zurück.

»Hier, aber mach keinen Unsinn damit, hörst du?«

Sie sah Leni intensiv an, und Leni fühlte sich unbehaglich. Sie widerstand dem Drang, sich gegen den Verdacht zu verteidigen, und lächelte nur.

»Nicht dass man sich damit umbringen könnte. Aber die Nebenwirkungen sind echt nicht zu verachten.«

Am Ende würde ihr Ines die Tabletten wieder wegnehmen, und das könnte dann tatsächlich ihr Tod sein. Leni nickte.

»Gute Nacht, Ines, und danke. Du bist immer wieder meine Rettung.«

»Das sollte dann aber eine Weile reichen, oder?«

Leni hob die Tablettenpackung zum Gruß und ging die Treppe runter.

Sie hatte das Gefühl, dass Ines ihr durch den Türspalt noch nachblickte, wollte sich aber nicht umdrehen, um sich zu vergewissern. Sie fühlte sich verfolgt, aber das war irrational, eine Ausgeburt ihrer Phantasie, und sie musste aufhören, ihre Angst auf die Menschen in ihrer Umgebung zu übertragen.

Olga stand regungslos im Flur und horchte, als Leni in die Wohnung kam.

»Was ist los?«

Olga hob die Hand. »Ruhig.«

Leni wartete auf den erneuten Einsatz des Schabens und Knarzens, aber er blieb aus. Stattdessen hörte sie ein leises Schnarchen.

»Woher kommt das?«

»Jedenfalls nicht aus dem Bett. Da liegt Zicky nämlich nicht.«

»Okay, ich schau nach.«

Leni öffnete zuerst die Musikzimmertür, aber da war Zicky nicht, dann schaute sie in der Küche nach, aber auch hier war das Sofa leer. Blieben noch Zickys Malzimmer, Olgas Ankleidezimmer oder Lenis Zimmer.

»Sie ist doch hoffentlich nicht auf dem Klo eingepennt?« Olgas Stimme klang ängstlich, so als wäre es etwas Entsetzliches, wenn es so war.

Nein, Zicky war nicht auf dem Klo eingeschlafen. Sie lag davor, auf den nackten Fliesen. Und sie hatte auf den geschlossenen Klodeckel gekotzt. Die Kotze war rot, und es stank nach saurem Wein. Nicht schon wieder, dachte Leni. Einmal am Tag reicht doch wohl.

»Und?«

»Hol mir den Wischeimer aus der Küche, ja?«

»Was ist mit Zicky?«

»Sie schläft. Ich mach sauber.«

Als Olga den Eimer brachte, liefen ihr Tränen über das Gesicht, und sie zog die Nase hoch.

»Scheiße, Leni. Wenn du nicht hier wärst, wüsste ich gar nicht, was ich machen sollte.«

»Hilf mir mal.«

Leni richtete Zicky auf, die halb wach wurde und etwas Unverständliches vor sich hin murmelte. Wie sie so schlafend und hilflos in Lenis Armen lag, wurde Leni plötzlich klar, wie alt Zicky schon war. Achtunddreißig. War das alt?

Zicky hatte dunkle Augenringe, und ihr feines, schwarzes Haar war von ersten grauen Strähnen durchzogen. Das Kinn war schlaff, die Mundwinkel begannen zu hängen. Leni fühlte eine unerwartete Zärtlichkeit für ihre Schwester und drückte sie an sich, während sie sie mit Olgas Hilfe halb auf die Füße zerrte.

»Komm, Zicky, Schlafenszeit, ab ins Bett«, sagte sie sanft.

Olga weinte immer noch.

»Mach schon, benutz deine Füße, du olle Ziege.«

Zicky brummte mit geschlossenen Augen etwas vor sich hin, und während Olga sie auszog und zudeckte, machte Leni im Bad sauber. Langsam bekam sie Übung darin.

Danach duschte Leni, und Olga kam währenddessen herein und putzte sich die Zähne. Leni stellte das Wasser ab und bat Olga um ein Handtuch. Ihre Hände streiften sich kurz, und Leni durchfuhr ein unerwarteter Schauer. Sie wurde sich ihrer Nacktheit bewusst und wickelte sich schnell ein.

»Leni?«

»Ja.«

»Ich wollte noch mal Danke sagen. Ohne dich wüsste ich manchmal wirklich nicht …«

»Ach komm, ist schon gut. Sie ist meine Schwester.«

»Schöne Schwester.«

»Ja.«

Beide lachten, aber Leni war eigentlich nicht nach Lachen zumute. Sie wollte Olgas Haar berühren, wollte berührt werden.

»Würdest du jetzt bitte rausgehen?«, sagte Olga.

War ihr plötzliches Begehren so stark zu spüren?

»Ja, klar.«

»Es ist nur, ich nehme jetzt die Kontaktlinsen raus, und das sieht dann ein bisschen unheimlich aus da drunter.«

»Klar, okay. Gute Nacht, Olga.«

»Gute Nacht, Leni.«

Leni schloss die Badezimmertür von außen, nahm die Großpackung Zolpidem, die sie im Flur auf die Schuhbank geworfen hatte, und ging in ihr Zimmer. Sie legte sich nackt in die rote Satinbettwäsche und wartete. Vielleicht würde es heute ohne Tabletten gehen.

Aber Leni lag kaum eine Minute, als das Sägen und Schaben über ihr wieder begann. Sie sah auf den Radiowecker. Kurz nach Mitternacht. Wut stieg in ihr auf. Sie griff zur Tablettenschachtel, nestelte ein Briefchen aus der Packung, drückte zwei Tabletten heraus und wollte sie sich in den Mund werfen.

Doch dann hielt sie inne. Es konnte nicht sein, dass der Typ da oben ihr Nacht für Nacht den Schlaf raubte und sie in eine handfeste Tablettenabhängigkeit hineindrängte. Leni warf die Tabletten in den Aschenbecher, zog sich Jeans und Jacke über und tappte mit offenen Schuhen in den Hof hinunter und zu der Hintertür rein, die ins zweite Treppenhaus führte. Das Licht ging nicht, es war stockfinster, aber Leni beschloss, dass ihr das jetzt egal zu sein hatte. Scheiß auf die Angst.

Zügig arbeitete Leni sich in den dritten Stock hinauf und legte das Ohr an die Tür. Ja, hier war es, die Geräusche kamen eindeutig aus dieser Wohnung.

Plötzlich hörte Leni wieder ihr Herz schlagen, und diesmal wurde der Rhythmus von einer Mischung aus Angst und Wut getragen. Einen Moment lang fragte sie sich, was sie tun würde, falls tatsächlich jemand an die Tür käme. Was, wenn dieser jemand kein Verständnis für Lenis Schlafbedürfnis hätte? Wenn er aggressiv würde? Aber sie verdrängte den Gedanken absichtlich, sie wollte nicht unverrichteter Dinge wieder gehen, und schon gar nicht, weil sie zu feige gewesen war. Sie musste endlich lernen, sich zu behaupten. Leni legte also den Zeigefinger auf den Klingelknopf und drückte entschlossen darauf. Nichts geschah.

»Na toll, auch das noch.«

Bevor Leni der Mut verließ, hämmerte sie mit der Faust

gegen die Tür. Dann horchte sie. Die Geräusche gingen weiter. Leni hämmerte noch einmal gegen die Tür.

»He! Sie da drinnen! Ich kann nicht schlafen!«

Leni horchte wieder. Es blieb still, nichts rührte sich mehr in der Wohnung. Leni stand noch eine Weile im Flur, das Ohr an die Tür gepresst.

Dann stieß sie sich von der Tür ab. »Na bitte, geht doch«, murmelte sie und machte sich mit weichen Knien an den Abstieg durch das finstere Treppenhaus.

Als der Schlaf trotz der himmlischen Stille über Leni nicht kommen wollte, betrachtete sie für eine Weile ihre Zolpidem-Packung. Vierzig Stück, zwei lagen bereits im Aschenbecher.

Ines hatte von Nebenwirkungen gesprochen, und Leni las zum ersten Mal den Beipackzettel. Dort stand, dass das Zeug die natürlichen Schlafphasen beeinflusste, sodass der Schlaf nicht mehr erholsam war. Man wachte morgens kaputter auf, als man abends eingeschlafen war. Sie las weiter:

Psychische und paradoxe Reaktionen: Abhängigkeit, Gewöhnung mit Dosiserhöhung bzw. Wirkungslosigkeit, Bewusstseinstrübungen und Halluzinationen …

Leni schlug sich vor den Kopf. Halluzinationen. So einfach war das also. Es kam nur von diesen verfluchten Zolpis, dass sie an jeder Ecke Magnus sah. Leni zerknüllte den Beipackzettel. Sie würde ab sofort ihre Schlaflosigkeit ertragen. Sie würde sie sogar nutzen.

Im Musikzimmer fuhr Leni den Computer hoch und begann damit, bei MySpace eine Seite für KAT einzurichten. Das hatte sie sowieso vorgehabt, und schlafen konnte sie auch morgen noch. Wenn es hell war.

XV

Reykjavík, 22. Januar 2009

Die Zähne lagen neben Magnus in einer sterilen Stahlschale, seine Zunge hielt er weit hinausgestreckt, während ein junger, bärtiger Arzt die Naht untersuchte und dann die Fäden zog.

»Elf Stiche. Sie haben wirklich Glück gehabt, Herr Draugur. Sie werden normal sprechen können. Und ab heute dürfen Sie dann auch wieder essen. Die Infusion nimmt Ihnen die Schwester gleich heraus. Von mir aus sind Sie entlassen.«

Als er fertig war, klopfte der Arzt Magnus fröhlich auf die Schulter und händigte ihm sein Gebiss aus. Magnus bedankte sich nicht, und er würde diesem Schnösel auch nicht den Gefallen tun, vor seinen Augen die Zähne in den Mund zu stecken. Es hatte ihm noch nie jemand dabei zugesehen. Niemand hatte es gewusst, bis ... Magnus mochte nicht daran denken.

Alles lief verkehrt. Sein Kind war tot, Leni war ihm entwischt, und es war beinahe ein Wunder, dass er noch nicht festgenommen worden war.

Magnus war seit mehr als zwei Monaten nicht mehr in seinem Haus in Vík gewesen. Die Alte musste längst die Polizei verständigt haben. Andererseits, sie wusste genauso gut wie er, dass sie illegal einen fünf Monate alten Embryo abgetrieben hatte. Es war vielleicht ganz logisch, dass sie stillhielt. Genau genommen war es absolut logisch.

Sicher hatte Leni Kontakt mit ihr. Die Alte war seine

Chance, Leni zu finden. Er würde sich diesmal gut überlegen, wie er die Sache angehen musste, um zu bekommen, was er wollte.

»Wie haben Sie Ihre Zähne eigentlich verloren?«, fragte der Arzt, während er seine Instrumente einsammelte.

Magnus machte eine wegwerfende Handbewegung. Das geht diesen schlaffen Typen überhaupt nichts an, dachte er, sagte aber nichts.

»Na, wenn Sie noch etwas brauchen, melden Sie sich. Soll ich Ihnen ein Taxi rufen lassen?«

Magnus schüttelte den Kopf, und der Arzt streckte ihm zum Abschied die Hand entgegen. Magnus nahm sie widerwillig.

»Machen Sie es gut, Herr Draugur.«

Als Magnus endlich allein war, drückte er aus einer kleinen Tube Haftcreme auf die Gaumenplatte des Gebisses, verteilte sie mit dem Daumen, steckte seine Zähne in den Mund und drückte sie gut an. Seine Zähne. Nach so vielen Jahren waren es seine Zähne.

Die anderen hatte sein Vater ihm ausgeschlagen, als er vierzehn war, weil er eine Leiche mit Schwarzpulver so präpariert hatte, dass sie im Ofen explodiert war.

Erst als sein Vater gestorben war und er das Haus in Vík, das Krematorium und das Boot, die *Síðasta ferð,* geerbt hatte, war ihm klar geworden, dass sein Vater ihn damals hatte bestrafen müssen.

Und jetzt würden andere büßen, die es verdienten. Es ging jetzt nicht mehr darum, sie zurückzugewinnen. Es ging um Bestrafung.

Magnus stand auf und zog sich an. Er fühlte sich immer noch ein wenig wackelig, die Gehirnerschütterung hatte ihm ziemlich zugesetzt, und die intravenöse Ernährung in den letzten vierzehn Tagen hatte ihn abmagern lassen. Er fühlte sich nur noch wie ein halber Mann. Auch dafür würde Leni büßen müssen.

Als Magnus aus dem Krankenhaus herauskam, schnitt eisiger Wind ihm in die Wangen. Er schlug den Kragen hoch und machte sich auf den Weg zum Busbahnhof. Dort kaufte er sich zwei Hamburger und einen großen schwarzen Kaffee und wartete auf den Austurleid-Bus Richtung Vík.

Einen halben Tag später sah Magnus erstmals seit zwei Monaten sein Haus wieder. Der Postkasten, der an einem der Torpfeiler hing, quoll über. Magnus sammelte Rechnungen und Werbung ein, warf alles ungeöffnet in die Mülltonne und schloss die Haustür auf.

Der Gestank, der ihm entgegenschlug, war bestialisch. Magnus konnte den unwillkürlichen Reiz nicht unterdrücken, drehte sich um und erbrach sich auf die Stufen seines Hauses.

Er kannte diesen Geruch genau, obwohl er ihn noch nie in dieser Intensität wahrgenommen hatte. Manchmal, wenn jemand starb und die Angehörigen oder Freunde ihn erst Tage später fanden, hing in der Wohnung, in der er die Leiche abholen musste, dieser unverkennbare, alles mit einem fast stofflichen Film überziehende Geruch.

Magnus überlegte, ob sich ein Tier hierhereinverirrt haben konnte und dann verendet war.

Aber wie konnte es überhaupt zu solch einer massiven Verwesung kommen, wenn es im Haus knapp unter null Grad kalt war? Die Heizung war gerade so hoch eingestellt, dass die Rohre keinen Schaden nahmen.

Magnus zog seinen Pullover aus und band ihn sich als Mundschutz fest um Mund und Nase. Das würde den Gestank zwar nur unwesentlich dämpfen, aber der Mundschutz hatte auch mehr eine psychologische Wirkung, die es ihm erlauben würde, bis in sein Büro vorzudringen, das rechts von der Halle abging, und die Flasche mit dem Kampferöl zu holen, die den Gestank zumindest erträglich machen würde. Magnus holte noch ein paarmal tief Luft und ging dann entschlossen ins Haus.

Sobald er seinen Pullover mit dem Öl präpariert und ihn sich wieder um Mund und Nase gebunden hatte, begann er, systematisch die Räume abzusuchen.

Das Untergeschoss war sauber, und auch im Keller konnte er nichts entdecken. Nicht einmal eine tote Ratte.

Doch als er die Treppe in den ersten Stock hinaufstieg, wurde der Gestank intensiver. Magnus stöhnte, als er erkannte, woher er kam.

Langsam arbeitete er sich bis zu Lenis Zimmer vor. Die Tür stand offen, die Tür zum Bad jedoch war verschlossen. Immer noch. Der Schlüssel steckte von außen. Magnus bereitete sich innerlich auf den Anblick und den noch intensiveren Leichengeruch vor und schloss auf.

Die Alte lag zusammengekrümmt auf den Fliesen. Ihr Fleisch hatte sich bereits verflüssigt, Teile des Schädels lagen frei, und ihr altes Leinennachthemd war eine untrennbare Verbindung mit der verwesenden Haut eingegangen.

Magnus fluchte und zog die Tür wieder zu. Er hatte nicht damit gerechnet, dass er die Alte so schwer getroffen hatte. Magnus drückte mit Daumen und Zeigefinger auf seine geschlossenen Augen. Er musste nachdenken. Aber zuerst würde er diese Sauerei beseitigen müssen. Wenigstens war hier kein Holzboden, in den die Leichenflüssigkeit laufen konnte. In dem Fall hätte er alles herausreißen und erneuern müssen. Aber was Magnus am meisten Sorgen bereitete, war die Frage, wie er jetzt an Leni herankommen sollte.

XVI

Berlin, Hauptstraße 155, 22./23. Dezember 2009

Es war kalt, obwohl überall leuchtend rote Blumen zwischen den Steinen hervorwuchsen. Leni wunderte sich ein wenig, denn das Haus in Vík war immer dunkel und grau gewesen. Nicht mal in den kurzen Sommern hatte es hier nennenswerte Farbflecken gegeben. Und nun wuchsen überall zwischen den großen Steinquadern an der Rückseite des Hauses diese seltsamen Blumen.

Sie ging auf das Haus zu, näherte sich einer der Blüten. Die Blütenblätter liefen spitz zu und sahen fleischig aus. Ein fader, süßlicher Geruch entströmte den Blüten, der Leni Übelkeit verursachte. Der Duft schien sich wie ein feiner, erstickender Staub über alles zu legen.

Sie würde sich darum kümmern müssen, man musste die Pflanzen entfernen. Abgesehen von dem seltsamen Geruch konnte es für das Mauerwerk gewiss nicht gut sein, dass überall Pflanzen ihre Wurzeln in die Fugen trieben. Leni streckte die Hand nach einer Blume aus, um sie zu pflücken.

»Halt, Vorsicht!«

Leni erschrak, sie hatte ihre Oma gar nicht kommen gehört. Jetzt stand sie neben ihr, trotz der Kälte trug sie nur ihr weißes Nachthemd, in dem Leni sie zuletzt gesehen hatte. Es hatte einige Blutflecken. Hatte sie das Hemd seit der Abtreibung etwa immer noch nicht gewaschen?

Oma lächelte, hob ihr kleines, scharfes Küchenmesser und schnitt eine Blume aus der Wand, sodass sie vor Lenis Füße fiel.

»Der Saft ist ziemlich giftig, es kommen immer wieder Leute mit heftigen Verätzungen ins Krankenhaus, weil sie sie pflücken.«

»Wie heißt die Sorte?«

Oma nannte einen komplizierten Namen, den Leni vergaß, noch während er ausgesprochen wurde. Egal. Sie sah zu, wie ein wenig Saft aus dem Pflanzenstiel auf die graue Erde tropfte und sie dunkel färbte.

»Pass auf, dass du damit nicht in Berührung kommst«, sagte Oma und fuhr damit fort, Pflanzen aus der Wand zu schneiden. Leni bemerkte, dass sie keine Schuhe trug. Aber sie würde wissen, was sie tat. Sie hatte immer gewusst, was sie tat.

Leni ging um das Haus herum zum Vordereingang.

Hier wuchsen die roten Blumen noch üppiger, ihr Duft nahm ihr fast den Atem, und es fiel ihr schwer, zu denken. Sie war hierhergekommen, um irgendetwas zu holen, nur fiel ihr nicht mehr ein, was das gewesen sein könnte.

Gedankenverloren stieg Leni die Steintreppe zum Haupteingang hinauf, als sie auf etwas Weiches trat. Ihr schoss das Adrenalin in die Adern, als sie erkannte, dass es sich um ein kleines Tier handelte, das tot auf der Treppe lag. Sie sah genauer hin.

Es war ganz rosa und grau, und es hatte kein Fell. Der Kopf war zu groß, die Vorderläufe zu klein. Leni wollte weg von dem Ding, aber sie konnte sich von dem Anblick nicht losreißen, beugte sich sogar noch ein wenig weiter hinab. Es war kein Tier. Es war ein menschlicher Embryo.

Leni wich zurück, wandte sich ab – und stand genau vor Magnus. Er grinste sie an.

»Du hast etwas verloren.«

Magnus hielt ihr den Embryo auf der ausgestreckten Hand entgegen. Leni schüttelte hilflos den Kopf. Sie wollte weglaufen, aber ihre Füße schienen festgewachsen zu sein.

»Was ist, willst du es nicht?«

Magnus hielt das Kind vor Lenis Gesicht. Die rudimentären schwarzen Augenknöpfe schienen sie direkt anzusehen, und in dem halb geöffneten Mund erkannte sie spitze Zähne. Endlich gelang es Leni, ihre Füße zu bewegen. Sie machte einen großen Bogen um Magnus und rannte die Treppe hinunter.

Auf der Auffahrt hätte eigentlich ihr Auto stehen müssen, aber es war nicht da. Sie hatte es ja in Reykjavík verkauft. Aber wie war sie dann eigentlich hierhergekommen?

Der Gedanke wurde von dem Schnaufen verdrängt, das Leni nun dicht hinter sich hörte. Magnus. Erst jetzt bemerkte sie, dass er nur noch ein Bein hatte, und er rannte nicht, sondern setzte ihr mit irgendwie obszön wirkenden, weiten Sprüngen nach. Das Grinsen war wie in sein Gesicht gemeißelt.

Magnus holte aus, zielte und schleuderte den Embryo in Lenis Richtung. Er traf sie zwischen den Schulterblättern, prallte ab und rollte zwischen die dunkelgrünen Büsche und Felsen neben der Auffahrt.

Leni wollte schreien, aber sie konnte nicht. Sie rannte weiter, ihre Beine liefen, und trotzdem schien sie nicht richtig voranzukommen. Sie wagte nicht, sich noch einmal umzusehen, denn das hätte zu viel Zeit gekostet.

Als Magnus' grinsendes Gesicht direkt neben ihr erschien, versuchte sie wieder zu schreien. Diesmal gelang es. Lang und hoch wie eine Sirene schrie sie. Und Magnus lachte sie an und klatschte Beifall. »Bravo, Leni!«

»Leni!«

Sie spürte, wie sie mit Armen und Beinen um sich schlug, aber sie konnte nichts sehen, es war auf einmal vollkommen dunkel. Sie schrie immer noch.

»Leni!«

Das war nicht Magnus' Stimme. Das war Olga.

Und da war ihr eigener, beschleunigter Atem, Schweiß auf der Haut, der Kampf gegen die Bettdecke, die sich um ihre Beine gewickelt hatte.

»Alles okay?« Olgas Stimme war näher gekommen.

Endlich setzte Leni sich auf, knipste die Nachtlampe an. Olga kniete vor ihrer Matratze und tastete nach ihr. Sie trug ein kurzes, antikes Leinenhemd, ihre blonde Mähne war offen und fiel ihr über die nackten Schultern. Die Iris ihrer Augen war von einer halb durchscheinenden, weißlichen Schicht überzogen.

»Alles okay?« Leni wich zur Wand zurück und wimmerte, als Olgas Hände näher kamen, und sie schrie auf, als sie sie endlich am Bein berührten. Diese Hände waren viel zu heiß.

»Was ist denn, Leni?« Olga zog sich verwirrt zurück. Dann schlug sie sich vor die Stirn.

»Mensch, ich bin aber auch blöd! Du hast einen Albtraum, und ich komme ohne Kontaktlinsen hier rein.«

Olga stand schnell auf und drehte sich weg, damit Leni dem Anblick nicht länger ausgesetzt war. Auf Lenis Oberschenkel brannte die Hitze von Olgas Hand, und ihr Atem ging immer noch zu schnell.

»Entschuldige.« Olga klang ehrlich zerknirscht, und Leni erkannte an der Kälte, die durch das halb geöffnete Fenster hereinkroch, dass sie tatsächlich wach war. Sie hatte vor dem Einschlafen geraucht und das Fenster geöffnet, damit Zicky es nicht roch.

Leni setzte sich hin, schüttelte den letzten Rest Schlaf ab.

»Olga, zeig mir dein Gesicht.«

Olga schüttelte den Kopf.

»Bitte. Ich will es sehen.«

Olga zog die Schultern hoch, ließ sie wieder fallen, seufzte.

Dann drehte sie sich um, schob sich die Haare hinter die Ohren und wandte Leni das Gesicht zu. Mit weit geöffneten Augen.

Sie stand wie eine Riesin vor ihr, mit Beinen, die bis in den Himmel reichten und in einer Andeutung von Schamhaar endeten, das von ihrem kurzen Leinenhemd kaum bedeckt wurde. Ihre Augen schienen das Mondlicht zu spiegeln, das durchs Fenster hereinfiel, silbern und weiß, mit einer etwas dunkleren Struktur darin. Als ob hinter blinden Fenstern jemand wartete, ein Schatten nur, aber unverkennbar menschlich.

Es war vollkommen still. Kein einziges Geräusch war im Haus, keine Schritte, keine Klospülung, kein Schaben und Stöhnen über ihr.

»Sieht es sehr schlimm aus?«, wollte Olga wissen.

Leni zögerte, bevor sie antwortete.

»Darf ich mal mehr aus der Nähe gucken?«

»Wirklich? Willst du?«

Olga setzte sich dicht neben Leni auf die Matratze, Leni konnte die Hitze spüren, die ihr Körper ausstrahlte. Unter Olgas Hemd zeichneten sich dunkle Brustwarzen ab.

Leni nahm Olgas Kopf zwischen ihre Hände und sah ihr in die Augen.

»Es sieht gar nicht schlimm aus. Nicht wirklich.«

Dann küsste sie Olga, sehr zart zuerst, aber als sie spürte, wie Olga die Lippen öffnete und sie einließ, wurde sie forscher, wühlte sich in Olgas Haar und stöhnte, als sie Olgas Hände heiß auf ihren kalten Brüsten spürte.

Olga lachte. »Du schläfst nackt?«

»Immer.« Lenis Stimme klang heiser.

Olga zog ihr Nachthemd ebenfalls aus, und während sie miteinander schliefen, schaute Leni die ganze Zeit über in Olgas schönes, blindes Gesicht.

Hinterher öffnete Leni das Fenster zum Hof weiter, obwohl es draußen nur knapp über null Grad war. Sie steckte sich mit ruhigen Händen eine Zigarette an und lauschte dem Knistern des Tabaks, als sie tief inhalierte. Sonst waren die Geräusche der Stadt bei Kälte scharf und schneidend, doch heute war es ungewöhnlich still. Während sie rauchte, hörte Leni lediglich zwei Autos auf der Hauptstraße vorbeifahren.

»Kann ich auch eine?«

»Du rauchst?«

»Nein. Aber du hast ja auch keinen Homosex, oder?«

Leni lachte. »Stimmt. Hier.«

Sie hielt Olga die Schachtel hin und holte ihr dann selbst eine Zigarette heraus, als Olga nicht reagierte. Sie wusste wahrscheinlich nicht einmal theoretisch, wie eine Zigarettenschachtel aussah und wie man eine Zigarette herausbekam, wenn sie mit sechs Jahren erblindet war. Sie rauchte die Zigarette für Olga an und gab sie ihr dann zwischen die Finger.

»Pass auf, dass du dich nicht verbrennst. Das kurze Ende, da, das kommt in den Mund. Und jetzt saugen. Und inhalieren.«

Olga tat, was Leni ihr sagte, und fing an zu husten.

»Du wirst dir mit dem Dreck noch die Stimme kaputt machen. Besser, du fängst erst gar nicht an mit dem Rauchen«, sagte Leni.

»Das finde ich auch.«

Zickys Stimme klang eiskalt. Leni und Olga fuhren erschrocken herum. Sie stand in der Tür, noch in ihrem langen, schwarzen Mantel, die Handtasche baumelte an ihrer Schulter. Sie sah müde aus.

»Zicky, kommst du aus dem *Dunkel*?«

Leni wusste, noch während sie sprach, dass ihre Frage völlig unangebracht war. »Tut mir leid.«

Sie drückte die Zigarette aus und wollte auch Olga ihre abnehmen.

Aber Olga hielt sie fest, führte sie erneut zum Mund, zog daran und inhalierte, das blinde Gesicht trotzig in Zickys Richtung gereckt. Diesmal gelang es ihr, ohne dass sie husten musste.

»Du wirst dich erkälten, Olga. Es ist Winter.«

Olgas ganzer Körper war von Gänsehaut überzogen, jedes blonde Körperhärchen hatte sich aufgerichtet und versuchte, eine warme Luftschicht um den Körper zu erhalten.

»Danke, Zicky, mir ist durchaus warm genug.«

Leni zog sich ihre Bettdecke um die Schultern und blickte starr vor sich hin. Sie wünschte, Olga würde aufstehen und mit Zicky hinausgehen. Stattdessen rauchte Olga in aller Seelenruhe ihre Zigarette zu Ende, während Zicky in der Tür stand und ebenso ruhig zusah.

Erst als Olga den Filter zu rauchen begann, nahm Leni ihr den Stummel mit zitternden Fingern ab und warf ihn aus dem Fenster.

»Darf ich fragen, wie lange du es schon mit diesem Baby treibst?«

Olga machte immer noch keine Anstalten, sich aus Lenis Bett zu entfernen. »Ach, schon seit Monaten.«

Lenis Kehle war eng, sie hätte am liebsten losgeheult.

»Zicky, das stimmt nicht. Es war das erste Mal, und es kommt auch bestimmt nicht wieder vor.«

»Ich habe nicht dich gefragt«, herrschte Zicky sie an.

»Deine kleine Schwester ist ziemlich gut im Bett, ein richtiges Kätzchen.«

Jetzt erst fiel Leni auf, dass sie zum ersten Mal, seit sie mit Magnus zusammen gewesen war, Sex gehabt hatte, der ohne Gewalt auskam und trotzdem befriedigend war. Sehr sogar. Sie hatte sich geborgen gefühlt, wahrgenommen. Sie hatte sich gemeint gefühlt.

»Bitte, hört doch auf!«

Zicky explodierte. »Du, was willst du überhaupt? Kommst hierher, nimmst und nimmst immer nur. Du machst alles kaputt. Verpiss dich doch endlich!«

Leni wollte nicht heulen, aber die Tränen kamen einfach. Zicky hatte recht, und doch tat es weh, die Wahrheit zu hören. Wenn es einmal etwas gab, das gut war, dann hatte sie kein Anrecht darauf. Alles lief schief, ihr ganzes Leben lief so was von schief.

»Bitte ...»

»Was denn bitte, was denn noch?! Verpiss dich, habe ich gesagt!« Zicky kam mit jedem Satz einen weiteren Schritt ins Zimmer herein. »Ich hab dich noch nie hier gewollt. Jeder normale Mensch würde das kapieren. Aber du klebst wie eine Klette, du raffst es einfach nicht, dass du ein Klotz am Bein bist!«

Leni hatte die Decke von ihren Schultern fallen lassen und stieg schluchzend in Jeans, Pulli und ihre alte Lederjacke. Sie dachte, sie sollte vielleicht noch ein paar Sachen in ihre Sporttasche packen, wagte es aber nicht. Sie achtete darauf, Zicky nicht aus Versehen zu berühren, als sie sich an ihr vorbei in den Flur hinausdrückte. Dort blieb sie unschlüssig stehen, aber hinter ihr setzte Zicky schon wieder nach: »Na los, worauf wartest du. Verpiss dich endlich!«

Zickys Worte trieben Leni wie Schläge zur Wohnungstür. Sie öffnete sie einen Spaltbreit, drückte sich hindurch. Eine Sekunde später warf Zicky die Tür hinter ihr ins Schloss.

Leni hatte keinen Schlüssel, und sie war barfuß.

Aus der Wohnung hörte sie noch zwei Türen knallen. Dann herrschte beängstigende Stille.

Sie musste nur ein Mal klopfen, da hörte sie schon Ines' schwere Schritte im Flur, die Kappe wurde vom Spion geschoben.

Ines war sauer gewesen weil Leni Nicky einfach weitergegeben hatte, an dem Tag, als sie zum ersten Mal im Tonstudio gewesen waren. Sie hatte kein Verständnis dafür aufgebracht, dass Leni die Chance ergreifen musste, kostenlos mit einem Profi zu arbeiten. In den letzten drei Monaten hatte Ines den Jungen immer seltener gebracht. Besonders, seit es ihm wieder schlechter ging. Nicky war wieder blass, still, schwach, wieder trank er seine unappetitlichen Spezialshakes. Trotzdem, Leni hatte Ines schon so oft unterstützt. Sie würde sie jetzt nicht hängen lassen.

Ihre Wohnungstür öffnete sich. Ines war trotz der späten Stunde vollständig angezogen, aber sie sah müde aus.

»Leni. Was ist denn bei euch da unten los? Das kennt man so ja gar nicht von euch.«

»Kann ich reinkommen?« Lenis Stimme klang immer noch verweint.

»Natürlich, Mädchen, was ist denn los?«

Als sie durch die Tür stolperte, kamen sofort wieder die Tränen. »Ach, ich hab Mist gebaut.«

»Na, nun komm erst mal rein, ich mach dir Tee, und dann erzählst du, ja?« Ines klopfte ihr sachte auf den Rücken.

Leni nickte schluchzend und folgte Ines in ihre kleine Küche.

Nachdem Leni ihren Kummer losgeworden war, spürte sie endlich den längst überfälligen Schlafimpuls. Sie war hundemüde.

»Ines, ich weiß nicht, wo ich hinsoll.«

»Du bleibst heute hier und schläfst dich aus, und morgen sieht die Welt schon wieder ganz anders aus. Zicky ist eine Gute, die kann gar nicht anders. Obwohl sie allen Grund hat, sauer zu sein, mein lieber Schwan.« Ines zog die dünnen, aufgemalten Augenbrauen hoch.

Leni musste grinsen. Ja, sie hatte Mist gebaut. Aber diese

Art Mist kam in den besten Familien vor. Zicky würde sich wieder beruhigen. Hoffentlich.

»Du kriegst Sandras Zimmer. Ich wollte es eigentlich gar nicht mehr nutzen, aber der Junge ist sowieso dauernd drin. Wahrscheinlich fühlt er sich dort seiner Schwester näher.« Ines lachte. »Oder er ist einfach scharf auf das größere Zimmer. Wir haben zwar nicht viel Platz, aber ich muss den Jungen im Moment sowieso bei mir haben.«

Leni nickte und fühlte sich schuldig. Ines hatte so viel durchgemacht, und sie kriegte irgendwie alles auf die Reihe, sie hielt durch. Sogar mit Humor. Und Leni kam mit einem banalen Seitensprung zu ihr und stahl ihr die Nachtruhe.

Ines führte Leni in das Zimmer, in dem sie schlafen sollte. Unten war es Lenis und Olgas Schlafzimmer, aber hier oben war es anders geschnitten. Das, was unten das letzte Stück vom Flur war, bevor man in die Küche kam, gehörte hier zu Sandras Zimmer. Und dahinter war Schluss.

Das Zimmer war groß, aber es stand nicht viel drin, nur ein Bett aus Kiefernholz, ein großer Arbeitstisch, ein Furnierschrank und ein Ikea-Regal mit ein paar Büchern und wenigen Spielsachen darin. Auf dem Dielenboden lag kein Teppich. Im Grunde sah es hier nicht wie in einem Kinderzimmer aus. Nur die Blümchentapete an der Wand, an welcher der Schrank stand, vermittelte ein ganz kleines bisschen das Gefühl von Kindheit. Ines öffnete den Schrank und zog Bettwäsche heraus. Sie vollzog die Handgriffe so sicher und geschwind, wie nur eine Krankenschwester es konnte, die jeden Tag etliche Betten machte. Sicher war es Bettwäsche, die sie aus dem Krankenhaus hatte, denn sie war hellblau und hatte keine Knöpfe, sondern war am Ende einfach ein Stück weit umgenäht. Leni stand neben Ines und kam sich nutzlos vor, während sie die Wände betrachtete.

Dieses Zimmer musste, wenn sie es richtig sah, genau an

das Zimmer grenzen, aus dem sie bis vor ein paar Wochen immer wieder die nächtlichen Geräusche gehört hatte. Leni stellte sich neben den Schrank und legte das Ohr an die Wand. Es war vollkommen still.

»Was machst du denn da?«

»Nichts. Es ist nur – aus dem Zimmer nebenan habe ich immer die Geräusche gehört. Aber jetzt ist es still.« Leni lehnte sich mit dem Rücken gegen die Wand.

Ines ging nicht darauf ein und schüttelte noch einmal das Kopfkissen aus.

»So, nun schlaf gut.« Damit ging sie aus dem Zimmer.

Die Wand in Lenis Rücken war kalt, als ob in der Wohnung nebenan nicht geheizt würde. Vielleicht war der alte Mann, der dort wohnte, zurzeit einfach auf Reisen. Das würde erklären, warum er keine Geräusche mehr machte. Vielleicht war er auch ausgezogen. Oder gestorben.

Irgendwie war Leni Ines' steife, gestärkte Bettwäsche zuwider, sie wollte sie nicht auf der bloßen Haut haben. Sie legte sich angezogen aufs Bett. Während sie an die geblümte Wand starrte, hörte sie Ines in der Wohnung herumkramen. Die Geräusche erinnerten sie an ihre Oma, die manchmal mitten in der Nacht von einer Geburt nach Hause kam und ihre metallenen Instrumente reinigte und aufräumte, bevor sie müde genug war, um schlafen zu gehen. Leni fragte sich, ob Ines vielleicht ebensolche Schlafprobleme hatte wie sie selbst.

◇◇◇

Ines sah nach Nicky, der friedlich in ihrem Bett schlief. Sie musste auch nachts immer wieder kontrollieren, dass alles in Ordnung war, denn er neigte dazu, sich die Kanüle mit der Infusion aus dem Arm zu reißen und sein eigenes Blut zu trinken. Der kleine Kerl tat ihr so unendlich leid, er hatte einen solchen Hunger, einen unstillbaren Hunger, weil sie einfach nicht die Nahrung hatte, die er brauchte. Schon vor

Wochen hatte sie die letzten Knochen ausgekocht. Es war nichts mehr übrig.

Ines setzte sich auf die Bettkante und strich Nicky das wirre Haar aus der Stirn. Er war so blass und so mager geworden, so zerbrechlich. Sie musste neue Nahrung beschaffen. In Ines krampfte sich alles zusammen, wenn sie daran dachte.

Das Schwein von nebenan hatte den Tod verdient gehabt, er hatte seine Strafe bekommen, Sandras Tod war gerächt, und sie hatte Frieden damit gemacht. Sie würde niemals über den Tod ihres Mädchens hinwegkommen, sie würde sich immer Vorwürfe machen, dass sie sie allein gelassen hatte. Dass sie ihr den Fluchtweg abgeschnitten hatte.

Und gleichzeitig wusste sie, wenn nicht geschehen wäre, was geschehen war, dann wäre es vielleicht Nicky gewesen, der hätte sterben müssen.

Sandra hatte sich für ihren kleinen Bruder geopfert. Ihr Tod war nicht sinnlos gewesen. Und wenn sie sich eines Tages im nächsten Leben wiedersahen, dann würde sie Sandra in die Arme nehmen.

Aber bis dahin musste sie für das Kind sorgen, das ihr geblieben war, und diese Aufgabe schien unlösbar zu sein.

Ines legte sich neben Nicky und sah ihm beim Schlafen zu. Sie würde kein Weihnachtsessen für ihn haben, nichts, was seinen Hunger wirklich stillte. Nur ein Spiel für die PSP, ein paar Hörspiele, Puzzles, alles, was man im Bett machen konnte. Nicky war zu schwach, um mehr als ein paar Stunden am Tag wach zu sein.

Das Schlimmste war, Ende Januar würde Frau Moddel kommen, sie hatte sich bereits angekündigt. Wenn Nicky dann immer noch in diesem Zustand war, würde sie ihr den Jungen wegnehmen. Und das wäre sein Tod. Und ihrer auch. Wenn sie dieses Kind auch noch verlor, würde sie nicht mehr weiterleben können.

Manchmal dachte Ines darüber nach, die ganze Sache für sich und Nicky einfach zu beenden. Aber es musste eine andere Lösung geben. Wusste jemand, dass Leni hier war? Zicky hatte sie rausgeschmissen. Wusste sie, dass Leni hier heraufkommen würde? Würde jemand sie danach fragen? Aber Nicky würde sich diese Lösung sehr zu Herzen nehmen.

◇◇◇

Zicky saß in der Küche und kämpfte gegen den Drang, zu trinken. Sie hatten nichts im Haus, außer ihrem Geheimvorrat, und wenn sie den jetzt hervorholte, würde Olga es erfahren.

Wie konnte Olga ihr das antun, wie konnte sie, ausgerechnet mit Leni, ausgerechnet? Der Schmerz nahm Zicky die Luft, alles war zu eng, und sie wollte schreien, aber das tat sie nicht. Sie wollte den Schmerz hinunterschlucken, ihn zutrinken.

Zicky stand auf und schwankte, als hätte sie bereits eine Flasche Wein intus. Leise öffnete sie die Küchentür, hoffte, dass Olga schon schlief, obwohl sie es nicht glaubte. Sie schlich sich am Schlafzimmer vorbei, bis nach vorn zum Bad. Dort schloss sie sich ein, ging auf die Knie und löste die Kachel unten an der Badewannenverkleidung. Dann steckte sie ihre Hand in den Hohlraum um die Badewanne und erwartete, das kühle Glas der Flaschen zu spüren. Doch sie griff ins Leere.

Zicky legte die Stirn auf die Badezimmerfliesen. Sie waren hart und kalt. Das konnte nicht sein. Sie steckte die Hand weiter hinein, tastete links und rechts. Nichts. Das konnte nicht sein.

Sie kam mühsam auf die Füße und fühlte sich plötzlich alt. Alt und wütend. Sie schloss die Badezimmertür auf, ging zum Schlafzimmer, riss die Tür auf und fand Olga im Sessel sitzend, Kopfhörer auf den Ohren. Sicher hörte sie wieder ihr eigenes Zeug, immer wieder hörte sie sich das an, eitel und stolz, und kokettierte damit, dass es ja noch nicht ganz perfekt sei und man noch daran arbeiten müsse. Das Zeug war gut, das musste sogar Zicky zugeben, und sie hasste es, das tun zu müssen. Man musste gar nichts mehr daran machen. Olga wollte sich nur immer wieder singen hören. Oder vielleicht wollte sie auch Leni hören, direkt in ihrem Kopf. Leni war Olga näher, als Zicky es je sein konnte.

Zicky riss Olga die Kopfhörer von den Ohren und schrie sie an.

»Wo habt ihr meinen Wein hingetan?«

Olga hatte im ersten Reflex hilflos die Hände auf die Ohren gepresst. Jetzt ließ sie sie sinken.

»Ich habe mir schon gedacht, dass du heute Nacht noch danach suchen würdest. Deshalb bin ich nicht schlafen gegangen. Wir müssen darüber reden.«

»Allerdings. Ich kann es nicht fassen!«

Olga stand auf, stellte sich ganz dicht vor Zicky hin, die Augen immer noch ohne Kontaktlinsen. »Nach deinem letzten Absturz, als du den Klodeckel vollgekotzt hast, da hast du vergessen, die Kachel wieder an ihren Platz zu stecken. Ich bin am nächsten Morgen fast darübergefallen. Ich musste erst mal rausfinden, was das war. Es war nicht schwer, das Lager zu finden, sogar ohne Augen. Ich habe alles in den Ausguss gekippt.«

»Und wie, bitte schön, kommst du dazu? Schmeiße ich deine umfangreiche Scheißgarderobe in den Müll?«

Olga setzte sich wieder. »Zicky, merkst du es denn gar nicht?«

»Was merke ich nicht? Dass du mich mit meiner ... mit meiner Schwester bescheißt, dass du meine Sachen entsorgst? Dass du mich loswerden willst?«

Olga schüttelte langsam den Kopf. »Dass du süchtig bist,

Zicky. Du bist Alkoholikerin. Und das hängt mir zum Hals raus. Du machst dich kaputt, und ich stehe daneben. Ich will keine Frau, die sich in die Gosse zurücksäuft, aus der sie gekommen ist. Du warst trocken. Warst.«

»Und wenn das so ist, dann ist das deine Schuld! Leni ... und ein Kind willst du auch nicht.«

»Zicky, niemand will mit einer Süchtigen ein Kind.«

»Quatsch, du liebst mich einfach nicht mehr.«

Olga schwieg, und Zicky erkannte, dass sie ins Schwarze getroffen hatte. Und morgen war Weihnachten.

Zicky nahm schweigend ihren Mantel und ging.

XVII

Vík, 25. Dezember 2009

Magnus' Hände zitterten. Er stand unter ständiger Anspannung, und er hasste es, solche Dinge selbst tun zu müssen, aber es musste eben getan werden. Er wischte den Boden des Krematoriums. Der Kunde würde zwar wahrscheinlich gar nicht hier hereinkommen, aber falls doch, sollte er nicht sehen, dass Magnus die meiste Asche neben die Urne geschüttet hatte. Nicht dass es irgendeinen Unterschied machte, wie viel Asche nun tatsächlich in der Urne war und ob sie von diesem Toten, einem andern Toten oder einem toten Schwein kam. Dennoch, die Fahrigkeit, mit der er in letzter Zeit alle Handgriffe erledigte, ging Magnus selbst auf die Nerven. Er fühlte sich alt, und er hatte seine Wut immer weniger unter Kontrolle.

Magnus war im Laufe des Jahres immer wieder in Reykjavík gewesen und hatte nach Spuren gesucht. Er hatte das Haus observiert, in dem Ben und Ireen lebten. Er hatte das Haus der Alten observiert. Er hatte in allen Krankenhäusern, Hotels, Pensionen nachgefragt, er hatte ihr am Musikdepartment aufgelauert, beim Fitnessstudio. Und er hatte sich vor Ben und Ireen erniedrigt, indem er vor ihren Augen geweint hatte. Die Frau schien tatsächlich nichts zu wissen, und falls Ben etwas wusste, dann ließ er es sich nicht anmerken.

Es war in diesem Jahr kein einziger Tag vergangen, an dem Magnus sich nicht Phantasien hingab, was er mit Leni machen würde, wenn er sie wiederfand. Es verging kein Tag, an dem er nicht bereute, dass die alte Frau ihm krepiert war und dass er sich mit Ben geprügelt hatte. Ein bisschen mehr Selbstbeherrschung.

Magnus lehnte den Wischmopp an die Wand. Seine Hände zitterten. Er lief durch die Halle und ohne Jacke zur Hintertür hinaus.

Draußen war es kalt, noch kälter als im Haus. Die Kälte half ihm, bei Verstand zu bleiben. Er rannte den Strand entlang. Das Laufen, die Särge, das Hanteltraining in Lenis Zimmer, das alles diente dazu, die elende Schwäche auszutreiben, durch die er Leni und seinen Sohn verloren hatte. Nach zwei Wochen Krankenhaus war er ein klappriger alter Mann gewesen. Aber jetzt strotzte er wieder vor Leben, und er wurde mit jedem Tag stärker. Er war mit schuld an allem, was passiert war. Schuld durch Nachlässigkeit und Schwäche. Er musste es wiedergutmachen. Er musste bereit sein.

Als Magnus genug gelaufen war und zum Haus zurückkehrte, fuhr ein alter Buick vor. Ein Mittdreißiger in Jeans und Rollkragenpulli stieg aus dem Auto. Er musste heute, an Weihnachten, seine Frau bestatten. Irgendwas mit Krebs. Der Mann wirkte gefasst, gut so. Magnus konnte es nicht mehr ertragen, wenn die Leute heulten, er wollte ihnen dann am liebsten die Fresse polieren. Vielleicht sollte er das Institut aufgeben, vielleicht wurde es Zeit, mit der Tradition zu brechen.

Magnus gab dem Kunden kurz die Hand, und der Mann händigte ihm eine selbst gebrannte CD aus.

»Das letzte Stück, könnten Sie das spielen, wenn …« Der Mann schluckte.

Fang bloß nicht an zu heulen, du Arsch, dachte Magnus und sah sich die Trackliste an. *Alles wächst nach.* Viele Leute wollten Musik bei der Bestattung.

»Was ist das für eine Sprache?«

»Deutsch. Eine deutsche Band.«

»Aha. Kein Problem. Kommen Sie, wir sollten auslaufen, das Wetter ist nicht ideal.«

Magnus kam das schlechte Wetter gerade recht, denn dann wurde er den Kunden schneller wieder los. Er zog sich rasch die schwarzen Arbeitssachen an, modern, gediegen, seetauglich. Über den fein gestrickten Pullover kam das Ölzeug.

Die Urne stellte er in die mit schwarzem Samt ausgeschlagene Aussparung in einem hohen, eckigen Lederkoffer. Er hatte ihn anfertigen lassen, um die gefüllten Urnen sicher auf die *Síðasta ferð* zu bringen. Es war zu oft vorgekommen, dass die Dinger umfielen und die Asche vorzeitig in alle Winde zerstreut wurde. Er half dem Kunden über die Planken an Deck und blickte in den Himmel. Es zogen sich schwere Wolken zusammen.

»Wir fahren eine halbe Stunde hinaus, bis die Küste außer Sicht ist«, rief er gegen den stärker werdenden Wind an.

Der Kunde nickte.

»Aber von der Musik werden Sie bei diesem Wetter an Deck vermutlich nicht viel hören.«

»Nicht so schlimm.« Der Kunde hielt seine Kapuze auf dem Kopf fest.

Magnus stellte den Koffer mit der Urne neben dem Kunden ab, zeigte ihm, wie man den Verschluss öffnete, und gab ihm den Rat, die Asche mit dem Wind zu verstreuen, nicht gegen den Wind.

Dann ließ er ihn allein an Deck, ging in die Kajüte und lenkte das Boot zwischen den Bojen hindurch Richtung Süden.

Als sie eine Stelle erreicht hatten, wo nicht mit kreuzendem Verkehr zu rechnen war, drehte Magnus bei und stoppte die Maschinen. Es wurde ein wenig ruhiger. Magnus beschloss, dass der Kunde keine zusätzliche Zeit brauchte, um sich zu sammeln. Er legte die CD ein, sprang direkt zum zwölften Track, drehte die Lautstärke bis zum Anschlag auf und drückte auf Play.

Die Klänge aus den Lautsprechern waren melancholisch, eine Art Elegie. Was auch sonst bei einer Beerdigung. Sie wurden von einer tiefen Stimme getragen, Magnus wusste nicht, ob Mann oder Frau, und er wusste auch nicht, was Gesang war und was Musik. Alles vermischte sich auf eine irgendwie unanständige, obszöne Art. Magnus hasste die Musik bereits nach einer halben Minute. »Mach schon, Weichei«, murmelte er vor sich hin, während er durch das Kajütenfenster nach draußen auf den Kunden starrte und wartete. Die Gesangsstimme wiederholte immer wieder für Magnus sinnlose Silben, langweilig, ermüdend.

Der Kunde hatte den Koffer mit der Urne immer noch nicht geöffnet, glotzte nur reglos aufs Meer hinaus. Vielleicht hörte er gar nichts. Plötzlich riss am Horizont die Wolkendecke auf, und ein schmaler Lichtstreifen ließ das Wasser wie Quecksilber schillern. Leicht ölig zitterte es unter einem schweren Wind, der die Wellen flach drückte, statt sie aufzuwühlen.

Magnus kannte dieses Wetter, es war tückisch. Jeden Moment konnte das Meer aufbrausen. Ein so kleines Boot wie die *Síðasta ferð* konnte dann leicht kentern, und das Wasser hatte höchstens fünf Grad. Man überlebte vielleicht ebenso viele Minuten, wenn man hineinfiel.

Endlich veränderte sich die Musik, wurde schneller, und eine helle, naive Stimme kam hinzu, die ebenfalls fremdartige Silben artikulierte. In Magnus zog sich etwas zusammen, ein Schmerz in der Magengegend ließ ihn die Zähne aufeinanderpressen. Durch die Kajütenscheibe sah er, dass der Kunde jetzt den Koffer geöffnet und die Urne herausgehoben hatte. Er hielt sie an seine Brust gedrückt.

Magnus empfand plötzlich drängende Eile. Sollte das Weichei sich beeilen, die Asche auskippen, und dann weg hier. Die Ungeduld wurde zu einem körperlichen Empfinden, zu einem Kribbeln in den Eingeweiden und zu einem Zucken im Gesicht. Die Musik wurde härter, schneller – und brach dann auf dem Höhepunkt einfach ab. Eine Sekunde, zwei Sekunden Stille. Magnus merkte, dass er vor Anspannung den Atem anhielt, und stieß ihn voller Selbstverachtung aus. Er ließ sich nicht aus der Ruhe bringen. Er hatte alles unter Kontrolle.

Der Kunde nahm den Deckel von der Urne, hob sie über den Kopf, und als die helle Stimme erneut einsetzte, trug der Wind die Asche fort.

Die Stimme sang jetzt isländisch mit einem beinahe fröhlichen Unterton. *Thad verdur allt í lagi. Allt gróir aftur. Ekkert týnast, allt gróir aftur.* Alles wächst nach. Was für ein Schwachsinn. Nun war er sich vollkommen sicher. Magnus wartete nicht ab, bis der Kunde Abschied genommen hatte. Er startete die Maschinen und drehte den Bug Richtung Küste.

Fast gleichzeitig setzte der Sturm ein und drückte die *Síðasta ferð* auf die Seite. Der Kunde ließ die Urne los, die wie die Asche vom Wind fortgetragen wurde, und er musste sich mit beiden Händen an der Reling festhalten, um auf den Füßen zu bleiben. Gischt wurde an Deck gespült, während das Boot sich durch immer höhere Wellen und gegen den Wind vorankämpfte.

Magnus wusste, dass er kreuzen musste, um mehr Fahrt aufnehmen zu können, aber er suchte absichtlich den kürzeren Weg, der einen härteren Kampf erforderte. Er brauchte diesen Kampf jetzt. Der Kampf hielt ihn bei Verstand.

Der Mann an Deck hatte sich hingesetzt und umschlang mit beiden Armen und Beinen einen Poller, um nicht über Bord gespült zu werden. Magnus konnte sein Gesicht sehen, die Augen waren vor Angst geweitet. Magnus musste grinsen. Selbst wenn der Sturm ihm jetzt nicht alle Kraft und Aufmerksamkeit abverlangt hatte, hätte er dem Mann nicht geholfen. Sollte er doch über Bord gehen. Es war ihm egal.

Als sie den Anleger erreichten, war der Kunde durchnässt und bleich. Er bibberte vor Kälte, und er stand offensichtlich unter Schock.

Magnus vertäute das Boot und brachte den Mann zu seinem Auto. Er entschuldigte sich nicht, schließlich konnte er nichts für das Wetter, und er bot dem Mann auch keinen Tee und keine trockene Kleidung an. Er hatte jetzt Wichtigeres zu tun.

Plötzlich machte der Kunde auf dem Absatz kehrt und wollte wieder zum Anleger hinunterlaufen. »Ich habe meine CD vergessen. Ich will meine CD.«

Magnus packte den Mann am Arm und drehte ihn um. Der Mann lief wie eine Aufziehfigur, die man in jede beliebige Richtung schicken konnte.

»Die CD schicke ich Ihnen mit der Post. Fahren Sie jetzt, sonst holen Sie sich den Tod.«

Magnus' Tonfall duldete keine Widerworte, und der Mann war zu verstört, um zu protestieren. Eigentlich hätte Magnus verhindern müssen, dass der Mann Auto fuhr, aber auch das war ihm egal. Sollte das Weichei von ihm aus krepieren, er wollte nur endlich allein sein. Allein mit dieser CD.

»Fahren Sie!«

Der Mann stieg ein, ließ den Wagen an und fuhr los. Magnus wartete nicht, bis er außer Sicht war. Er rannte zurück zur *Síðasta ferð*, verschanzte sich in der schwankenden Kajüte, setzte sich Kopfhörer auf und drückte auf Play.

Nachdem Magnus die CD bei voller Lautstärke zweimal komplett gehört und einzelne Stellen immer wieder zurückgespult hatte, gab es keinen Zweifel mehr: Das Mädchen mit der hellen Stimme war Leni.

Zu Hause loggte Magnus sich ins Internet ein. Es dauerte nur zehn Minuten, bis er wusste, dass die Bandmitglieder von KAT in Berlin wohnten, und zwar dort, wo Bowie in den Siebzigern gewohnt hatte. Wo das war, ließ sich ebenfalls leicht herausfinden – Hauptstraße 155, Schöneberg. Erster Stock rechts. Was aber am besten war: Leni würde zu Silvester in einer Bar namens *Dunkel* auftreten.

Es war noch eine Woche bis dahin. Mehr als genug Zeit.

XVIII

Berlin, 24. Dezember 2009

Leni wusste im ersten Moment nicht, wo sie war, aber sie fühlte sich schmutzig, weil sie in Anziehsachen geschlafen hatte, und ihre Arme und Beine taten weh. Es klopfte.

»Leni, kannst du für zwei oder drei Stunden auf Nicky achtgeben? Er wird die meiste Zeit schlafen. Ich muss noch mal schnell ins Krankenhaus, ein Notfall.«

Ines klang ziemlich gut gelaunt für einen Notfall. Dabei war doch heute Heiligabend, oder? »Ja. Ja, in Ordnung!« Leni nickte verschlafen.

Das Bad war in Ines' Wohnung genau dort, wo es auch unten war, und Leni duschte ausgiebig. Danach schaute sie nach Nicky, der tatsächlich schlief.

Der Junge sah elend aus, und bei Leni überwog in diesem Moment wieder das Mitleid die Abscheu. Ja, sie hatte Mitleid. Sie wünschte, sie hätte an irgendein kleines Weihnachtsgeschenk für Nicky gedacht. Aber sie hatte ihn so selten gesehen in letzter Zeit. Sie hatte beinahe vergessen, dass es ihn gab, und es war angenehm gewesen, nicht an ihn zu denken.

In der Küche fand Leni Kaffee, Toast und Nutella. Sie stellte das Radio an und gleich wieder aus, als George Michaels *Last Christmas* aus den Lautsprechern kam.

Nach dem Frühstück suchte sie das Telefon, fand es in Ines' Schlafzimmer, nahm es mit in die Küche und wählte Bens Nummer. Es ging niemand ran.

Einen Computer gab es hier oben nicht, sonst hätte Leni wenigstens Jason eine Mail schreiben können, er war gerade auf Mallorca. Er zog sich zusammen mit seiner Mama den weihnachtlichen Ballermann rein. »Meine alte Mutter hat ihrem alten Punkersohn zu Weihnachten seinen ersten Spießerurlaub geschenkt«, hatte er gewitzelt. Leni beneidete ihn nicht um den Urlaub, aber darum, dass er eine Mutter hatte, mit der er sich verstand. Die wenigen Erinnerungen, die sie selbst an ihre Mutter hatte, waren immer von dem Schmerz überschattet, sie verloren zu haben.

Leni nahm sich vor, ins Internetcafé zu gehen, sobald Ines wieder da war. Sie wollte die Bandseite auf MySpace checken. Sie wünschte, sie hätte ihre Zigaretten mit hinaufgenommen, und überlegte, ob sie schnell runterlaufen und welche kaufen konnte.

»Ach Mist, ich habe ja nicht einmal Geld«, sagte sie halblaut. Ob sie unten anrufen oder klopfen konnte? Zicky würde ihr doch nicht ihre Sachen verweigern? Während Leni darüber nachgrübelte, klingelte es an der Tür. Leni schlich zur Tür und schaute durch den Spion. Es war Olga.

»Ich hab mir gedacht, dass du hier oben bist.«

Leni war verwirrt. »Wieso denn?«

»Wo hättest du sonst hingehen sollen?«

Sie zuckte die Schultern. »Stimmt.«

Olga sah übernächtigt aus, und der weiße Rand um ihre blauen Kontaktlinsen war gerötet. Entweder von zu wenig Schlaf oder vom Weinen.

»Zicky ist ausgerückt, ohne Handy. Sie besäuft sich bestimmt irgendwo.« Olga druckste ein wenig herum. Sie war sonst immer so klar und souverän, und offensichtlich fiel es ihr schwer zu sagen, dass ihr etwas Probleme bereitete. »Ehrlich gesagt mache ich mir Sorgen. Auch weil heute Weihnachten ist.«

Natürlich machte Olga sich Sorgen, und Leni hatte mit Schuld daran. Ihr war unbehaglich zumute.

»Gab es noch großen Ärger?«

Olga schwieg dazu und machte eine hilflose Geste.

»Willst du reinkommen?«

Olga schüttelte den Kopf. Ihr Gesicht zeigte unverhüllt das ganze Ausmaß ihrer Verzweiflung. Sie verbarg sie nicht, weil sie sich nicht dessen bewusst war, dass andere Leute sie sehen konnten.

»Soll ich sie suchen gehen?«

Ein verbitterter Zug war um Olgas Mund, den Leni noch nie bei ihr bemerkt hatte. Sie nickte. »Genau darum wollte ich dich bitten.«

»Was meinst du denn, wo sie sein könnte?«

»Sie könnte praktisch überall sein, wo man Alkohol kriegt. Vielleicht ist sie auch im *Dunkel*, das hat heute geschlossen. Ich weiß nicht, ob sie dich reinlassen würde.« Olga zögerte kurz. »Oder ob sie es könnte, wenn sie ...«

Leni seufzte. »Na schön, ich habe eh nichts Besseres vor. Frohe Weihnachten übrigens.«

»Ach ja. Dir auch.« Olga machte eine unsichere Bewegung auf Leni zu, wie um ihr die Hand zu geben oder sie in den Arm zu nehmen, aber Leni kam ihr nicht entgegen.

»Was machst du denn heute?«, fragte Olga und ließ die ausgestreckte Hand wieder sinken. »Was hast du vor, meine ich. Überhaupt.«

Leni zuckte mit den Schultern. Sie hörte, wie unten die Haustür aufgeschlossen wurde, dann ein Briefkasten. »Weiß nicht, ist auch nicht so wichtig. Aber hör mal, ich kann hier erst weg, wenn Ines kommt. Irgendein Notfall.« Schwere Schritte kamen die Treppe herauf. »Wenn sie da ist, komme ich runter und hole Schuhe und Geld. Ohne kann ich schlecht losziehen.«

»Wohin denn losziehen?« Es war Ines. Sie war außer

Atem, aber bestens gelaunt. »Frohe Weihnachten, ihr zwei.« Sie lächelte breit und nahm erst Leni und dann Olga herzlich in den Arm.

»Frohe Weihnachten«, sagte Leni und rieb sich etwas verlegen die Arme. Ihr war plötzlich kalt. »Und danke, dass ich bei dir schlafen durfte.«

An Ines' Handgelenk baumelte eine Tüte, die sie triumphierend in die Höhe hielt.

»Nickys Weihnachtsbraten. Feierst du mit uns, Leni? Du kannst helfen, den Baum zu schmücken.«

»Nein, das wollte ich gerade sagen: Ich muss losgehen und Zicky suchen. Sie ist weggelaufen.«

»Ach Gott. Na schön. Aber du bist wirklich herzlich eingeladen, ja? Und du auch, Olga. Bei euch scheint es ja heute etwas trostloser zuzugehen.«

Leni wollte Ines nicht bedrängen, aber sie hatte das Bedürfnis, sich jetzt sofort Klarheit zu verschaffen, bevor sie vielleicht den ganzen Tag herumlief und dann abends nicht wusste, wohin.

»Kann ich vielleicht wieder bei dir schlafen? Nur bis ich was anderes finde?«, beeilte sie sich zu sagen.

Ines' Lächeln bekam etwas Gezwungenes. »Na ja, für eine kleine Weile würde es schon gehen. Aber nicht für lange. Du weißt schon, Nicky ...«

»Nein, Leni, du kommst natürlich wieder runter«, warf Olga ein. »Zicky wird sich wie eine Erwachsene benehmen müssen, ganz einfach.«

Unentschlossen stand Leni in Ines' Wohnungstür und blickte auf den Fußabtreter. Ein schmutziger blauer Schlumpf war darauf. Leni wunderte sich immer wieder über Ines' Vorliebe für Infantiles und Albernes. Ihr war nicht wohl bei dem Gedanken, hier oben zu bleiben. Ines hatte mit dem kranken Nicky genug um die Ohren, und wenn sie ehrlich war, fühlte sie sich bei den beiden auch nicht wohl. Die

Wohnung war lieblos eingerichtet, sie hatte nichts Gemütliches, es roch in jedem Zimmer nach gekochtem Fleisch, und Leni fühlte sich hier oben fremd und einsam.

Aber der Gedanke, unten wieder ihr Zimmer in Beschlag zu nehmen, während Olga und Zicky wie zwei Raubkatzen umeinanderschlichen, war ebenso bedrückend. Sie würde sich wie ein Eindringling fühlen, und wenn sie ehrlich zu sich selbst war, dann hatte Zicky ja auch recht: Sie hatte nur genommen und genommen, und zwar alles, was sie kriegen konnte. Sie konnte es ihrer Schwester nicht verdenken, dass sie sie rausgeworfen hatte.

»Ich weiß nicht, Olga. Zicky war noch nie so ganz froh mit mir, und jetzt ... »

»Ich bin ebenso Mieterin wie sie, und ich bestimme, dass du bei uns wohnen darfst, klar?«

Leni seufzte. »Na schön. Aber das ist ja jetzt eigentlich auch erst mal egal. Ich muss Zicky erst einmal finden.«

»Okay, Mädels, ich hab zu tun. Ich bin hier oben, falls ihr mich braucht.« Ines drängte sich zwischen Leni und Olga hindurch in ihre Wohnung, die Hand mit der Festtagsbratentüte weit vorgestreckt. Sie winkte fröhlich und schloss die Tür.

Leni entschied sich für die dunkle Perücke, sie hatte keine Lust, an Heiligabend wie ein blonder Weihnachtsengel durch die Stadt zu laufen.

Zuerst überprüfte sie natürlich das *Ufer*, aber da war Zicky nicht. Wenn sie gestern Nacht davongelaufen war, stellte sich die Frage, wo sie hängen geblieben sein konnte. Es musste entweder ein Laden sein, der durchgängig geöffnet hatte. Oder sie musste zum Frühstück woanders hingegangen sein. Leni hoffte nur, dass Zicky sich bei den Minustemperaturen nicht besoffen auf irgendeine Parkbank gelegt hatte. So etwas konnte böse enden. Im *Kleisther* und im

Petit Europe war sie auch nicht, und es hatte sie auch niemand gesehen.

In der kalten Winterluft trugen die Geräusche weiter als sonst, Leni hörte Autos, Telefonklingeln, eine Opernmelodie, Schritte, und alles klang, als wäre die Geräuschquelle direkt hinter oder neben ihr, während sie Richtung Bülowstraße marschierte. Sie hörte eine Gruppe lärmender Türkenjungen, für die Weihnachten ein Tag wie jeder andere war. Sie hörte eine Frau, die schnaufend eine schwere Tüte aus einem Spielzeugladen schleppte. Sie hörte einen Mann, der sich über den Preis eines Bügeleisens beschwerte, obwohl die Tür des vollgestopften Haushaltswarenladens, in dem er stand, geschlossen war. Leni sah große und kleine Leute, Dicke und Dünne, Leute, die geschäftig umhereilten, und solche, die sich treiben ließen. Aber Zicky war nicht dabei.

Lenis nächste Station war das *Dunkel*. Sie klingelte und klopfte dann gegen jedes einzelne der sieben verrammelten Fenster, sowohl straßenseitig als auch im Hof, wo die Küche war. Doch Zicky machte nicht auf. Entweder war sie nicht hier, oder sie hatte sich schon ins Koma gesoffen.

Als Nächstes würde Leni nach Kreuzberg rübergehen. Jason hatte ihr erzählt, dass er und Zicky früher am Kotti rumgehangen hatten, in SO36 und manchmal auch in 61. Vielleicht trieb sie sich hier irgendwo herum.

Leni klapperte ausnahmslos alle Kneipen und Bars ab, die ihr auf dem Weg begegneten, und überall wurde sie mitleidig angeschaut, eine hübsche junge Frau, die am Heiligabend auf der Suche nach jemandem durch die Stadt läuft. Der wahrscheinlich der Kerl weggelaufen war. Überall wünschte man ihr frohe Weihnachten, und Leni konnte es bald nicht mehr hören. Nach drei Stunden war sie den Tränen nahe, aber sie machte weiter. Sie war es Olga schuldig. Und Zicky auch.

Auf dem Mehringdamm ging Leni ins *Internat*, eine Bar

mit Internetarbeitsplätzen. Sie sah sich um. Hinten gab es Sitzecken im Retrostil, Siebzigerjahre-Möbel, flache Tische und mit Kunstfell bezogene, trübes Licht abwerfende Lampen. Im Mittelteil gab es eine Theke, die konzeptlos mit Spiegelscherben beklebt war, und vorne im Schaufenster waren an den Wänden lange Tische mit Flachbildschirmen aufgestellt.

Natürlich war Zicky nicht hier, und Leni hatte nicht ernsthaft damit gerechnet. Aber es war Zeit für eine Pause, und sie beschloss, die Gelegenheit zu nutzen, um ins Internet zu gehen.

Für einen inzwischen schon recht weit fortgeschrittenen Heiligabend war der Laden voll. Die meisten Gäste waren Ausländer, genau wie Leni, die heute nach Hause schrieben, dicht an dicht saßen sie in ihren Abteilen, die durch niedrige Trennwände voneinander abgeteilt waren, jeder für sich allein, jeder mit einem Bildschirm beschäftigt, der sein Gesicht gespenstisch beleuchtete, während an den Wänden bunte Lichterketten blinkten, um einen Anschein von Weihnachtlichkeit zu erzeugen.

Leni bekam den letzten freien Rechnerplatz in der Nähe der Theke. Nachdem sie auf der Bandseite von KAT ein paar neue, wie immer begeisterte Kommentare zu ihrer Musik gelesen und mit netten Dankesworten beantwortet hatte, nachdem sie allen Fans ein frohes Fest gewünscht hatte, merkte sie, wie lustlos und müde sie war. Sie stellte fest, dass sie sich nicht ansatzweise so sehr über die Fans freute, wie sie sich das vorher vorgestellt hatte. Mit plötzlich intensivem Bedauern spürte sie der Leere in sich nach. Ja, es ließ sie ganz und gar kalt, was irgendwelche anonymen Bewunderer in ihrer Musik sahen und in sie hineinhörten. Leni machte Musik, um ihr Leben zu ertragen, sie brauchte keine Fans, Erfolg spielte keine Rolle. Leni schossen erneut Tränen in die Augen. Die Erkenntnis, dass auch Ruhm oder Erfolg ihr nicht würden helfen können, glücklich zu werden, war noch deprimierender als die ganze Misere, in die sie sich einmal mehr gebracht hatte. Wenn noch nicht einmal begeisterte Fans ihr das Gefühl geben konnten, gewollt zu sein – was dann?

Leni loggte sich bei MySpace aus, schrieb einen kurzen Weihnachtsgruß an Ben und Ireen und rief dann ihre E-Mails ab.

Es gab zwei Anfragen von kleineren Plattenlabels wegen KAT. Die ersten Anfragen, und das genau zu Heiligabend. Für Olga würde das ein grandioses Weihnachtsgeschenk sein, und Leni sollte sich ebenfalls freuen. Aber sie konnte es nicht. Nachdem Leni die Spams gelöscht hatte, entdeckte sie noch eine Mail von Jason.

Leni! KAT ist der HAMMER auf Mallorca, die Clubs brummen zu Eurer Musik! Bitte, könnt Ihr nicht Silvester im Dunkel *auftreten? Und wehe, die olle Ziege ist dagegen! Dann kündige ich ihr die Partnerschaft auf. Sag ihr das.*

Lass Dich knutschen, grüß die Mädels und frohes Fest! Dein Jason

Keine Mail von Ben. Und ein Auftritt im *Dunkel* wäre sicher das Allerletzte, was sie Zicky jetzt antun konnten. Sich mit Olga gemeinsam auf der Bühne in Zickys Laden zur Schau zu stellen musste für Zicky eine massive Demütigung bedeuten. Wenn Leni nur wüsste, wie sie Zicky wieder versöhnen könnte.

Leni legte den Kopf auf den Tisch, lauschte den Weihnachtsmelodien, dem Kauen in der Kabine neben ihr und dem Tastaturgeklapper überall um sie herum und dachte nach. Es konnte doch nicht sein, dass sie in ihrem Leben immer die falschen Entscheidungen traf, dass sie immer wieder die Leute verlor, die sie brauchte. Erst Ben, dann noch mal Ben, und jetzt Zicky, und mit etwas Pech würde die Nacht mit Olga auch noch die Bandarbeit unmöglich machen. Jeder Idiot wusste, dass man nicht mit Kollegen ins Bett ging. Leni schloss die Augen. Wahrscheinlich könnte sie Zicky nur dann wieder versöhnen, wenn sie ihr David Bowie höchstpersönlich auf einem Silbertablett servierte.

Leni hob den Kopf. »David Bowie!«

»Nee, das ist doch nicht Bowie«, sagte eine Stimme in der Nachbarkabine.

Zuerst war sie verwirrt, aber dann verstand sie, was ihr Sitznachbar meinte: Den Song, der gerade im Radio gespielt wurde. Es war eine von Nick Caves Mörderballaden, sie kannte das Stück. Leni merkte, wie sie rot wurde. Der Mann, der über die Trennwand hinwegschaute, war deutlich älter als sie. Er hatte graue Schläfen und ein strahlend weißes Lächeln. »Sorry, ich wollte nicht stören.«

»Schon gut, kein Problem«, murmelte Leni und wandte sich wieder ihrem Bildschirm zu.

Lieber Jason,
Du hast mich gerade auf eine Idee gebracht. Wir werden auf jeden Fall im Dunkel *auftreten. Aber sag Zicky noch nichts davon. Es gibt Probleme. Erzähle ich Dir, wenn Du da bist. Bis dann, liebe Grüße, Leni.*

P.S. Frohe Weihnachten!

Lenis Herz schlug ihr bis zum Hals, als sie die Mail abschickte. Wie konnte sie nur solch eine Zusage machen, ohne überhaupt zu wissen, ob Olga einverstanden war? Ohne zu wissen, ob Zicky bis dahin wieder da wäre. Oder ob sie sich überhaupt noch über irgendetwas freuen konnte, was Leni tat.

Aber sie würde, sie musste, und dieses Mal würde Leni es richtig machen.

Sie atmete tief durch, loggte sich aus und war beinahe gut gelaunt. Olga und sie würden verdammt viel arbeiten müssen, wenn sie in nur einer Woche so weit sein wollten. Aber es war zu schaffen. Am besten, sie ging sofort nach Hause und erzählte Olga davon. Leni rückte den Stuhl vom Tisch ab und stand entschlossen auf. Dann fiel ihr ein, dass sie Zicky noch nicht gefunden hatte und auch keine Ahnung hatte, wo sie noch nach ihr suchen sollte. Sie könnte tagelang durch die Stadt laufen und Kneipen abklappern, Berlin war groß und Kneipen und Bars gab es wie Sand am Meer. Leni setzte sich wieder und starrte unschlüssig auf den Monitor. Vielleicht sollte sie Friedemann Bescheid sagen. Er würde ihr sicher helfen. Er war auch allein heute, so viel wusste sie immerhin über ihn. Und Leni war gerne bereit, die nötige Gegenleistung zu erbringen. Sie hatte sogar beinahe Lust dazu.

Plötzlich fühlte Leni sich beobachtet und blickte sich nach der Nachbarkabine um, wo der Mann mit den grauen Schläfen gesessen und über die Trennwand geguckt hatte. Sie war leer. Seltsam. Leni stand auf, um an der Kasse zu zahlen.

Der Mann mit den grauen Schläfen saß breitbeinig auf einem Barhocker an der Theke und sah ihr direkt ins Gesicht, selbstbewusst und siegesgewiss. Der Barkeeper stellte zwei große Bier neben seinen Ellenbogen.

Der Mann lud Leni mit einer Handbewegung ein, sich neben ihn zu setzen, und schob ihr ein Bier hin. Es war wie ein Déjà-vu, sie konnte nicht anders, als zu gehorchen. Sie redeten nicht viel, und das war auch gar nicht nötig. Er trug Jeans und eine Lederjacke, und genau wie damals ging Leni mit.

XIX

Reykjavík, 24. Oktober 2006

Die Band auf der Bühne war unglaublich langweilig, isländischer Folkpop, uninspiriert und ohne Elan vorgetragen. Leni schämte sich für die Leute, die vorn auf der Bühne standen, und sie schämte sich auch vor Magnus und Silfur. Es war Bens Idee gewesen, hierherzukommen, und irgendwie fühlte sie sich für die Geschmacksverirrung ihres Freundes schuldig. Obwohl es Silfurs letzter Abend in Reykjavík war, sah Leni Magnus heute zum ersten Mal. Silfur hatte ihn gut versteckt gehalten.

Leni schluckte die Mischung aus Wut, Scham und Verzweiflung, die ihr schon den ganzen Abend im Hals saß, mit einem Schluck Bier hinunter. Wie konnte Silfur es wagen, sie alleinzulassen? Die letzten vier Jahre an der Kunsthochschule waren sie jeden Tag zusammen gewesen, hatten das Zimmer miteinander geteilt, hatten zusammen Musik gemacht und waren sogar zusammen in den Urlaub gefahren. Sie standen kurz vor dem Abschluss, aber Silfur hatte bereits ein Engagement, in New York. Ein Teil von Lenis Abschiedsschmerz wurde von Neid überschattet.

Silfur war die Einzige aus ihrem Jahrgang, die bereits Arbeit gefunden hatte, und Ben strebte eine Uni-Karriere an. Nur für sich selbst rechnete Leni sich wenig Chancen aus. Schon gar nicht auf ein Engagement als Musikerin. Sie spielte kein Instrument wirklich gut, und singen konnte sie eigentlich auch nicht. Sie konnte komponieren, und sie war gut darin, intensive Stimmungen zu erzeugen. Aber die handwerkliche Umsetzung gelang anderen meistens besser. Zum Beispiel Silfur. Sie hätte gerne ein Album mit ihr gemacht. Oder wenigstens ein paar Stücke. Aber ab morgen war Silfur weg.

Leni nahm noch einen Schluck Bier und fragte sich zum x-ten Mal, warum sie einen solchen Abend in einem stinkigen Kellerlokal verbringen musste. Bestimmt wegen der zarten blonden Sängerin. Eine Ireen irgendwas. Ben hatte so sehr von der Band geschwärmt, von der überraschend progressiven, experimentierfreudigen Musik. Aber es gab hier auf jeden Fall viel mehr zu sehen als zu hören.

»Die Band ist echt scheiße«, rutschte es Leni heraus. Ben ignorierte ihre schlechte Stimmung und bewegte sich nach vorn auf die Bühne zu.

Silfur nahm einen Schluck von der pinkfarbenen Flüssigkeit, die mit einem Stück Wassermelone und Schirmchen serviert worden war. Sie schüttelte sich, bevor sie antwortete.

»Der Cocktail ist auch scheiße. Viel zu süß. Weg damit.«

Silfur stürzte den Rest des Getränks hinunter, und Leni ließ ihr übliches, mädchenhaftes Kichern hören. Silfur war eine Spinnerin, aber sie war immer gut drauf. Selbst wenn sie über ihre überflüssigen Pfunde jammerte, war sie noch fröhlich. Und wenn man es satthatte, ein Geheimnis zu hüten, musste man es nur Silfur erzählen. Sie zersprang dann sofort in tausend Teile, die schwatzend und plaudernd in alle Richtungen liefen.

Aber heute war etwas anders, die Stimmung blieb gespannt, und das war nicht nur so, weil ihre beste Freundin wegging, sondern auch wegen *ihm:* Neben Silfur an der Theke stand Magnus und hielt eine Bierflasche in der Hand. Groß, breitschultrig, schweigsam. Genau das Gegenteil von Ben. In seinem dunklen Haar zeigten sich bereits graue Strähnen, und wenn er sein sparsames Lächeln zeigte, strahlte eine weiße Zahnreihe zwischen den schmalen Lippen hervor. Leni stellte sich Magnus mit Dreitagebart und in einem schmutzigen Unterhemd vor. Oder mit Lederjacke und Cowboyhut. Jedenfalls war er das, was man einen richtigen Kerl nannte. Leni beugte sich zu Silfur hinüber.

»Dafür ist dein Typ echt scharf. Mannomann. Gut, dass du mir den nicht vorher gezeigt hast.«

Ben kam zurück. Er war der Einzige gewesen, der sich ein bisschen zu der lahmen Musik bewegt hatte, und kam sich wohl blöd dabei vor. »Warum tanzt ihr nicht? Macht doch mal ein bisschen Stimmung!«

Silfur schüttelte verständnislos den Kopf. »Benny, die Tussi da vorne kann nicht mal einen einzigen Ton halten, und das weißt du.«

Leni nickte heftig. »Genau. Grauenvoll.« Jeder von ihnen hätte besser gesungen, sogar Leni mit ihrer Kleinmädchenstimme.

»Nur weil ihr ein bisschen singen gelernt habt, heißt das nicht, dass alle anderen nichts können. Ich finde, sie hat Potenzial.«

Silfur lachte auf. »Und wenn du selbst noch ein bisschen Potenz mitbringst, wird das eine steile Karriere, oder was?«

Ben grinste säuerlich.

Leni und Silfur wussten wenigstens, wie sie das Beste aus ihren auch nicht gerade üppigen Stimmen machten.

»Nicht mal Magnus singt schlechter.« Silfur tätschelte ihrem Freund den Arm. »Mach dir nichts draus, Süßer.« Dann hob sie verschwörerisch die Hand und flüsterte so laut, dass alle, die näher als zwei Meter standen, es hören mussten. »Dafür hat er einen mördermäßigen Schwanz.«

»Und, kann *der* etwa singen?«, fragte Ben schnippisch. Niemand lachte.

Leni drehte sich von der Bühne weg und betrachtete die bunten Flaschen im Regal hinter der Bar. Sie merkte, dass

Magnus sie beobachtete, und sie fühlte sich plötzlich befangen unter seinem Blick, ihre Bewegungen wurden verkrampft, und sie fragte sich, was sie wohl für einen Eindruck auf Magnus machte.

Sie hätte sich lieber allein und in Ruhe von Silfur verabschiedet.

Leni stellte ihre halb volle Flasche auf die klebrige Theke. Jemand hatte sein Erdbeerbier ausgekippt, und der Barkeeper hatte sich nicht die Mühe gemacht, das Sirupgemisch wegzuwischen. Der Spitzenbesatz von Lenis Top klebte an ihrem Handgelenk, und sie musste dem Impuls widerstehen, die Flüssigkeit aus dem Stoff herauszusaugen.

»Ich gehe jetzt besser.«

»Was, schon?«

»Ach, Silfur. Hier ist doch nichts los. Und ich werde nur noch trauriger, wenn wir es hinauszögern.«

Silfur sah Leni in die Augen und nickte. »Ja, schon gut.« Sie nahm Leni kurz, aber fest in den Arm. »Machs gut, ja?« Dann ließ sie Leni los und drehte sich zu Ben um. »Bleibst du wenigstens noch, Benny?«

Ben warf einen Blick auf die blonde Sängerin.

»Klar, ist doch dein letzter Abend«, sagte er, ohne Silfur oder Leni anzusehen.

»Okay. Schreib mir, Silfur, ja? Oder besser: Ruf an.«

Leni gab Ben einen flüchtigen Kuss, sah Magnus nicht an und ging die ausgetretenen Steinstufen hinauf, die auf die Straße führten.

Draußen war es kalt. Leni blieb unschlüssig stehen und betrachtete die weißen Dampfwölkchen, die aus ihrer Nase aufstiegen. Wie ein Pferd, dachte sie, und schnaubte probehalber. Sie klang sogar wie ein Pferd. Und wo ist mein Stall? Im Studentenheim? Da würde sie sich fürchterlich allein fühlen. Und zu Bens Mutter wollte sie auch nicht. Dort würde sie nur auf ihn warten und sich Sorgen wegen der Blondine auf der Bühne machen. Sie mochte Bens Mutter, und es hatte ihr nichts ausgemacht, dass Ben noch zu Hause wohnte. Im Gegenteil, das hatte ihr immer das Gefühl gegeben, zu einer richtigen Familie zu gehören. Aber heute konnte sie dort nicht hin. Sie würde über Kirschkuchenrezepte oder Kurt Schwitters reden müssen, und danach war ihr heute einfach nicht.

Und zu Oma? Leni war seit Wochen nicht zu Hause in dem alten, knarzenden Häuschen gewesen. Sie würde Ärger bekommen, wenn sie jetzt dort ankam, als ob nichts gewesen wäre. Ihre geliebte alte Hexe verstand keinen Spaß, wenn es darum ging, regelmäßig zum Rapport zu erscheinen. Und sie weigerte sich, ein Telefon anzuschaffen. Offensichtlich wollte sie sich lieber Sorgen machen. Leni seufzte, blies auf ihre kalten Finger und sah das seltsam starblinde Haus gegenüber an. Das war mal ein Bordell gewesen, man sah noch die ausgebrannten roten Lichterketten, die sich in den Fenstern schlängelten wie geplatzte Adern.

Plötzlich spürte Leni eine Hand, die sich fest um ihren Arm schloss. Sie fuhr herum und wollte sich losreißen. Dann sah sie, dass es Magnus war.

»Komm.«

Seine Stimme war tief, rau. Hart. Er zog Leni über die Straße, die mit einer dünnen Schneeschicht bedeckt war, und führte sie auf den öffentlichen Parkplatz, der sich im Hof gegenüber befand. Magnus öffnete mit der Fernbedienung an seinem Schlüssel einen großen, schwarzen Jeep mit Ladefläche und getönten Scheiben und schob Leni auf den Beifahrersitz.

Leni stellte keine Fragen und wehrte sich nicht. Ihr Herz schlug heftig, und sie zitterte vor Anspannung und Kälte, als Magnus ihren Rock hochschob und die teure, blickdichte Strumpfhose, die sie sich extra für diesen Abend gekauft hatte, zerriss. Dann schob er den Schritt ihres Slips zur Seite und drang in sie ein.

Magnus arbeitete schnell, er schnaufte und ächzte, und trotzdem dauerte es lange. Er tat ihr weh, doch als er mit einem kehligen, gedehnten Klagelaut kam, kam sie plötzlich und ohne Vorwarnung ebenfalls.

Danach zog Magnus sich schnell zurück.

»Tut mir leid. Die Strumpfhose.«

»Macht nichts.«

»Nimmst du die Pille?«

Leni schüttelte den Kopf.

»Ich hatte bis vorgestern meine Tage.«

Magnus fuhr sich mit der Hand durchs Gesicht. Er sah müde aus.

»Wohin soll ich dich fahren?«

Leni zuckte unschlüssig die Achseln.

»Musst du nicht zurück? Ihr fliegt doch morgen nach New York.«

»Ich nicht.«

»Ach so. Verstehe.«

»Nein, tust du nicht. Ich habe Silfur eben gerade in den Wind geschossen. Wegen dir.«

Leni schluckte trocken. Sie hätte jetzt gerne eine Zigarette gehabt. Sie suchte in sich nach Schuld oder Reue, aber da war nichts dergleichen. Sie empfand lediglich Erleichterung, dass sie heute nicht allein geblieben war.

»Kann ich mit zu dir kommen?«, fragte sie. Der Gedanke kam spontan. Sie wusste, dass das leichtsinnig war. Aber andererseits, was sollte ihr schon Schlimmeres passieren als das, was eben passiert war?

»Ich wohne ein Stückchen außerhalb von Vík í Mýrdal. Etwa zwei Stunden Fahrt auf der Küstenstraße Richtung Osten.«

»Macht nichts.«

Magnus sah Leni forschend an. »Du weißt aber, dass ich dich dann nicht mehr fortlasse.«

Leni nickte.

»Gut, dann los.«

Magnus startete den Wagen, und die Fahrt durch die Nacht begann.

XX

Berlin, *Dunkel* und Hauptstraße 155, 31. Dezember 2009/01. Januar 2010

»Hört ihr das, Mädels? So voll wars noch nie hier! Und draußen stehen die Leute sich immer noch die Beine in den Bauch!« Jason musste fast schreien, um gegen die Anlage anzukommen. »Die sind alle wegen euch da!«

Leni verdrehte die Augen. Sie war aufgeregt, viel mehr, als sie gedacht hätte. Nicht nur wegen der relativen Dunkelheit, in der sie die nächsten Stunden zubringen musste. In der letzten Woche hatte sie immer stärker gespürt, wie sinnlos es für sie war, Musik zu machen, damit andere sie mochten. Aber das hier war etwas anderes. Sie machte das nicht für irgendwelche fremden Menschen, sondern für Olga und Jason und Zicky. Obwohl Zicky immer noch nicht wusste, dass KAT heute hier auftreten würde. Und Jason hatte, genau wie das Publikum, bisher noch keine Ahnung, was sie eigentlich spielen würden.

Leni nahm einen schnellen, tiefen Zug aus ihrer Zigarette, die sie am Rand ihres Keyboards abgelegt hatte. Sie hatte am Heiligabend nicht mehr nach Zicky gesucht. Stattdessen hatte sie sich in einem fremden Auto von einem fremden Mann vögeln lassen und war dann wund und weinend nach Hause gegangen. Sie hasste ihr Leben, sie hasste sich selbst. Sie hatte auf ganzer Linie versagt.

Olga hatte Leni am späten Abend mit Erleichterung empfangen. Zicky war inzwischen wieder aufgetaucht, betrunken und um Zuneigung bettelnd. Olga hatte ihr ein Ultimatum gestellt: Sie würde ab Neujahr entweder trocken sein – oder ohne Partnerin. Und Jason hatte das Ultimatum unterstützt. Er würde aus dem *Dunkel* aussteigen, wenn Zicky nicht mit dem Trinken wieder aufhörte.

Zicky hatte die erste Hälfte der Woche gewütet und getobt. Sie gab Leni und Olga die Schuld an allem. In der zweiten Hälfte der Woche wurde sie weinerlich. Aber Olga war hart geblieben und verlangte von Leni und Jason dasselbe.

Nach und nach schwand Zickys Widerstand, sie wurde leiser. Den letzten Tag vor Silvester saß sie stumm vor ihrem Wein, trank stetig und methodisch und starrte Löcher in die Luft.

Olga und Leni waren beide froh, dass sie in diesen Tagen morgens das Haus verlassen und zum Potsdamer Platz fahren konnten. Im Hansa-Studio hatten sie ihr Programm für das Silvesterkonzert eingeübt, und Edu Meyer hatte ihnen die ganze Woche über geholfen.

Wenn sie abends heimgekommen waren, fanden sie Zicky meistens noch genauso vor, wie sie sie morgens verlassen hatten. Olga machte sich wenig Hoffnungen, aber Leni sprach ihr und sich selbst jeden Tag Mut zu. Zicky würde es packen. Sie würde im letzten Moment die Kurve kriegen. Sie musste einfach.

Zwei Tage vor Silvester war Jason wiedergekommen und hatte angefangen, die Party vorzubereiten. Leni hatte sich gefragt, ob überhaupt jemand kommen würde, schließlich hatten sie außer auf MySpace und Twitter gar keine Werbung gemacht. Aber selbst wenn es ganz leer blieb, dann würde es eben ein Privatkonzert für Zicky. Und Zicky würde ihr verzeihen. Und sie würde mit dem Trinken aufhören.

Oder – das war die andere Möglichkeit, und dazwischen gab es nichts – die ganze Sache würde ein grandioser Reinfall werden. Und genau deswegen war Leni nervös. Nicht wegen der vielen Leute, nicht wegen des plötzlichen Erfolgs.

Nur wegen ihrer Schwester, der sie beinahe verzweifelt wünschte, dass sie glücklich wäre. Denn wenn Zicky glücklich sein konnte, dann konnte Leni es vielleicht auch.

Jason hatte das *Dunkel* so eingerichtet, dass überall im Saal kleine farbige Leuchtdioden schimmerten. Die Tische waren herausgeräumt, und in der Dunkelheit funkelten tausend farbige Sterne, die sich überall dort entlangzogen, wo es Wege gab: Zur Bar, zu den Toiletten, zur Garderobe, zur Tanzfläche. Auch der Bühnenrand war markiert, und die schwarz lackierten Podeste an den Wänden des Saals, auf denen man sitzen konnte.

Im Schein der winzigen Lämpchen blitzten menschliche Gliedmaßen auf, eine Schulter, eine Hand, ein halber Kopf, ein Knie, aber nie sah man eine Gestalt im Ganzen. Die Lichtsterne stachen in den Augen, ohne dass sie Helligkeit an ihre Umgebung abgaben. Sie beleuchteten in erster Linie sich selbst.

Erst wenn KAT zu spielen begann, würde es Bühnenlicht geben. Nicht viel, nur Lenis und Olgas Kopf bekamen je einen eng fokussierten Verfolger von unten, was ihnen ein gespenstisches Aussehen verleihen würde. Singende Köpfe, die im Dunkeln schwebten.

Jason hatte dafür tief in die Tasche gegriffen, aber es war jetzt schon klar, dass die Ausgaben durch die Eintrittsgelder und den Getränkeumsatz mehr als wieder hereinkommen würden.

Jason stand am Bühnenrand, grinste und hielt einen Daumen hoch. »Bin gleich wieder bei euch, Mädels. Ich hole Edu beim Eingang ab.« Damit drehte er sich um und verschwand in der Dunkelheit.

Olga ging hinter Leni auf der Bühne hin und her. Sie seufzte ausgiebig und in regelmäßigen Abständen, um ihre Stimme geschmeidig zu machen. Sie war offensichtlich genauso nervös wie Leni, die befürchtete, Olga könne das

Equipment umrennen oder von der Bühne stürzen. Aber sie hatte vorher alle Wege geübt und bewegte sich vollkommen sicher.

Olga würde vor allem am Mikro stehen und singen, während Leni zusätzlich noch einen ganzen Gerätepark zu bedienen hatte. Sie hatten alles um den Computer herum aufgebaut, der das Hirn und die Steuerzentrale für die Abmischung der Songs sein sollte. Es kam ganz entscheidend darauf an, wie sie mischte, und das Schwierigste war es gewesen, die Geräte so anzuordnen, dass Leni zu jedem gegebenen Zeitpunkt in jedem Song leicht an die richtigen Regler, Pads, Knöpfe und Tastaturen herankam. Das auszutüfteln hatte beinahe so lange gedauert, wie die Songs einzurichten. Aber jetzt war alles sorgfältig miteinander verkabelt, und Leni würde wie ein Cyborg aussehen, mit Kopfhörern, an deren Bügel seitlich ein Mikro und eine Taschenlampe befestigt waren.

Sie hatten sich auf fast zwei Stunden Konzert vorbereitet, mit kleinen Ansagepausen zwischendurch, die Olga mit ihrer beeindruckenden Stimme übernehmen würde. Sie trug ein tief ausgeschnittenes, eng anliegendes Kleid, das in kühlen Wassertönen schillerte. Leni fand es ziemlich gewagt, aber Jason war begeistert gewesen, als Olga sich in seinem Beisein völlig unbefangen umgezogen hatte. Leni fragte sich, ob sie sich überhaupt dessen bewusst war, was für eine Wirkung das auf einen Mann haben musste. Immerhin war sie sowohl blind als auch lesbisch. Leni selbst begnügte sich für den Auftritt mit Jeans und Tanktop und einem recht üppigen Make-up. Der Kontrast würde seine Wirkung tun.

Als Jason wieder zu ihnen auf die Bühne kam, meinte Leni zu sehen, wie er Olga kurz, aber fest an den Hintern packte, aber vielleicht irrte sie sich auch, das war in dem schwachen Licht schwer zu beurteilen.

Olga zog etwas zwischen ihren Brüsten hervor, die wohlgeformt und glänzend in ihrem eckigen Ausschnitt lagen. Sie schraubte es auf, beugte sich darüber und zog ihr linkes Augenlid zur Seite. Dann schraubte sie es wieder zu, steckte es zwischen ihre Brüste zurück und drehte sich zu Leni um.

»Gut so?«, fragte sie und zwinkerte ihr etwas unbeholfen zu.

Im Schein ihrer Kopflampe erkannte Leni, dass Olga eine ihrer blauen Kontaktlinsen entfernt hatte. Jetzt stand sie mit einem weißlich-blinden und einem strahlend blauen Auge auf der Bühne. Sie sah zum Fürchten aus, wie eine Zombieversion von Bowie. Leni war erst in den letzten Tagen, als sie sich gemeinsam so intensiv mit Bowies Musik beschäftigt hatten, aufgefallen, wie ähnlich Olga ihm tatsächlich sah: die scharf geschnittene, kurze Nase, der breite, volle Mund, die eckigen Augenbrauen, die hohen Wangenknochen. Kein Wunder, dass Zicky sich ausgerechnet in Olga verliebt hatte.

»Seid ihr bereit?«, fragte Jason.

Lenis Mund war trocken, aber sie nickte und hob den Daumen, während sie die Kopfhörer noch einmal zurechtrückte.

Es war kurz vor neun, sie würden pünktlich beginnen und noch vor dem Jahreswechsel mit dem Konzert fertig sein. Danach würde Zickys Entscheidung fallen. Für oder gegen den Alkohol. Für oder gegen Olga. Für oder gegen das Leben. Und Leni hoffte, das sie in Zickys Entscheidung ebenfalls vorkam, dass sie bleiben durfte. Sie wünschte sich eine Chance.

Jason gab erst Olga und dann Leni einen Kuss, hob ebenfalls noch einmal den Daumen und sprang von der Bühne direkt in das murmelnde und mit den Füßen scharrende Publikum.

Leni atmete durch, drei, zwei, eins. Dann zog sie ihre Regler auf, setzte einen Beat, spielte eine Melodie dazu, setzte sie als Loop, spielte die nächste Spur ein und baute so Schicht für Schicht den ersten Song auf. Währenddessen blieb die Bühne dunkel, das einzige Licht kam von Lenis Kopflampe, die ihre Tasten und Regler beleuchtete.

Erst als Olga mit ihrem tiefen Alt eine Art Sprechgesang begann – *Joe the lion went to the bar, a couple of drinks on the house an' he said …* –, wurden die beiden Spots aufgezogen und ließen Lenis und Olgas Köpfe im Raum schweben. Leni setzte eine Oktave höher ein. Sie fühlte sich genauso hysterisch, wie sie klang.

Das Publikum reagierte verhalten, niemand schien den Song zu kennen, und falls doch, so hatten die Leute erwartet, etwas von KAT zu hören, und kein Bowie-Cover. Nach *Joe the Lion* spielten sie etwas Hartes aus den Neunzigern, *Telling Lies*, aber ohne Drum'n' Bass. Vorn begannen ein paar Leute zu tanzen, und Leni beschloss, Olgas Ansagepause ausfallen zu lassen und direkt zum nächsten Stück überzugehen, obwohl sie mit Olga nicht in Blickkontakt treten konnte, um sich zu verständigen. Aber Olga verstand, worauf es ankam. Sie gab *Let's Dance* in Tina-Turner-Manier, ironisch gebrochen durch Lenis hilflose Versuche, mit ihrer kleinen Stimme dazwischenzukommen. Das Publikum kam in Fahrt.

Noch zwei Stücke später setzte Leni die Pause, die sie durch einen Instrumentalloop markierte, und Olga sagte die knappen Sätze, in die Leni so viel Hoffnung legte: »Willkommen Leute! Heute Abend geht es um Leben und Tod. Wir möchten diesen Abend Zicky widmen.«

Leni begann mit dem nächsten Stück, bevor das Publikum reagieren konnte. Zuerst kam eine torkelnde Version von *Heroes* und dann *Province*. Spätestens jetzt war klar, dass der Abend für die Band ein voller Erfolg werden würde, das Publikum tobte.

Etwas länger dauerte es, bis deutlich wurde, dass der

Abend auch privat ein Erfolg würde. Erst nach fast anderthalb Stunden, bei *Quicksand*, entdeckte Leni Zicky am Bühnenrand. Ihr liefen Tränen übers Gesicht, aber sie lächelte.

Nach etwas über zwei Stunden war Leni erschöpft, sie hatten ihr Programm durchgespielt, sie hatten sich verbeugt und versprochen, beim nächsten Konzert auch die eigenen Sachen zu spielen, und das Publikum verlangte nach einer Zugabe, allen voran Zicky, die johlte und die Arme in die Luft reckte, während sie applaudierte. Leni lächelte glücklich und ergeben, spielte *Always Crashing in the Same Car* an, und Zicky begann, vor Begeisterung auf und ab zu hüpfen. Leni ließ sich Zeit mit dem Intro, zögerte den Einsatz von Olgas Gesang so lange hinaus, wie sie es wagte. Sie liebte dieses Stück, und sie begann zu verstehen, warum Zicky sich für Bowie entschieden hatte, obwohl sie sonst von Musik so wenig Ahnung hatte.

Der Saal war nach wie vor dunkel, nur am Bühnenrand konnte man einzelne Menschen unterscheiden, und alle Gesichter waren Olga zugewandt. Die Menge wiegte sich hin und her, beinahe andächtig. Nur eine Gestalt wiegte sich nicht mit, und sie sah auch nicht Olga an, sondern sie fixierte Leni.

Der Mann hatte schon eine ganze Weile dort gestanden, Leni hatte ihn bereits mehrmals aus dem Augenwinkel wahrgenommen, hatte ihn jedoch nicht weiter beachtet. Jetzt sah sie ihn zum ersten Mal direkt an, und er blickte zurück. Hitze wallte in Leni auf, dann Angst, Übelkeit.

Magnus grinste. Sie konnte nicht hören, was er sagte, aber sie konnte seine Lippen lesen, die isländische Wörter formten: *Ég mun saekja thig og koma thig heim.* Ich hol dich nach Hause.

Leni wusste nicht, wie es ihr gelang, das Stück zu Ende zu bringen, aber sobald der letzte Ton verklungen war und die

Verfolger erloschen, war sie von der Bühne verschwunden. Jetzt war die Dunkelheit, vor der sie sich fürchtete, ihr Freund. Leni verzichtete darauf, Jacke und Mütze hinter der Bühne hervorzuholen, wühlte sich durch die Menge, erreichte die Eingangsschleuse und verließ das *Dunkel*. Olga würde wahrscheinlich als Letzte bemerken, dass sie nicht mehr da war.

Leni rannte, wieder einmal, und ihre Lungen brannten, und sie schwitzte, obwohl sie bei Minusgraden nur ihr Top und eine zerrissene Jeans trug. Sie rannte den ganzen Weg nach Hause, und die ganze Zeit meinte sie, Magnus direkt hinter sich zu spüren. Aber sie wagte es nicht, sich umzusehen, sie wollte keine wertvolle Zeit verlieren.

In der Hauptstraße suchte Leni fieberhaft nach ihrem Schlüssel, bis ihr einfiel, dass der in ihrer Jacke war. Ein paar Meter weiter ließen ein paar türkische Jugendliche eine Böllersalve hochgehen, obwohl es noch nicht Mitternacht war.

Ihr Schluchzen schüttelte Leni, während sie bei Ines Sturm klingelte. Dort kam Magnus, sie war sich ganz sicher, die Hände tief in den Taschen, den Kopf zwischen die Schultern gezogen. Sie klingelte und klingelte, bis endlich die Gegensprechanlage reagierte.

»Lass mich rein, schnell!«

»Leni. Hast du keinen Schlüssel? Warte, Moment.«

Es schien Ewigkeiten zu dauern, bis Ines den Summer betätigte, und als Leni dann gegen die Tür drückte, ging sie nicht auf. Sie war, wie immer bei Minusgraden, verzogen. Leni warf sich mit der nackten Schulter dagegen, morgen würde sie die Blutergüsse spüren, aber das war ihr egal.

Als sie endlich im Haus war, versuchte Leni, die Tür wieder zu schließen. »Komm schon!«, flehte sie laut, ihre Stimme überschlug sich. Draußen ging wieder eine Böllersalve los, gefolgt von aggressivem Gelächter.

Dann Stille, Leni wagte kaum zu atmen. Dann schwere Schritte. Schritte, die sich der Haustür näherten. Leni ließ die Tür, wie sie war, und rannte die Treppe hinauf.

Oben stand Ines in der Wohnungstür.

»Was ist denn bloß los?«

»Tür zu!« Leni drängte Ines in die Wohnung hinein, warf sich gegen die Tür, legte die altmodische Kette vor, die in Augenhöhe baumelte. Jetzt erst merkte sie, wie stark sie zitterte.

»Du bist ja völlig nass. Bist du so draußen rumgelaufen?«

Leni konnte nicht antworten, sie schluchzte nur und ließ sich an der Tür hinab auf Ines' abgetretenen Flurteppich sinken. Nicky stand in seinem neuen Piraten-Schlafanzug in der Schlafzimmertür und hielt sich an dem Tropfständer fest, dessen Schlauch mit einer Braunüle in seinem Handrücken befestigt war. Er lutschte an seinen kleinen Knochen rum und sagte nichts.

Ines zog Leni auf die Füße und half ihr ins Bad, wo sie die Wanne mit heißem, dampfendem Wasser volllaufen ließ.

»Leg dich da rein, ich bin gleich wieder da.«

Leni ließ sich ins Wasser gleiten, aber die plötzliche Hitze verursachte ihr Übelkeit, beinahe wäre ihr der Kreislauf weggesackt. Sie ließ etwas kaltes Wasser dazulaufen und tauchte unter. Als Kind hatte sie manchmal geträumt, sie läge auf dem Meeresgrund, über sich das grün, blau und silbern schillernde Wasser, die Fische, in den Wellen treibender Müll. Sie wusste, dass man sie suchte, aber man würde sie nicht finden. Denn niemand wusste, dass sie auch unter Wasser atmen konnte. Leni staunte selbst, wie lange sie es aushielt, ohne zu atmen. Sie öffnete die Augen.

Durch den Verzerrungseffekt des Wassers sah Ines noch fetter aus, als sie ohnehin schon war. Sie hielt etwas in den Händen, und ihr Mund bewegte sich. Sie schien zu sprechen, aber Leni hörte nichts. Vielleicht war es sinnvoller, in der Badewanne unterzutauchen, als immerzu Tabletten zu nehmen, überlegte sie.

Ines schüttelte den Kopf, stellte auf den Spülkasten, was sie in den Händen hielt, griff ins Wasser und zog Leni heraus. Leni schnappte nach Luft wie eine Ertrinkende.

»Frohes neues Jahr, Leni«, sagte Ines und reichte Ines ein Sektglas vom Spülkasten. Leni stieß mit ihr an, sagte »Frohes Neues«, und trank ihr Glas in einem Zug leer.

Ines schenkte nach.

»So, und nun erzählst du mir, warum du in der Silvesternacht nur im Unterhemd durch die Stadt rennst, als wäre der Teufel hinter dir her.«

Nach dem zweiten Glas begann Leni zu erzählen. Sie erzählte alles, von Anfang an. Von ihrer missglückten Ehe, von ihren irrationalen Ängsten, von Magnus' falschen Zähnen, von der späten Abtreibung, von den Misshandlungen und schließlich, dass er heute Abend im *Dunkel* gewesen war. Es tat gut, es endlich in Worte statt immer nur in abstrakte Klänge zu fassen, die außer ihr niemand verstand. Die Musik, das war eine Sache. Sie wurde dafür bewundert, aber niemand konnte nachfühlen, was ihr geschehen war. Es blieb ihr Geheimnis. Erst der Klang der Worte, ihre Bedeutung, brachten sie dazu, sich wieder wie ein Mensch unter Menschen zu fühlen. Sie hatte sich wie eine Besessene auf die Musik gestürzt, um sich zu befreien. Dabei war es so viel leichter, wenn man einfach sprach. Leni lachte auf.

»Ich habe ihn schon so oft gesehen, und immer habe ich mich geirrt. Aber diesmal nicht.« Leni atmete tief durch. »Weißt du, seit einem Jahr habe ich gefürchtet und gehofft zugleich, dass ich ihn getötet habe, damals im Parkhaus. Nun bin ich sicher, dass er lebt, und ich bin froh, dass ich ihn nicht auf dem Gewissen habe. Und zugleich wünsche ich mir, dass das Schwein tot und ein für alle Mal weg wäre.«

Leni blickte Ines an und erwartete, irgendeine Art von Emotion zu sehen. Unglauben vielleicht oder Abscheu. Vielleicht sogar ein wenig Mitleid. Aber Ines' Gesicht blieb seltsam ausdruckslos.

»Verstehst du, was ich meine, Ines?«

Ines antwortete nicht.

»Ines?«

Endlich blickte sie Leni an, lächelte, strich ihr über die Wange.

»Du hast recht. Jemand wie Magnus gehört bestraft, er hat den Tod verdient. Aber nun komm da raus, das Wasser ist schon ganz kalt.«

Ines half Leni, wie man einem Kind hilft, gab ihr ein viel zu weites Nachthemd, wickelte sie in eine Wolldecke und brachte sie ins Schlafzimmer, wo Nicky im Bett lag, die Hand mit der Braunüle weit von sich gestreckt wie einen Fremdkörper. Sein Mund war im Schlaf leicht geöffnet, und Leni hörte sein zartes Schnarchen.

»Schlaf heute hier, ich passe auf euch beide auf«, sagte Ines. »Ich werde dich beschützen.« Sie gab Leni zwei Zolpidem, die diese mit dem letzten Schluck Sekt hinunterspülte. Dann deckte Ines Leni zu, bevor sie sich schwerfällig auf den Stuhl neben dem Bett fallen ließ.

◇◇◇

Ja, sie würde heute Nacht aufpassen, sie würde kein Auge zutun, sie würde ihre Chance nicht verpassen. Das neue Jahr begann gut. Als Leni eingeschlafen war, rief sie im *Dunkel* an.

»Schartmöller hier. Ja, Ihnen auch. Ich möchte Olga, Zicky oder Jason sprechen.« Ines lauschte auf den Partylärm im Hintergrund. Dann kam Olga an den Apparat.

»Ja?«

»Ines hier. Frohes Neues erst mal.«

»Rufst du wegen Leni an, ist sie bei dir?«

»Ja, genau. Macht euch keine Sorgen. Sie schläft jetzt. Es war wohl alles etwas zu viel für sie.«

Ines hörte, wie Olga am anderen Ende erleichtert ausatmete. »Gut, alles klar. Danke für den Anruf. Und dir auch ein frohes neues Jahr!«

»Keine Ursache. Grüß Zicky und Jason von mir. Feiert schön.«

Ines legte auf. Dann ging sie ins Schlafzimmer, drehte ihren Stuhl zum Fenster und wartete.

Als wenig später ein Taxi hielt und ein Mann in schwarzer Lederjacke und mit grau meliertem Haar am Haus heraufblickte, grinste, seinen Stadtplan zusammenfaltete und dann in der Haustür verschwand, stand Ines auf, öffnete die Wohnungstür einen Spaltbreit und lauschte.

◇◇◇

Das Haus sah schlampig und schäbig aus, und auch Leni hatte schlampig ausgesehen, das Haar raspelkurz geschnitten, die nackten Arme, die angeklebten Wimpern und die knallig geschminkten Lippen. Allein dafür hatte sie eine Tracht Prügel verdient, so ordinär durfte seine Frau sich in der Öffentlichkeit nicht zeigen.

Dass Leni nach dem Auftritt verschwunden war, war ohne Bedeutung. Er hatte sich Zeit gelassen, sich ein wenig vergnügt und dann ein Taxi genommen. Er wusste, dass er sie erwischen würde. Dieses Mal würde er zupacken, sobald sich die Gelegenheit bot. Er hatte die Angst in ihren Augen gesehen, und das erregte ihn. Er würde ihr noch mehr Angst machen.

Magnus sah auf die Klingeln. Natürlich war Lenis Name nicht darauf, aber der Name der Blonden. Olga Blau. Klingeln kam nicht infrage, das würde sie nur warnen. Er konnte außerdem nicht ganz sicher sein, dass sie allein war.

Magnus drückte gegen die Haustür. Sie war nicht verschlossen und gab nach einem kurzen, kräftigen Ruck nach. Das vereinfachte die Sache. Magnus machte kein Licht und ging in den ersten Stock hinauf. Hier musste es sein, links ein Arztschild, rechts eine braun lackierte Tür.

Magnus zog eine kleine Taschenlampe aus der Jacke und suchte nach dem Namensschild. »Landeras« stand darauf. Mist. Aber unten hatte er den richtigen Namen gesehen, und im Internet hatte gestanden …

»Suchen Sie etwas? Kann ich Ihnen behilflich sein?«

Magnus drehte sich um. Hinter ihm stand eine kleine, fette Frau und lächelte ihn freundlich an.

Mein Gott, was sind manche Leute vertrauensselig, dachte Magnus, und lächelte zurück. Sein Englisch war schlecht, aber es genügte für die entscheidenden Worte: »I'm searching for Leni Draugur. Do you know her?«

»Ach, die Leni. Aber sicher, folgen Sie mir. Come with me.« Die Dicke winkte Magnus, ihm zu folgen, und ging voran, die Stufen hinab, die er soeben heraufgekommen war und auf die Straße hinaus.

»She doesn't live here?«

Sie lächelte erneut. »Just follow me.«

Die Dicke führte Magnus durch eine dunkle Toreinfahrt in einen engen Hof, dort nach links und dann durch eine kleine Tür in ein weiteres Treppenhaus. Dort gingen sie in den dritten Stock hinauf.

Die Dicke machte sich mit einem Schlüssel an einer Wohnungstür zu schaffen. Wieso hatte sie einen Schlüssel zu Lenis Wohnung? Magnus begann, die ganze Sache merkwürdig zu finden. Aus der Wohnung schlug ihm ein schwerer Geruch nach Suppenfleisch entgegen.

Es wurde Licht gemacht, und Magnus erkannte in dem kleinen Flur einen jagdgrünen Teppich und vertäfelte Wände, das Geweih eines Rehbocks hing an der Wand.

»Come in!«

Wenn die Dicke irgendetwas im Schilde führen sollte, würde er mit ihr fertigwerden. Es würde ihm eine Freude sein, sie fertigzumachen, falls sie ihn verarschte.

Magnus trat entschlossen durch die Tür, durchmaß den kleinen Flur mit zwei Schritten und stand in einer rustikal eingerichteten Küche. An den Wänden hingen Zeitungsausschnitte, die Magnus nicht lesen konnte, und von der Küche ging eine weitere Tür ab, die einen Spalt offen stand. Dahinter war es dunkel.

Als Magnus nach dem Lichtschalter tastete, spürte er einen Stich in der Halsbeuge, dann einen unangenehmen Druck unter der Haut.

Er schlug die Hand weg, fasste nach der Spritze, die ihm zwischen Hals und Schulter steckte, während seine Beine nachgaben und er auf den Boden fiel. Dann ging das Licht an.

Das Letzte, was Magnus sah, bevor er das Bewusstsein verlor, war ein enges Zimmer mit einem Feldbett, an dessen Alurahmen Handschellen herabhingen. Vor dem Fenster hing eine graue Wolldecke mit einem aufgedruckten Schriftzug. *FUSSENDE.* Magnus hatte keine Ahnung, was das bedeutete.

TEIL III

XXI

Berlin, *Ufer*, Hauptstraße 155 und *Dunkel*, 25./26. Januar 2010

Ines betrat das *Ufer*. Sie hatte die Stirn in Falten gelegt und wirkte bedrückt. Leni sah sie erwartungsvoll an, und auch Zicky, Jason und Olga machten neugierige Gesichter. Unter dem Arm trug Ines eine Kiste voller Pappen und leerer Eierkartons. Nicky hatte einen hohen Verbrauch in letzter Zeit, er hatte eine Leidenschaft fürs Basteln entdeckt, sagte Ines.

»Und?«, wollte Zicky wissen.

Leni nippte an ihrem Kaffee und beobachtete Ines über den Rand ihrer Tasse hinweg. Die schob sich seufzend auf die Sitzbank, welche die ganze rechte Wand des *Ufer* einnahm, und zog die Schultern hoch.

»Er scheint sich wohlzufühlen.«

Dann grinste sie.

»Na siehste«, meinte Zicky. »Ich hab doch gesagt, es wird Zeit für den Jungen.«

Frau Moddel war vor ein paar Tagen da gewesen, hatte sich die Zustände in Ines' Haushalt angesehen, hatte den Jungen noch einmal zum Kinderarzt geschickt. Er war fit. Seine Augen und seine Haut strahlten und er wirkte beinahe aggressiv vital.

Heute war sein erster Tag in der Vorschule. Sein erster Tag als ganz normales Kind.

»Er ist gleich losgelaufen, hat mir nicht mal richtig Tschüs gesagt.«

»Na siehste. Es war höchste Zeit«, wiederholte Zicky.

Ines nickte, lächelte und sah dabei traurig aus. Sie war nervös gewesen in den letzten Tagen. Darum hatte Zicky vorgeschlagen, dass sie sich hier zum Frühstück treffen sollten. Damit Ines nicht durchdrehte.

»Ich hole ihn aber um zwölf wieder ab. Das reicht für den ersten Tag. Im September ist Einschulung. Er will einen Ranzen mit Totenköpfen drauf, einen Piratenranzen.«

»Wow, klingt doch gut. Mädchen wollen immer nur rosa und Barbie.«

Ines nickte, und ihre Augen füllten sich mit Tränen.

»Mensch, Zicky!«, sagte Olga vorwurfsvoll, und Zicky wurde rot.

»Tschuldige, Ines.«

»Schon gut, du kannst ja nichts dafür.«

Der Kellner kam, und Ines bestellte Milchkaffee und ein großes Frühstück.

»Einen bestimmten Musikwunsch?«

Leni fiel erst jetzt auf, dass gar keine Musik lief. Der Laden hatte eben erst aufgemacht.

»Bowie«, sagte Zicky, ohne abzuwarten, ob jemand anderes, vielleicht einen Vorschlag hatte.

»Sorry, den kenn ich gar nicht.«

Zicky machte ein ungläubiges Gesicht. »Was?!«

»Machen Sie einfach irgendwas an«, sagte Olga, um das Thema abzukürzen.

»Möchte noch jemand etwas bestellen?«, fragte der Kellner, und alle bestellten noch mehr Kaffee. Nur Olga winkte ab.

»Seit wann trinkst du keinen Kaffee?«, wollte Zicky wissen.

»Mir wird neuerdings schlecht davon.«

Der Kellner kehrte hinter die Theke zurück und legte eine CD in den Player. Leni erkannte die Stimme von

Nana Mouskouri, sie hatte auch ein paar Stücke auf Isländisch gesungen. Zicky stöhnte und verdrehte genervt die Augen.

»Wieso denn, die singt doch sehr gut«, meinte ausgerechnet Jason.

Leni fand, dass Olga bedrückt wirkte. Die immer optimistische, resolute, gut gelaunte Olga. Zicky wirkte dagegen plötzlich wie das blühende Leben. Seit sie es in der Silvesternacht geschworen hatte, war sie trocken geblieben. Und sie hatte wieder zu zeichnen begonnen. Einige der Zeichnungen in Lenis Zimmer hatte sie abgenommen und durch neue ersetzt. Es kamen jetzt weniger Treppen und mehr Menschen darin vor. Vor allem Kinder. Leni glaubte, dass Zicky auf diese Weise ihren unerfüllten Kinderwunsch verarbeitete. Aber vielleicht wollte sie auf irgendeine verquere Art auch ein bisschen Druck auf Olga ausüben.

Die Tür des *Ufer* ging auf, und die Postbotin kam herein, einen Stapel Briefe in der Hand. Sie gab die Post an der Theke ab und grüßte kurz in Lenis Richtung. »Ich habe was für Sie, warten Sie.«

Leni lächelte, ein warmes Gefühl durchströmte sie. Es fühlte sich gut an, in einer Straße zu wohnen, wo man von der Postbotin erkannt wurde. Vielleicht wurde sie doch langsam heimisch in Berlin. Die Postbotin kam zurück und brachte einen dünnen gelben Brief.

»Sie müssen hier unterschreiben. Ein Einschreiben aus New York.«

Lenis Herz machte einen Satz. Silfur wohnte in New York. Sie unterschrieb und nahm den Brief entgegen.

»Von wem ist der?«, wollte Olga wissen.

Leni drehte den Brief um. Den Absender kannte sie nicht. Seltsam. Sie riss den Umschlag auf und überflog den Inhalt.

»Und?«, fragte auch Jason, während er sich ein halbes Ei

in den Mund schob und ein paar Eigelbkrümel auf seine Lederhose fielen.

Es dauerte einen Moment, bis Leni klar wurde, was sie las. Dann brach derselbe lang gezogene Schrei aus ihr hervor, der sie so oft aus ihren Albträumen holte.

»Alles klar?«, fragte Jason, immer noch kauend.

Leni ließ den Brief auf ihren Schoß sinken und schwieg.

»Was ist denn los?«, wollte auch Zicky wissen.

Lenis Herz schlug ihr bis zum Hals, so als könnte sie sich verlesen haben. Sie gab den Brief an Jason weiter, der neben ihr saß.

Wahrscheinlich würde sie jetzt gleich eine ernüchternde Wahrheit zu hören bekommen, wahrscheinlich war es wirklich bloß ein Traum. Jason überflog den Brief.

»Das ist ein Angebot von einem Plattenlabel.«

Leni nickte. Sie spürte, wie die spontane Aufregung verebbte und einem irritierenden Gefühl der Leere wich. Die Nachricht war ein Schock.

Zicky regte sich als Erste wieder.

»Mein Gott! Das müssen wir feiern!«

Sie reckte den Arm in die Luft und schnippte mit den Fingern wie eine übereifrige Schülerin. »Wir brauchen Sekt«, rief sie dem Kellner zu. »Schnell!«

Olga machte den Mund auf und zu, sagte aber nichts. Leni drückte ihre Hand.

Jason guckte in den Umschlag und zog zwei Tickets heraus.

»Hinflug am 27. Februar, Rückflug am 3. März. Und ihr wohnt übrigens im Soho Loft Hotel in der Lafayette Street. Noble Adresse, wie es aussieht.«

»Mein Gott«, wiederholte Zicky. »Das ist die Straße, in der Bowie wohnt.«

Ines pfiff anerkennend, als sie den Hotelflyer in die Hand nahm. Der Kellner brachte Ines' Frühstück, eine Flasche

Sekt und fünf Gläser. Zicky übernahm es, den Sekt zu öffnen und zu verteilen.

»Auf KAT. Auf den Vertrag«, sagte sie und hob ihr Glas.

»Auf KAT. Auf den Vertrag«, wiederholten die anderen und hoben ebenfalls ihre Gläser. Leni stürzte ihren Sekt hinunter. Jason stand auf und führte einen kleinen Tanz auf. Dann bestellte er an der Theke eine zweite Flasche Sekt. Olga nippte nur an ihrem Sekt, und auch Zicky hatte nichts getrunken, sondern nur angestoßen. Sie stellte ihr Glas bedächtig vor sich auf dem Tisch ab und lächelte es an.

»Darf ich deinen auch haben?«, fragte Leni, griff schnell nach Zickys Glas und hielt es fest. Womöglich trank Zicky doch noch davon, und das konnte dann fatal enden.

»Seid ihr jetzt Stars, oder was?«, wollte Ines wissen.

Leni lächelte. »So schnell geht das nun auch wieder nicht. Erst mal müssen wir einen ziemlichen Haufen Platten verkaufen.«

»Ihr nehmt mich doch mit, oder?«, fragte Zicky.

»Und mich auch!« Jason drehte den Drahtverschluss der zweiten Sektflasche auf und ließ den Korken knallen.

»Das ist doch der Wahnsinn, oder?!« Er stieß Olga in die Seite. »Mensch, Mädels! Was ist denn, freut euch doch mal!«

Olga war ebenso still wie Leni.

»Wegen mir musst du deinen Sekt nicht stehen lassen«, sagte Zicky.

Olga zeigte ein schiefes Lächeln, das abrupt wieder abbrach.

Leni hatte ein ungutes Gefühl, irgendetwas stimmte hier nicht. Olga knetete ihre Hände im Schoß, bevor sie Zicky antwortete.

»Ich trinke keinen Sekt, weil ich auch eine frohe Botschaft zu verkünden habe«, sagte sie leise. Alle sahen sie erwartungsvoll an.

»Ich bin schwanger. Im dritten Monat.«

Wieder blieb es einen Moment still, doch diesmal war es Jason, der als Erster reagierte. Er zog Olga vom Stuhl hoch und drückte sie. Dann trat er einen Schritt zurück und berührte sanft ihren Bauch. »Da drin, ja?«

Olga liefen Tränen über die Wangen.

Oh Gott, dachte Leni. Zicky saß wie versteinert auf ihrem Stuhl und starrte die beiden an. Leni wollte sie trösten, beruhigen, was auch immer, und legte ihr eine Hand auf die Schulter. Aber Zicky hob ihre Hand und gebot Leni auf diese Weise schweigend, Abstand zu halten. Dann erhob sie sich, langsam und ein wenig wackelig, wie eine alte Frau. Sie zog bedächtig ihren schwarzen Mantel an und ging.

◇◇◇

Leni zog den Bademantel über und öffnete trotz der Kälte das Fenster, setzte sich auf die Fensterbank und blies den Rauch hinaus. Sie hatte Sehnsucht nach Island, nach der Weite der Landschaft, dem schweren Himmel und dem schweren Meer, nach all den sanften Farbtönen, die den rauen Formen so gut standen. Sie sehnte sich nach dem morgendlichen Nebel, nach den Nordlichtern und nach stundenlangen Märschen durch die felsigen Ebenen.

Früher hatte sie das oft gemacht, erst mit Oma, die ihr allerlei Geschichten über das Land und über die Elfen erzählt hatte, die dort wohnten. Dann auch mit Ben und Silfur. Sie waren wirklich viel zusammen gewesen. Mit ihnen hatte sie sich nie allein gefühlt. Aber hier war alles abweisend, und Berlin war ganz anders grau und kalt als Island. Obwohl es in Berlin mehr Menschen gab als in ganz Island, fühlte Leni sich in diesem Moment fast so einsam wie in der schlimmsten Zeit mit Magnus.

Leni hatte Sehnsucht nach Oma. Sie hatte seit über einem Jahr nichts von ihr gehört, und sie konnte ihr nicht einmal erzählen, dass sie nach New York fliegen würde. Der Zigarettenrauch mischte sich mit dem Nebel ihres kondensierenden Atems. Der Rauch stieg, der Atem fiel. Oder war es genau andersherum?

Zicky hasste es, dass Leni ihre Zigaretten immer außen an der Hauswand ausdrückte, die schwarzen Flecken waren ihr peinlich. Leni tat es trotzdem und ließ die Kippe in den Hof fallen. Wo Zicky jetzt wohl war? Sollte sie sie wieder einmal suchen gehen? Oder sollte sie erst mal im *Dunkel* anrufen? Der Radiowecker zeigte 00:11 Uhr. Leni schloss das Fenster und schauderte vor Kälte. Dann tappte sie in den Flur und hob den Telefonhörer ab. Sie hatte schon so oft nachts vor dem Telefon gestanden und Bens Nummer gewählt, um dann sofort wieder aufzulegen.

Ben ist der Einzige, der wirklich versteht, was Musik bedeutet, dachte Leni. Ben wusste, dass Musik wichtiger war als Erfolg. Dass man in der Musik leben musste, dass sie in einem sein musste. Nur darauf kam es an. Das hatte Olga noch nicht begriffen. Sie sang phantastisch, sie gab eine fabelhafte Figur ab auf der Bühne. Aber Leni wusste, dass für Olga genau dieses Element sehr wichtig war: die Show, und die Bewunderung, die sie mit ihrer Stimme hervorrufen konnte. Für Olga bedeutete KAT Spaß und Status. Für Leni bedeutete KAT, überhaupt zu existieren.

Leni wählte Bens Nummer. Sie nahm sich vor, es nicht mehr als fünfmal klingeln zu lassen. Ben ging erst nach dem zwölften Klingeln an den Apparat.

»Hi, ich bins«, sagte Leni fröhlich. »Ich wollte dir noch ein frohes neues Jahr wünschen.«

»Das fällt dir aber ziemlich spät ein. Dir auch.«

Leni wusste nicht, wie sie anfangen sollte, doch dann gab sie sich einen Ruck.

»Es gibt tolle Neuigkeiten. Wir fliegen nach New York. Wir haben einen Plattenvertrag.«

Ben gähnte. »Toll, habt ihr gut gemacht. Sonst alles klar bei dir? Du klingst komisch.«

Die Himbeerfarbe blätterte von der Wand, und Leni pulte kleine Fladen davon ab und ließ sie auf den Teppich fallen. »Ich weiß nicht, ob ich mich darüber freue.«

Ben seufzte. »Hör mal, Leni. Das ist wirklich Jammern auf hohem Niveau, und es ist mitten in der Nacht. Vielleicht können wir ja morgen darüber reden?«

»Ja, sicher. Entschuldige.«

»Schön. Dann wünsche ich dir eine gute Nacht, Leni.«

Bens Stimme klang jetzt sanfter. Lenis Herz begann schneller zu schlagen. Sie musste verhindern, dass er auflegte, sie musste seine Stimme hören.

»Ben, Magnus ist in Berlin. Ich bin mir ganz sicher.«

Leni stellte fest, dass das nicht bloß eine Notlüge war, um Ben am Apparat zu halten. Sie hatte den Gedanken seit Silvester verdrängt, und auch mit niemandem darüber geredet. Magnus war nicht wieder aufgetaucht, und Ines hatte recht gehabt. Sie hatte sich wieder einmal etwas eingebildet.

»Hast du oder hat Ireen ihm verraten, dass ich hier bin?«

»Jetzt hör aber auf! Meinst du wirklich, wir würden diesen Spinner auf dich hetzen?«

Leni hatte ihm das alles nie erzählen wollen, aber plötzlich konnte sie sich nicht mehr zurückhalten. Sie musste es sagen, als ob sie es damit am Leben erhalten könnte. Ich bin verrückt, dachte sie. Gerade fange ich an, damit klarzukommen, und dann rühre ich es wieder auf.

»Du weißt aber nicht, was in Reykjavík passiert ist. Magnus hat mich angegriffen. Dein Auto, das war er, verstehst du? Ich habe ihn gerammt, anders wäre ich ihm nicht entkommen. Und Silvester war er in Berlin, er stand direkt am Bühnenrand. Er hat gesagt, dass er mich holen kommt. Er lauert mir auf, genau wie in Reykjavík.«

Lenis Stimme überschlug sich vor plötzlich aufkommender Panik. Es funktionierte noch. Die Angst war immer noch da, wenn sie es wollte. Die Frage war nur, warum wollte sie es? Damit jemand kam, um sie zu beschützen?

»Das kann gar nicht sein.«

»Doch, ich weiß es! Ich weiß das einfach!«

»Leni, hör zu. Morgen gehst du zu einem Psychiater.«

Leni wollte etwas einwerfen, aber Ben ließ sie nicht.

»Nein, ich meine es ernst. Hör zu. Magnus kann nicht wissen, wo du bist. Du hast Angst vor ihm, und das ist absolut verständlich. Aber er kann nicht in Berlin sein. Er war hier, er wollte wissen, wo du bist. Aber wir haben ihm nichts verraten. Verstehst du?«

Leni antwortete nicht.

»Hast du das verstanden?«

»Was ist, wenn Ireen etwas gesagt hat, ohne dass du es weißt?«

Für einen Moment blieb es stumm in der Leitung, und Leni dachte schon, die Verbindung sei unterbrochen worden. Doch dann wurde Ben zum ersten Mal, seit sie ihn kannte, laut. Ihr gegenüber.

»Es reicht. Lass Ireen da raus. Mach dir ein für alle Mal klar, dass es aus ist. Und jetzt gute Nacht.«

Es machte klick. Ben hatte aufgelegt.

Langsam legte Leni den Hörer auf und ging zurück in ihr Zimmer.

Über ihr war wieder das Quietschen und Schaben zu hören. Seit Silvester war es wieder da. In jeder einzelnen beschissenen Nacht. Es war leiser als zuvor, aber es war da.

Leni starrte auf den Radiowecker. 02:43 Uhr. Zicky war noch immer nicht nach Hause gekommen. Leni stand erneut auf und klopfte leise an Olgas Zimmertür.

»Herein.«

Olga saß aufrecht im Bett, die weißen Augen auf die Wand gerichtet, und ließ die Finger über ein Buch gleiten.

»Was liest du?«

»Schwangerschaftsratgeber.«

»Ich kann nicht schlafen.«

»Ich auch nicht. Ich hab dein Telefonat vorhin gehört. Du hast gar nicht erzählt, dass du ihn im *Dunkel* gesehen hast.«

Leni lehnte sich in den Türrahmen und zuckte mit den Schultern. »Hab ich auch nicht. Ich spinne einfach. Deshalb hab ich nichts gesagt. Kannst du mal kurz zu mir rüberkommen? Ob du die Geräusche auch hörst?«

Olga legte ihr Buch beiseite, schlug die Decke zurück und schwang ihre langen Beine aus dem Bett. Sie trug wieder eins von ihren kurzen Hemden und schien sich nicht im Geringsten dessen bewusst zu sein, dass es ihren Hintern nicht bedeckte. Leni folgte ihr in ihr Zimmer.

»Und, hörst du was?«

Olga lauschte. »Ja, ich höre es. Es hört sich an, als ob jemand mit einer Gabel über einen Teller schabt. Oder über eine Tafel. Wenn man genau hinhört, ist es scheußlich.«

»Genau. Es ist scheußlich!« Leni schnaubte. »Und ich höre es ständig. Ich war schon ein paar Mal oben, aber es macht nie jemand auf. Meinst du, man kann wegen so was die Bullen rufen?«

»Kaum. Dazu ist es zu leise. Wollen wir Kaffee kochen? Wir haben noch gar nicht unter vier Augen gesprochen. Du weißt schon.«

»Gut, ja.«

Leni nahm Olga an der Hand, und zusammen gingen sie in die Küche.

»Darfst du überhaupt Kaffee, in deinem Zustand?«

»In Maßen ist es okay.«

Olga saß mit hängenden Schultern da, während Leni Kaffee machte. »Ich mache mir Vorwürfe. Wenn Zicky einen Rückfall hat«, sagte sie.

»Dann ist es nicht deine Schuld, Olga! Sie ist erwachsen, sie muss die Verantwortung für sich selbst übernehmen.«

Leni sagte das mit einer für sie selbst überraschenden Vehemenz und stellte fest, dass dasselbe auch für sie galt. Sie hatte es schwer gehabt. Sie hatte sich niemals ganz von all ihren Verlusten erholt. Sie hat immer nach jemandem gesucht, der ganz für sie da war. Aber es gab niemanden. Niemanden, der sie glücklich machen konnte. Sie ganz allein war dafür zuständig. Nicht Olga, nicht Zicky, nicht Ben. Nur sie.

»Aber es ist hart für sie.« Olga fasste sich an den Bauch. »Das hier. Sie hatte ein Kind gewollt, und nun krieg ich eins. Und auch die Sache mit New York. Sie wollte schon immer dahin. Und jetzt werden *wir* eingeladen.«

Leni lehnte sich an die Küchenzeile und wartete, dass der Kaffee durch den Filter lief. »Sicher ist es hart für sie.« Mehr gab es dazu eigentlich nicht zu sagen. »Aber was hast du denn jetzt vor, Olga?«

Olga legte den Kopf auf die Arme und sprach in den Tisch hinein. »Weiß ich nicht. Zum Abtreiben ist es zu spät, und jetzt, wo es da ist, will ich das auch gar nicht mehr.« Olga hob den Kopf. »Und Jason auch nicht.«

Leni schob Olga ihren Kaffee über den Tisch.

»Liebst du denn Jason?«

»Er geht leichter durchs Leben.«

»Ja.«

Olga straffte die Schultern und hob ihren Becher. »Lass uns anstoßen. Auf KAT, auf ein neues Leben!«

»Auf ein neues Leben!«

Leni trank in winzigen Schlucken. »Lass uns morgen mit dem nächsten Album anfangen, ja?«

Olga stimmte zu.

Und dann küsste Leni Olga. Sie wünschte sich, sie könnten diese eine zärtliche Nacht wiederholen, diese eine Nacht, in der sie sich so aufgehoben gefühlt hatte.

Aber Olga schob sie sanft von sich. »Ich will jetzt versuchen zu schlafen. Mein Kind braucht eine gesunde Mutter.«

Leni küsste Olgas Hand. Die altertümliche Geste kam ihr in diesem Moment ganz natürlich und angemessen vor. Sie bezeugte der Diva ihren Respekt.

»Gute Nacht, Olga«, sagte sie.

Die Geräusche hatten aufgehört, aber schlafen konnte Leni noch immer nicht.

Sie lauschte, und während sie der Uhr dabei zusah, wie sie die Minuten vor sich herschob, glitt sie in einen Wachtraum hinein. Ja, sie wünschte Magnus den Tod. Hoffentlich hatte sie ihn erwischt. Wie sonst sollte sie dieses Monster aus ihrem Inneren austreiben? Sie wollte ihn ein für alle Mal auflösen, ihn vernichten. In ihrer Vorstellung fraßen sich Würmer durch Magnus' Fleisch, Erde fiel in seine geöffneten Augen, und seine Zähne hatten sich aus seinem Mund herausgeschoben und standen grotesk hervor. Leni kicherte.

In dem Moment schnellte Magnus' verwesender Arm vor und griff nach ihrer Kehle. Leni fehlte der Atem für den gewohnten Schrei.

◇◇◇

Zicky fand den Schalter im Saal blind und machte Licht im *Dunkel*. Alles war aufgeräumt, die Tische sauber, die Stühle ordentlich daraufgestellt. Die Bühne war noch immer mit Lichtern bestückt. Vielleicht hatte Jason vor, öfter Konzertabende zu machen. Sie würde mit ihm darüber reden müssen. Über alles.

Zicky ging in die Küche und betrachtete die Bar. Dann nahm sie einen Servierwagen und räumte alle Flaschen aus den Regalen – Gin, Wodka, Campari, die verschiedenen teuren Whiskeysorten, die sie führten, Weinflaschen, Champagner. Sie musste zweimal gehen, um alles auf die Bühne zu schaffen.

Danach ging sie in den Keller und holte sämtliche Bierkisten und auch die Fässer herauf, die erst vorgestern geliefert worden waren. Die Muskeln in Zickys Armen brannten, aber die Arbeit war notwendig. Nach zwei Stunden hatte sie jedes bisschen Alkohol, das im *Dunkel* zu finden war, auf die Bühne geschafft.

Zicky betrachtete die Flaschen, Fässer und Kisten. Jede einzelne Flasche spiegelte die Deckenlampe wider und schien sie mit einem kleinen, grellen Auge anzustarren. Hunderte von weißblinden Augen, die sich vor dem fürchteten, was jetzt kommen musste. Zicky atmete tief ein und wieder aus.

Dann stieg sie auf die Bühne und setzte sich mitten zwischen die Flaschen und Kästen. Sie griff nach einer Flasche Tequila, das Glas war kalt und glatt, der rote Plastikhut saß schief über dem weißen, starrenden Auge. Sie würde jetzt dafür sorgen, dass damit Schluss war, sie würde Schluss mit diesen angstvollen, vorwurfsvollen Blicken machen, ein für alle Mal. Zicky holte aus und warf.

Das Glas zerschellte auf dem schwarzen Linoleum, Scherben spritzten in alle Richtungen und der scharfe Geruch von Alkohol breitete sich aus.

Zickys Magen krampfte sich vor Angst zusammen, aber sie nahm die nächste Flasche, und dann noch eine. Werfen, greifen, werfen, greifen. Sie machte immer weiter. Whiskey spritzte an die Vorhänge, Wein lief über den Boden und Bier über Tische und Stühle. Das Klirren des Glases verschaffte Zicky eine tiefe, wütende Befriedigung. Als keine Flaschen mehr übrig waren, drehte sie die Hähne der Bierfässer auf. Während die schäumende Flüssigkeit über die Bühne lief, schritt Zicky über knirschende Glasscherben, schaltete das Saallicht aus und verließ das *Dunkel*.

XXII

Berlin, Hauptstraße 155 und Polizeirevier Schöneberg, 26./27. Januar 2010

»Verdammt, das geht jetzt seit zwei Tagen so!«

Leni war kurz davor, ihren Kaffeebecher an die Wand zu werfen. Die Geräusche hatten nicht mehr aufgehört, seit sie am Morgen nach dem Telefonat mit Ben aufgewacht war. Beinahe ohne Unterbrechung hörte Leni ein leises Schaben, im Bad, in der Küche, im Musikzimmer. Sie konnte an nichts anderes mehr denken.

»Ich kann so nicht arbeiten.«

Jason saß in einem Sessel beim Fenster und schaute ungerührt in eine Zeitung. Olga stellte die Braillemaschine neben sich aufs Sofa.

»Dann lassen wir's. Ich kann mich auch nicht konzentrieren.«

»Super, dann könnt ihr mir ja helfen, im *Dunkel* Klarschiff zu machen.«

Jason klappte die Zeitung zu und rieb sich die Hände. Zicky hatte wirklich ganze Arbeit geleistet. »Es knirscht und klebt bei jedem Schritt. Im ganzen Saal. Und stinkt wie Kotze.«

Zicky war noch nicht wieder aufgetaucht, Olga machte sich unablässig Sorgen um sie, und Jason tat so, als ob ihn das nervte. Er vertrat die Meinung, dass Zicky sich diese Situation selbst zuzuschreiben hatte und dass es nicht ihr Problem sei, wenn Zicky mit der Realität nicht klarkam.

Aber im Grunde machte Jason sich selbst Sorgen. Leni

merkte es daran, dass er seit über einer Stunde auf dieselbe Zeitungsseite gestarrt hatte. Er hatte vergessen umzublättern.

»Wieso sollten wir dir helfen? Ist es unser Laden?« Olga sah ungerührt aus, aber Leni glaubte nicht, dass sie ihre Stichelei ernst meinte. »Außerdem, wenn es stimmt, würde ich mich bloß schneiden.«

»Was soll das heißen, *wenn* es stimmt?« Jason sprang auf und stürzte sich auf Olga, die nicht auswich, weil sie ihn nicht kommen sah. Sie rangelten ein bisschen und fielen sich dann betont fröhlich lachend in die Arme.

Leni verdrehte die Augen. Diese Zurschaustellung von Verliebtheit ging ihr beinahe noch mehr auf die Nerven als die Geräusche von oben.

»Ich helfe gerne im *Dunkel*«, sagte sie und meinte es auch so. Dann hatte sie wenigstens einen Grund, dieser schabenden und quietschenden Hölle zu entkommen und etwas Sinnvolles zu tun.

Jason sah sie an. »Echt jetzt?«

»Ja, wieso nicht?«

Jason kratzte sich zwischen den rot gefärbten Igelstacheln den Kopf und betrachtete dann seine Fingernägel. »Ehrlich gesagt hab ich längst einen Reinigungsdienst beauftragt. Das war so was von eklig dort.«

Leni schüttelte verwundert den Kopf. »Und so was sagt ein alter Punk.«

Jason grinste, wurde dann aber plötzlich ernst. »Lange hält sie es nicht aus, ich kenne sie. Sie kommt bald wieder.«

Olga und Leni sagten nichts dazu. Was gab es auch zu sagen. Entweder hatte Jason recht oder nicht. Leni glaubte an gar nichts mehr.

Jason warf die Zeitung neben sich auf den Boden und stand auf. »Aber wir gehen jetzt trotzdem zu diesem komischen Kommissar und geben eine Vermisstenanzeige auf!«

Jason stürmte aus dem Zimmer und riss die Wohnungstür auf, ohne eine Antwort abzuwarten.

»Wo bleibt ihr denn?« Seine Stimme hallte durch das ganze Treppenhaus.

Leni zuckte die Achseln und folgte Olga, die vor ihr herwatschelte, als sei sie bereits im siebten Monat schwanger. Obwohl man noch gar nichts sehen konnte.

◇◇◇

Friedemann saß hinter seinem gut aufgeräumten, billigen Pressspantisch und nestelte an einer Packung Marlboro Lights herum.

»Übersprunghandlung wegen Eifersucht. Da kann man eigentlich nichts machen, nur warten.«

Olga rutschte unruhig auf ihrem Stuhl hin und her. »Aber sie ist Alkoholikerin. Sie könnte sich ...«

»... zu Tode saufen?«

»Genau!«

Friedemann schnippte sich eine Marlboro in den Mund und nuschelte: »Tja, das kommt in den besten Familien vor, da kann die Polizei gar nichts tun.«

»Na schön«, knurrte Jason und stand auf. »Aber wenn ihr was zustößt, ist das Ihre Schuld!«

Friedemann sah gelassen zu Jason auf. »Wenn Sie meinen.«

Jason konnte seine Wut kaum verbergen. Er nahm Olga bei der Hand und zog sie hinter sich her zur Tür hinaus. Leni blieb sitzen.

»Gibt es noch etwas, Frau Draugur?«

Friedemann tat professionell, aber Leni spürte seine Nervosität, sobald er mit ihr allein war. Die Nestelbewegungen an seiner Marlboro-Schachtel wurden fahriger.

»Ja, es gibt noch etwas.«

Friedemann stand auf. »Wollen wir dann vielleicht in den Hof gehen? Hier drinnen ist rauchen jetzt verboten.«

Leni folgte Friedemann in einen engen Plattenbauhof, in dem ein paar blattlose Büsche standen. In einer Ecke lagen etliche Kippen auf der nackten Erde. Friedemann hielt Leni die Schachtel hin. »Wie Sie sehen, hat die Polizei nicht mal Geld für einen Aschenbecher.«

Bevor sie anfing, ließ Leni sich Feuer geben und nahm zwei tiefe Züge.

»Ich weiß nicht, ob man bei der Sache irgendetwas machen kann. Von Ihrer Seite aus, meine ich. Bei uns im Haus, da sind Geräusche.«

Friedemann wirkte plötzlich sehr aufmerksam.

»Was denn für Geräusche?«

»In der Wohnung über mir.«

»Sie meinen die fette Schartmöller? Tut sie ihrem Sohn was an?«

Leni brauchte einen Moment, um zu begreifen, was Friedemann vermutete. Sie schüttelte den Kopf. »Unsinn.«

»Meinen Sie?« Friedemann wirkte beinahe enttäuscht.

»Die Geräusche kommen aus der Nachbarwohnung, man erreicht sie über den zweiten Treppenaufgang.«

»Na schön. Und was sind das für Geräusche?«

»Das ist schwer zu beschreiben. Es quietscht und schabt, es stöhnt, es ... ich weiß nicht, *reibt*.«

Friedemann nahm einen Zug aus seiner Zigarette und sah der Asche zu, wie sie länger wurde, sich krümmte, abbrach und zu Boden fiel.

»Haben Sie denn einen konkreten Verdacht?«

Leni schüttelte den Kopf. »Das ist es ja. Ich habe nicht die leiseste Idee, was solche Geräusche machen könnte. Aber es macht mich fertig, es geht Tag und Nacht so.«

»Ich hatte mal eine Nachbarin, die hat eine Kinderschaukel an der Decke aufgehängt, Metallhaken in Stahlbeton, und darauf Metallösen.« Friedemann trat seine Zigarette aus und steckte sich eine zweite an, während er weitersprach. »Und jede Nacht hat sie ihr Kind damit in den Schlaf geschaukelt. Der Beton hat das Gequietsche in alle Stockwerke übertragen.«

Leni schüttelte den Kopf. »Oben wohnt nur ein alter Mann. Allein, soweit ich weiß. Wir haben auch keine Stahlbetondecken, es ist ein Altbau.«

Friedemann zupfte sich einen nicht vorhandenen Tabakkrümel von der Lippe und räusperte sich. »Ich wollte ja auch nur sagen, meist hat so was ganz alltägliche Ursachen.«

Leni seufzte. »Kann ich auch noch eine haben?«

Als Friedemann Leni die Schachtel reichte und ihr wieder Feuer gab, berührte er ihre Hände länger, als nötig gewesen wäre, und er versuchte, ihren Blick festzuhalten. Leni nahm sich vor, ihn auf gar keinen Fall zu ermuntern. Sie trat einen Schritt zurück und blies den Rauch zur Seite weg.

»Haben Sie denn schon einmal bei dem Nachbarn geklingelt und ihn nach der Ursache gefragt?«

»Ich war schon etliche Male oben, aber es macht nie jemand auf. Die Geräusche sind trotzdem da. Es ist jemand in dieser Wohnung. Es muss jemand drin sein.«

Leni spürte plötzlich wieder diese Dringlichkeit, die sie nachts wach hielt, die ihr den Atem abschnürte und ihr Herz stolpern ließ.

Friedemann zog die Mundwinkel nach unten und die Schultern nach oben und sah aus wie ein übertrieben agierender Mime. »Vielleicht ein Tier in einem Käfig, ein Hamster?«

In Leni stieg ein freudloses Lachen auf, das in einem Schluchzen endete. Ein Hamster, der unablässig im Rad lief. Friedemann lachte mit. Er will bloß Zeit mit mir verbringen, dachte Leni. Sonst würde er sich mit meinen seltsamen Geräuschen gar nicht abgeben.

»Vielleicht soll ich mir die Sache mal selbst anhören?«

Leni schüttelte den Kopf. »Wahrscheinlich haben Sie

recht. Ein Hamster in einem Käfig. Kein Fall für die Polizei.«

»Seien Sie froh, dass es kein Beo ist. Die klingen wie rostige Eisentore. Die hört man dann im ganzen Viertel.«

»Ja, Sie haben recht. Ich danke Ihnen.« Leni wandte sich zum Gehen.

»Soll ich wirklich nicht mitkommen? Sicherheitshalber?«

Leni schüttelte lächelnd den Kopf. »Machen Sie es gut.«

Sie ging durch die Glastür zurück ins Gebäude. Durch den gegenüberliegenden Eingang fiel hartes Januarlicht herein, und ihre Schuhsohlen quietschten auf dem Linoleum. Das Geräusch jagte ihr eine Gänsehaut den Rücken hinunter.

Als Leni sich noch einmal umdrehte, sah sie, wie Friedemann sich eine dritte Zigarette ansteckte, die Hände in die Taschen steckte und auf den Fleck zwischen seine Füße starrte. Er sah wirklich einsam aus.

Vor der Wache warteten Olga und Jason.

»Wo bleibst du denn so lange? Ich wollte gerade wieder reingehen und nach dir suchen.« Jason klang noch immer verärgert.

»Ich musste noch was mit Friedemann klären. Ich wusste nicht, dass ihr wartet.«

»Na, es reicht ja, dass Zicky weg ist, dich wollen wir nicht auch noch unterwegs verlieren«, brummte er, und Olga suchte Lenis Arm, um sich einzuhaken.

»Wir gehören doch alle zusammen«, sagte sie.

Leni fühlte einen Kloß im Hals. »Danke, das ist lieb von euch«, brachte sie hervor. Dann wusste sie nichts mehr zu sagen und schwieg den Rest des Heimwegs.

Zu Hause gingen Jason und Olga in die Küche, um zu beraten, wie es nun weitergehen sollte. Leni stand vor dem Telefon und hörte jedes Wort, das in der Küche gesprochen wurde. Sie sollte ihre Ohren untersuchen lassen. Vielleicht stimmte irgendetwas damit nicht. Im Kopf ging sie Bens Nummer durch, immer wieder, bis sie auch die Zahlen beinahe hören konnte. Es war, als ob eine Computerstimme in ihrem Kopf sprach, eine verführerische weibliche Stimme, die plötzlich einen militärisch harten Ton anschlug.

Sie wollte es nicht, aber sie hob trotzdem ab, wählte, wartete. Zehnmal, fünfzehnmal. Das Tuten klang fern. Dann wurde es durch ein viel lauteres Besetztzeichen abgelöst. Sie wählte noch einmal, und dann noch mal.

Vielleicht hatte Ben ihre Nummer auf dem Display gesehen und ging deshalb nicht ran. Leni ging unruhig auf dem Flur auf und ab. Sie hatte es sich mit Ben verscherzt, sie hatte ihn beleidigt und vor den Kopf gestoßen. Wie schaffte sie es nur immer wieder, die Menschen, die ihr wichtig waren, zu vertreiben? Warum war sie ein so schrecklicher Mensch, den niemand wollte?

Olgas tiefes Lachen kam aus der Küche, gefolgt von dem Geräusch von Seide, die über eine Strumpfhose glitt. Leni hörte nur die Geräusche, aber vor ihrem inneren Auge konnte sie den Film dazu überdeutlich sehen. Wie Jason Olga den Rock hochschob und sie mit der Zunge befriedigte.

Leni hatte sie beide gehabt. Erst Jason, dann Olga. Aber keiner von ihnen war bei ihr geblieben. Sie hatten sich gefunden. Sie gehörten zusammen. Und Zicky und Leni waren übrig. Aber Zicky wollte sie auch nicht haben, obwohl sie Schwestern waren.

»Leni, kommst du?«

Olga stand in der Küchentür, vollständig angezogen, von Sex keine Spur.

»Wir haben Pizza gemacht.«

Leni schüttelte den Kopf, dann nickte sie. Es würde ihr

guttun, mit Freunden zusammen zu sein und normale Dinge zu tun und normale Gedanken zu denken.

Jason verteilte dampfende Pizzastücke, von denen der Käse in breiten, glänzenden Bahnen heruntertropfte.

»Ich mache die beste Pizza der Stadt«, behauptete er. »Vorsicht heiß!«

Unter dem Käse waren Peperoni, Salami, Tomaten. Leni sah zu, wie Jason ein Stück nach dem anderen in sich hineinschlang, während Olga, genau wie Leni, kaum einen Bissen runterbrachte. Das Schaben oben hatte wieder begonnen.

»Habt ihr gar keinen Hunger?«, frage Jason kauend.

»Nein.« Leni legte Messer und Gabel weg.

»Ich hab immer Hunger, wenn ich mich ärgere. Dieser Kommissar, der ist doch wohl unmöglich.«

Nach dem Essen zogen sich Jason und Olga zurück, und Leni räumte den Tisch ab und den Geschirrspüler ein. Draußen war es bereits dunkel, und Leni sah ihrem Spiegelbild in der Fensterscheibe dabei zu, wie es den angebrannten Käse vom Backblech kratzte. Andere Bilder stiegen unkontrolliert in ihr auf – Zicky, die in ihrer roten Kotze lag, Olga hochschwanger mit gespreizten Beinen und einem Beißleder zwischen den Zähnen. Bowie winkte mit Flugtickets, während er im Zeitraffer verweste. Und zu all dem das Schaben über ihr, das ihr eine latente Übelkeit verursachte. Leni atmete schwer. Sie ertrug es nicht mehr. Sie musste jetzt sofort etwas tun, um diesen Zustand zu beenden.

Dieses Mal würde sie nicht wieder weggehen. Es musste aufhören. Ein für alle Mal. Leni warf den Wischlappen in die Spüle.

Sie ging schnell, ihre Schritte hallten von den Wänden der Tordurchfahrt wider, und dann von den mit Leimfarbe gestrichenen Wänden im zweiten Treppenhaus. Als sie im dritten Stock angekommen war, schlug sie, ohne zu zögern, mit der Faust gegen die Tür.

Dann erst hielt sie inne, lauschte. Die Geräusche im Inneren der Wohnung schienen intensiver zu werden, die Frequenz erhöhte sich. Als ob ein Roboter aus Stahl sich einen runterholt, dachte Leni und schauderte. Dass ihm jemand zuhört, macht ihn nur noch geiler.

»Ruhe da drinnen! Aufhören!«

Ein Stockwerk weiter oben ging eine Tür auf. »Was soll das Gebrüll!«

»Was das soll?« Lenis Stimme überschlug sich. Sie zitterte vor Wut.

Die Tür oben wurde wieder zugeschlagen.

»Erst den Mund aufreißen und dann den Schwanz einziehen, was? Feige Sau!«

Leni hatte nicht gewusst, dass sie so unflätig werden konnte, sie hatte eine gewisse Grenze nie überschritten. Aber sie stellte fest, dass es guttat, sie hätte das schon viel früher tun sollen: Laut werden, ihre Meinung sagen. Die obere Tür blieb geschlossen.

Leni versuchte, ihren Atem zur Ruhe zu bringen, und lauschte dann erneut. Das Geräusch war immer noch da. Aber sie hörte keine Schritte, keinen Hinweis darauf, dass irgendjemand in der Wohnung war.

Sie musste es jetzt wissen, selbst wenn sie dafür eine weitere Grenze überschreiten musste, die sie bisher für unantastbar gehalten hatte. Sie war immer brav gewesen, immer folgsam. Sie hatte auf Mama gehört, und die war gestorben. Sie hätte ihr die Meisenknödel nicht geben dürfen. Sie hatte auf Oma gehört. Und auch Oma war tot, tief in ihrem Innern wusste Leni das, und es war ihre Schuld. Sie hätte ihr Kind nicht abtreiben dürfen. Sie hätte nicht auf Magnus hören dürfen, hätte ihr Studium nicht abbrechen dürfen. Vielleicht war Magnus auch tot. Vielleicht war er tot und verfolgte sie trotzdem. Auf Ben hatte sie nicht gehört, und Ben lebte noch. Vielleicht wurde es Zeit, auf niemanden mehr zu hören.

Leni zog ihren Geldbeutel aus der Hosentasche und nahm ihre Kreditkarte heraus. Sie betrachtete sie einen Moment. Sie lief auf Magnus' Namen, sie hatte eine Partnerkarte. Plötzlich schoss ihr das Blut ins Gesicht. Hatte sie die Karte benutzt? Hatte Magnus auf diese Weise herausgefunden, wo sie war?

Leni stieß den angehaltenen Atem aus. Nein, sie war sich sicher, dass sie die Karte nicht benutzt hatte. Und Magnus hatte auch nicht herausgefunden, wo sie war. Sie war verrückt, und sie musste etwas dagegen unternehmen.

Entschlossen ließ Leni die Karte zwischen Tür und Rahmen hindurchgleiten, spürte, wie der Schnapper sich bereitwillig ins Schloss zurückzog. Es war viel einfacher, als sie gedacht hätte.

Die Tür öffnete sich nach innen, dahinter war es dunkel. Lediglich vom Treppenhaus fiel ein wenig Licht in den kleinen, holzvertäfelten Flur. Links ging eine Tür ab, auf die ein gusseisernes Männchen geschraubt war, die Toilette. Geradeaus stand eine Tür offen und führte in eine große Küche, in der es intensiv nach Fleisch roch. Sie war kleiner als die Küche unten, weil Flur und Toilette davon abgetrennt worden waren, und auch sonst war es ein vollkommen anderer Raum. Vom Balkon fiel Licht von der Straße herein. Es standen viel zu viele rustikale Möbel herum, die schwarze Schatten warfen; eine Eckbank, darüber ein Geweih, die Wände waren auch hier getäfelt, und über der Täfelung war eine dunkle Textiltapete an die Wand geklebt.

Die Tapete schien ein Eigenleben zu haben, ein leichtes Zittern ging davon aus, das Leni Angst einjagte. Erst als sie näher heranging, erkannte sie, dass auf der Tapete in einem leichten Luftzug etliche Zeitungsausschnitte wehten. Sie waren mit Reißzwecken an die Wand geheftet, und sie handelten alle vom »Schulwegmonster«. Von seinem ersten Auftreten bis zum bitteren Ende.

Das Licht im Treppenhaus ging aus, und Leni unterdrückte einen Schreckenslaut, der unwillkürlich in ihr aufstieg. Sie brauchte Licht, doch sie wagte es nicht, in der Küche welches zu machen. Was, wenn doch jemand in der Wohnung war?

Leni schlich durch den Flur zurück ins Treppenhaus und machte dort das Licht wieder an. Das Intervall war nur eine Minute lang. Das musste reichen, um weiter vorzudringen.

Leni arbeitete sich an der Wand entlang, die Geräusche waren ganz in der Nähe gewesen, aber jetzt waren sie verstummt. Neben dem Fenster zum Hof entdeckte sie eine Tür, die es unten in der Wohnung nicht gab. Ein einziger Zeitungsausschnitt war darauf befestigt:

Schulwegmonster gefasst!

Das Bild darunter kannte Leni nicht, aber sie kannte den Mann, der darauf abgebildet war. Es war der Penner, der Lenis Jacke haben wollte. Einen Tag vor Ostern war das gewesen, Leni erinnerte sich genau an ihn, er hatte ihr Angst eingejagt. Jetzt war er gewaschen und gekämmt. Leni las weiter, und ihr schossen Tränen in die Augen:

Karl K. hat seine zwölfjährige Tochter Katharina missbraucht und geschwängert. Sie musste das Kind austragen.

Erneut verlosch das Licht im Treppenhaus. Leni tastete nach dem Küchenlichtschalter, ihr war jetzt egal, dass sie ertappt werden könnte. Was sollte ihr jetzt schon noch passieren, was könnte Schlimmeres geschehen als das, was sie schon erlebt hatte? Plötzlich verebbte die Angst und machte einer schlichten Notwendigkeit Platz: Diese Geschichte endlich zu Ende zu bringen. Leni fand den Schalter, und das grelle Licht schmerzte ihr in den Augen.

Nach dem Unfalltod seiner zweiten, hochschwangeren Frau ist Karl K. verrückt geworden. Er hat seine Tochter und die erst fünfjährige Annalena, deren Vater und Großvater er war, verlassen. In Berlin lebte er als Alkoholiker unerkannt auf der Straße, bis er damit begann, seine Tat zwanghaft zu wiederholen.

Die Erkenntnis traf Leni wie ein Geschoss. Es presste ihr die Luft aus den Lungen, und sie hatte vergessen, wie man einatmete. Im selben Moment setzte das Schaben wieder ein, ganz nah jetzt. Lenis Herz raste. Was hatten diese Geräusche mit ihrer Vergangenheit zu tun?

Lenis Hand zitterte, als sie sie ohne ihr bewusstes Zutun nach der Türklinke ausstreckte. Sie wollte weglaufen, wollte es nicht wissen. Aber sie wusste, dass sie niemals Frieden finden würde, wenn sie diese Sache jetzt nicht zu Ende brachte.

Die Tür gab nach, schwang nach innen auf, fast von allein.

Vor Leni lag eine fremdartige Hügellandschaft, Grau- und Brauntöne herrschten vor, Zacken stachen in regelmäßigen Abständen aus den Wänden und warfen in dem Licht, das von der Küche in den Raum fiel, scharfe Schlagschatten. Leni brauchte Sekunden, um zu begreifen, dass irgendwer die Wände mit Eierkartons beklebt hatte. Selbst an der Decke waren Eierkartons, und auf dem Fußboden waren etliche Schichten Zeitungen und Pappen ausgelegt. Leni erkannte direkt vor ihren Füßen den Aufdruck einer Großpackung Honigpops. Zicky kaufte immer Honigpops.

Das Fenster war verhangen, und an der Wand gegenüber der Tür stand etwas, das Leni nicht gleich erkannte. Sie trat einen Schritt in den Raum hinein. Jetzt stehe ich auf der Decke meines eigenen Zimmers, dachte sie. Dies ist der Raum, aus dem die Geräusche kommen. Die Pappen sollten den Schall schlucken. Ihr Musiklehrer hatte immer gesagt, wer glaubt, er könne mit Eierkartons den Schall dämpfen, der glaubt auch, dass ein Zitronenfalter Zitronen faltet.

Leni nahm ein Glitzern wahr. Etwas hatte das Licht gefangen, das aus der Küche hereinfiel. Es war ein Augenpaar, aufgerissen, sodass man das Weiße um die Iris herum sah. Die Augen gehörten zu einem Kopf, aber der Kopf hatte keinen Mund. Leni ging näher heran. Ein Stück silbernes Klebeband bedeckte den Mund. Jetzt erst erkannte sie, dass eine Gestalt auf einer Klappliege lag, unter einer groben Decke. Es war ein alter Mann mit schlaffer Haut um die Augen und weißem Haar. Er begann, auf der Liege zu zucken, wollte sich aufsetzen, doch seine Arme waren an das Bettgestell gefesselt.

Die Handschellen erzeugten auf dem Metallrahmen der Liege ein enervierendes Quietschen. Das Geräusch war Leni so vertraut, als hätte es sie bereits ihr ganzes Leben lang begleitet. Ihr Magen fühlte sich an wie ein Stein, und ihr Herz schlug so heftig, dass sie fürchtete, jeden Moment das Bewusstsein zu verlieren.

Der Mann brauchte Hilfe. Er strampelte wie ein Baby. Aber Leni war unfähig, sich zu bewegen. Die grobe Decke rutschte von dem Körper auf den Boden.

Der Mann war ab der Hüfte nackt, er lag auf einer weißen Unterlage. Und er hatte nur ein Bein. Der Stumpf des anderen Beines war mit einem sauberen, weißen Verband versorgt. Und plötzlich fügte sich alles, alles, was in Lenis verpfuschtem Leben geschehen war, zu einem kompletten Bild.

Sie erkannte Magnus an seinem Geschlecht, mit dem er sie so oft misshandelt hatte. Es lag schlaff neben seinem Beinstumpf. Der alte Mann auf der Liege war Magnus.

Leni öffnete den Mund und stieß ihren lang gezogenen Schrei aus, der wie eine Alarmsirene in ihren eigenen Ohren nachhallte. Der Schrei fühlte sich vertraut in ihrer Kehle an, wirkte beinahe beruhigend. Sie schrie noch einmal.

Gleich würde sie aufwachen, gleich wäre es vorbei, so wie immer. Sie würde ein Stockwerk tiefer auf ihrer Matratze liegen und die teure Bettwäsche durchgeschwitzt haben.

Aber sie wachte nicht auf. Magnus lag immer noch vor ihr auf der Klappliege, umgeben von Pappen und Eierkartons, einbeinig, alt, gefesselt.

Ein einziges Mosaiksteinchen fehlte noch, nur ein klein wenig Information, dann würde alles an seinen Platz fallen, und sie wäre frei. Wie hatte Magnus erfahren, wo sie war? Und wer hatte ihn in diesen Zustand versetzt? Er würde die Antworten wissen.

Leni überwand ihren Ekel und machte zwei weitere Schritte in den Raum hinein, und noch einen, und dann stand sie neben dem Mann, mit dem sie immer noch verheiratet war. Sie streckte die Hand aus, hielt dabei aber so viel Distanz wie möglich zu Magnus.

Magnus' Augen flehten, und Leni war dunkel bewusst, dass er in diesem Moment mehr litt, als sie je gelitten hatte. Dennoch empfand sie kein Mitleid. Alles, was sie wollte, waren Antworten.

Leni griff eine Ecke des Klebebands, zog es ab und warf es von sich. Seine Lippen waren schlaff und faltig, sie fielen nach innen wie bei einem Greis. Er trug sein Gebiss nicht.

Trotzdem, jetzt muss er etwas sagen, dachte sie, und tatsächlich öffnete Magnus den Mund.

Er lallte wie ein Idiot, und Leni widerstand dem Impuls, ihn ins Gesicht zu schlagen. Verdammt, wie sie diesen Mann hasste! Sie starrte auf ihn hinab und versuchte, einen klaren Gedanken zu fassen.

Als Erstes musste sie ihn befreien und von hier wegbringen. Aber er konnte nicht laufen. Und sie hatte keinen Schlüssel für die Handschellen. Magnus' Augen weiteten sich erneut, er lallte, es klang drängend, und seine Zuckungen nahmen zu, während er an den Handschellen riss. Leni wich zurück. Selbst in diesem Zustand flößte er ihr Angst ein. Sie würde ihn unmöglich berühren können, um ihn fortzuschaffen. Sie musste Hilfe holen, am besten sofort.

Den Einstich direkt hinter ihrem Schlüsselbein spürte sie kaum, doch sie spürte die Wärme eines Körpers hinter sich und drehte sich um.

Ines stand in einem hellen Rechteck aus Licht, genau gegenüber vom Fenster. Sie hatte sich einen Mundschutz umgebunden und hielt eine Spritze in der Hand. Hinter ihr stand Nicky und hielt sich an ihrem Kittel fest. Leni fühlte sich seltsam leicht, beinahe froh.

»Ines!«

Ines schüttelte bekümmert den Kopf. »Hallo Leni. Tut mir leid, ausgerechnet du.«

»Wir müssen ...«

»Wir müssen dafür sorgen, dass niemand von dieser Sache erfährt. Verstehst du?«

»Aber ...«

»Kein Aber, Leni. Ich mag dich, und der Junge auch. Aber es ist so, wie es ist. Wir brauchen die Nahrung.«

»Ich ...« Leni spürte, wie ihre Beine weich wurden. Sie streckte die Arme nach Ines aus, damit sie sie auffing. Es wurde schwarz um sie herum.

»Keine Angst, Leni. Es wächst alles wieder nach. Nicht wahr, Nicky?«

◇◇◇

Der Schrei war hoch, dünn und lang gezogen, wie das Heulen eines verlassenen Wolfsbabys. Ben erkannte ihn sofort. Wenn Leni Albträume quälten, schrie sie auf diese Art. Ben hatte sich nachts oft über sie gebeugt, hatte sie sanft zu wecken versucht. Manchmal war sie wild geworden, hatte um sich geschlagen, er hatte sich auf diese Weise mehr als einmal Schläge eingefangen. Sie war dann immer schweißgebadet aufgewacht und hatte ihn aus leeren, dunklen Augen angestarrt. Niemand zu Hause, hatte er dann gedacht und sie geschüttelt, bis sie von dorther zurückkehrte, wo immer sie war.

Das Treppenhaus, in dem er sich befand, war eng und muffig, und er fand das Licht nicht. Trotzdem rannte Ben los, als er den Schrei hörte. Im dritten Stock stand eine Tür offen, aus einem Zimmer der Wohnung drang Licht.

Die Angst um Leni, die Ben doch noch nach Berlin hatte fliegen lassen, erreichte einen neuen Höhepunkt. Er hatte seine kleine Laila und die hochschwangere Ireen zurückgelassen. Er hatte ein schlechtes Gewissen deswegen, er vermisste die beiden von dem Moment an, als er die Wohnung verlassen hatte. Aber Ireen hatte Verständnis gezeigt, und das beunruhigte ihn fast noch mehr.

Er hatte sich für Ireen entschieden, und er würde ihr treu bleiben. Aber seine Gefühle für Leni waren nie ganz erloschen. Er kannte sie seit Kindertagen, sie war ein Teil von ihm und würde es immer sein. Und vielleicht war genau deshalb dieses Gefühl von Gefahr plötzlich so unwiderstehlich und drängend gewesen. Lenis Oma hatte ihnen viele Geschichten erzählt, als sie noch Kinder waren. Sie litt unter Vorahnungen. Ben hatte ihr nie richtig geglaubt, aber dieses Mal war es anders.

Es war nicht das diffuse Unbehagen gewesen, das er kannte, seit Magnus in Lenis Leben aufgetaucht war. Diesmal war es das absolut sichere Wissen, dass Leni in Gefahr war.

Licht fiel unter einer schmalen Tür hindurch. Ein Zeitungsausschnitt war daraufgeklebt. Hinter der Tür Stimmen, zwei Frauen. Sie sprachen deutsch. Und noch etwas, etwas Tierhaftes. Es grunzte und stöhnte und steigerte sich dann zu einem Röhren.

Das Gefühl von Gefahr war jetzt körperlich spürbar, als Kribbeln auf der Kopfhaut, und es steuerte sein Verhalten.

Als er die Tür aufriss, schlug ihm der Gestank von Angst, Blut und Urin entgegen. Eine dicke Frau mit Mundschutz stand links von ihm, und vor ihr stand auf einem Bein schwankend ein halb nackter Mann. Blut lief von seinen Händen, Haut hing lose daran herab. Ben sah ihn nach vorn kippen, seine Hände umklammerten den Hals der Frau und drückten zu. Der Mann war Magnus.

Während die beiden miteinander rangen, standen Bens Gedanken still. Er wusste nicht, wem von beiden geholfen werden musste. Magnus verlor den Halt, aber Bens Blick wurde von einer schnellen Bewegung angezogen.

Ein Kind hockte am Boden und streichelte einer schmalen Gestalt mit rotem Haar zärtlich über den Kopf. Bens Herz machte einen Satz. Er ließ sich auf Hände und Knie fallen, streckte sich zwischen Magnus und der Frau, die immer noch miteinander rangen, nach Lenis Füßen aus. Er bekam sie zu fassen und zog sie zu sich heran.

Leni war bewusstlos, aber sie atmete und schien auf den ersten Blick nicht verletzt zu sein. Die Frau ächzte unter Magnus' Klammergriff. Plötzlich schnellte ihr Arm mit einer kurzen, gezielten Bewegung nach oben.

Magnus ließ los, fiel nach vorn. Er fasste sich seitlich an den Hals, und aus seiner Kehle kamen röchelnde Geräusche, als ihm das Blut aus der Schlagader in die Luftröhre lief. Es floss zwischen seinen Fingern hindurch auf die Pappen, die überall auf dem Boden lagen. Ben stellte irritiert fest, dass das Blut entgegen seiner Vorstellung nicht in pulsierenden Stößen kam. Stattdessen lief es in einem üppigen, stetigen Strom. In dem Licht, das aus dem Nebenzimmer hereinfiel, wirkte es eher schwarz als rot. Die Pappen saugten es auf, als es sich schnell um Magnus' zuckenden Leib ausbreitete. hatte einen halben Ständer. Ben hatte einmal gelesen, dass das bei Sterbenden meistens der Fall war.

Die Bewegung bemerkte er zuerst aus dem Augenwinkel. Die Frau war trotz ihrer Fettleibigkeit erstaunlich schnell, und ihr Skalpell glänze feucht. Ben hatte keine Zeit zum Nachdenken. Er ließ Leni los, stand im selben Moment auf den Füßen, seine Faust schoss nach vorn. Einmal, noch einmal. Ben fühlte, wie die Nase der Frau brach. Als sie neben Magnus zusammensackte, hob Ben das Skalpell auf, das sie fallen gelassen hatte. Magnus bewegte sich nicht mehr. Unnötig, nach Lebenszeichen zu tasten.

Ben beugte sich hinab, um sich endlich um Leni zu kümmern, als etwas auf seinen Rücken sprang und zubiss.

XXIII

Berlin, Hauptstraße 155, 27. Januar 2010

Da waren Stimmen, die sich in Lenis verschwommene Wahrnehmung mischten. Sie war wach, konnte aber die Augen nicht öffnen. Trotzdem waren da Farben, die weich ineinanderflossen, Rosa und Rottöne, Farbflächen, die sich ausbreiteten und dann wieder in Schwarz versanken. Vielleicht träumte sie auch. Aber konnte einem im Traum übel sein? Die eine Stimme schien zu Friedemann zu gehören. Aber warum sprach er englisch? Leni spürte den Drang zu kichern. Sein Englisch war miserabel, mit dem typisch deutschen, harten Akzent. Aber die andere Stimme, die ebenfalls englisch sprach. Das war Ben. Es konnte nur ein Traum sein. Ben sagte gerade: *He bited me. There.*

Plötzlich begann Lenis Herz laut zu pochen, es übertönte die Stimmen, und dabei wollte sie unbedingt hören, was sie sagten. Angst schnürte ihr den Atem ab. Was bedeutete das, er hat ihn gebissen. Hat Ben noch seine Beine? Nein, das war Magnus gewesen, in diesem anderen Traum.

Look, she wakes up. Das war Friedemann. »Leni. Hallo Leni, wachen Sie auf.«

Leni stöhnte, das klang seltsam. So nah.

»Öffnen Sie die Augen.«

Jemand nahm ihre Hand und knetete sie. Was fiel diesem Friedemann ein. Als Nächstes würde er sie noch … Leni brachte alle Konzentration auf, zu der sie fähig war. Sie musste sehen, was hier los war, doch sie konnte ihre Lider nicht orten. Sie wusste, dass sie welche hatte, aber wo genau war das? Sie versuchte es mit dem Willen, hatte auch das Gefühl, dass sie etwas tat. Aber es blieb dunkel.

»Bin ich blind?«

»What did she say?« Das war Ben.

»She asks if she is blind.« Friedemann.

Nei, thú ert enn med augun lokud.

Wenn Ben sagte, dass ihre Augen immer noch geschlossen waren, dann musste es wohl stimmen.

Sie versuchte es noch einmal. Diesmal schien es zu funktionieren, denn grelles Licht strömte in ihr Hirn und verursachte eine neue Welle von Übelkeit. »Mir ist schlecht«, konnte sie gerade noch sagen, bevor sie bitteren Schaum hochwürgte.

Ben richtete sie auf und streichelte ihren Kopf. Ben. Er war da. Leni lehnte sich an seine Brust und atmete seinen Duft ein. Friedemann stand daneben, die Hände tief in den Hosentaschen, und starrte einen Punkt oberhalb der Fenster an. Die Sonne schien herein.

Leni erkannte, dass sie sich im Musikzimmer befand, auf dem orangefarbenen Sofa. Ben lächelte sie an, strich ihr eine Haarsträhne aus der klebrigen Stirn.

Legdu thig aftur, gerdu thad.

Leni gehorchte und legte sich wieder in den Kissenberg, der in ihrem Rücken aufgeschichtet war. Sie hatte keine Ahnung, wie sie hierher gekommen war. Sie überlegte gerade, wie sie diese Frage stellen sollte und in welcher Sprache. Es war seltsam, dass ihr kein einziges isländisches Wort einfiel, und auch kein englisches. Und deutsche Wörter waren auch nur begrenzt vorhanden.

Die Zimmertür ging auf, und Olga kam mit einem Tablett herein, auf dem vier von Zickys riesigen blauen Thermobechern standen. »Kaffee«, sagte sie.

Alle schienen dieses Wort zu verstehen und griffen gierig nach den Bechern. Olga lehnte das Tablett gegen das

Sofa und setzte sich an den kleinen Tisch vor ihre Braillemaschine.

»Was ist denn passiert?«, brachte Leni endlich hervor.

»Ihr Freund hat Sie oben bei der fetten Schartmöller gefunden, bewusstlos. Sie wurden sediert. Und dann war da noch ein einbeiniger Mann, der jetzt tot ist, und dieses ekelhafte Kind hat Ihren Freund gebissen. Ich habe nicht alles genau verstanden. Am besten …« Friedemann wies auf Ben. »Die Aussage müssen wir ohnehin noch einmal korrekt aufnehmen. Can you tell her the story? I have to talk to that fat lady now.«

Ben reichte Leni einen Kaffeebecher, den sie mit zitternden Händen entgegennahm. Der Kaffee war heiß und stark und schmerzte in ihrem leeren Magen. Trotzdem tat er gut, und Leni trank.

Friedemann streckte Leni eine Hand entgegen, um sich von ihr zu verabschieden, zog sie dann aber unsicher wieder zurück.

»Also, tschüs dann«, sagte er und ging mit langen Schritten zur Tür. Dort drehte er sich noch einmal um: »Ach ja. Der Junge ist in psychologischer Betreuung. Ihre Schwester ist bei ihm und kümmert sich. Brauchen Sie ebenfalls einen Polizeipsychologen?«

Leni schüttelte den Kopf. Alles, nur das nicht. Wer weiß, was sie dem alles erzählen würde.

»Na schön. Ich sehe später noch einmal nach Ihnen. Die Leiche ist schon weg. Aber die Spurensicherung ist noch oben.« Friedemann nickte knapp, dann war er weg.

»Ist mit Zicky alles okay?«, fragte Leni. Die isländischen Wörter waren immer noch nicht wieder da.

»Ja. Sie ist letzte Nacht wiederaufgetaucht.« Olga lächelte. »Und zwar nüchtern.«

Olga lächelte nicht nur, sie strahlte aus jeder Pore, sah gesund und glücklich aus. Leni hätte gerne gewusst, ob die beiden eine Entscheidung getroffen hatten. Oder die drei. Sie hätte so vieles gerne gewusst, aber sie konnte sich nicht entscheiden, welchen der vielen Fäden, die in ihrem Kopf lose durcheinander hingen, sie zuerst aufwickeln sollte. Vielleicht fing sie damit an, Ben und Olga einander vorzustellen.

Erud thid búin ad hittast ádur? Langsam kamen die Wörter wieder. Das war ein Anfang. »Ben, Olga.« Mehr fiel ihr gerade nicht ein.

»Ich weiß schon«, meinte Olga. »Er hat eine sehr nette Stimme. Ich hoffe, das ist nicht der Ben, den du in den Wind geschossen hast?«

Leni antwortete nicht darauf, aber sie empfand plötzlich mit voller Wucht, wie recht Olga hatte.

Sie warf einen bangen Blick auf Ben, der sie immer noch anlächelte. Warum war er gekommen? Würde er ihr noch eine Chance geben? Leni meinte, Liebe in seinem Gesicht zu sehen. Konnte es denn anders sein, warum hätte er denn sonst kommen sollen, wenn er sie nicht liebte?

»Was ist denn eigentlich passiert?«, fragte Leni noch einmal und berührte den frischen, weißen Verband um Bens Hand. »Hver beit thig?«

Ben nahm Lenis Hand und begann zu erzählen. Wie Magnus bei ihnen in Reykjavík gewesen sei, um nach ihr zu suchen. Und dass er es nicht habe zugeben wollen, aber er habe sich wahnsinnige Sorgen um Leni gemacht. Lenis Herz begann schneller zu schlagen. Sie war in ihn verliebt, es war sinnlos, das zu leugnen. Seit sie Ben kannte, war dieses Gefühl erstmals mehr als bloß die gewohnte, vertraute, selbstverständliche Liebe, die sie seit Kindertagen verbunden hatte. Zum ersten Mal waren da Schmetterlinge und Hitze.

Ben erzählte, dass er nach Lenis letztem Anruf nicht mehr hatte schlafen können. Er hatte mit absoluter Sicherheit gewusst, dass er nach Berlin kommen musste. Um sie zu retten.

Als Ben von dem Kampf erzählte, wurde Leni klar, dass sie nicht geträumt hatte. Das Grauen war Wirklichkeit. Ben hatte Ines das Skalpell an den Hals gedrückt und auf diese Weise auch Nicky in Schach gehalten. Dann war Ines wieder zu sich gekommen, und Ben hatte sie gezwungen, die Polizei zu rufen.

Er zuckte die Achseln und wunderte sich, dass Ines und nicht er festgenommen worden war, aber Leni verstand das sehr gut. Friedemann hatte Ines von Anfang an nicht leiden können. Er hatte sie von Anfang an im Visier gehabt. Aber im Moment war es Leni egal, was mit Ines geschah. Sie interessierte sich nur für eine Frage: »Was ist mit Magnus? *En hvað um Magnús?*«, brachte sie leise hervor.

Líkid er thegar burt.

Stimmt, Friedemann hatte bereits gesagt, dass die Leiche schon weg war. Leiche hieß tot. Tot also.

Das war nur ein Wort, aber was für einen Unterschied es machte, was für eine Last es von Lenis Schultern nahm. Magnus war tot, aber sie war nicht seine Mörderin.

»Aber warum hatte er nur ein Bein?« Leni hatte die Frage nur halblaut und auf Deutsch gestellt. Sie konnte es sich nicht erklären.

»Kannst du dich an Nickys Proteinshakes erinnern?«, fragte Olga zurück.

Leni nickte.

»An das Fleisch, das er immer bekommen hat?«

Leni nickte erneut. Es dauerte einen Moment, aber mit dem Begreifen kam die nächste Welle Übelkeit und ließ sie würgen.

Olga erklärte es für Ben: »The mother fed him human flesh.«

Lenis Gedanken drehten sich wie ein Karussell. Nicky isst Menschenfleisch, Magnus ist tot, Papa ist ein Kinderficker, Zicky ist meine Mutter. Zicky kümmert sich um das Menschenfresserkind. Und Ben ist da. Er ist gekommen.

Leni fielen die Augen zu. Sie wollte nur noch schlafen. Schlafen, bis sie das alles begreifen oder vergessen konnte. Sie hatte keine Probleme mit dem Einschlafen, sondern glitt sanft in eine samtene, vollkommene Schwärze hinüber, von der sie hoffte, dass sie ewig dauern würde.

XXIV

Berlin, Polizeirevier Schöneberg, Hauptstraße 155 und Flughafen Schönefeld, 04. Februar 2010

»Ich bin da einer ziemlich heißen Sache auf der Spur, es kann sein, dass wir den Schulwegmonster-Fall noch einmal aufrollen müssen.«

Friedemann war vom Englischen ins Deutsche zurückgefallen. Es war auf Dauer einfach zu anstrengend, sich in einer gemeinsamen Fremdsprache zu unterhalten, und die Aussagen aufzunehmen war ohnehin schon eine lange, ermüdende Prozedur. Immerhin ging es hier um ein Schwerverbrechen.

Ines hatte anscheinend zumindest noch einen weiteren Menschen verfüttert, und zwar den Nachbarn, der vorher in der Wohnung gewohnt hatte.

Friedemann drückte die Mine seines Kulis mehrfach rein und wieder heraus, bevor er fortfuhr. »Kretschmar ist offensichtlich nicht der Täter.«

Lenis Herz machte einen Satz, als der Name fiel, und Friedemann sah sie unangenehm intensiv an.

Leni hielt sich, seit sie aufgewacht war, an Ben fest, und auch jetzt drückte er ihre Hand, die feucht und schwitzig war. Er musste spüren, wie es ihr ging, auch wenn er nichts verstand.

Olga und Jason saßen, ebenfalls Händchen haltend, neben ihnen. Wären sie nicht auf dem Polizeirevier gewesen, dann hätte Friedemann auch der Standesbeamte und dies hier eine Doppelhochzeit sein können, dachte Leni.

»Was ich Ihnen noch sagen kann, gewissermaßen inoffiziell: Frau Schartmöller ist vorerst in Untersuchungshaft und wird streng bewacht. Sie hat einen Selbstmordversuch unternommen.«

»Was ist mit Nicky?«

»Er ist im Krankenhaus. Es wurde eine Stoffwechselkrankheit festgestellt, wie hieß die noch«, Friedemann blätterte lustlos in der Akte, die vor ihm auf dem Tisch lag. »Ach, egal. Jedenfalls kann die Störung gut behandelt werden. Ohne Menschenfleisch.«

»Wie geht es ihm denn?«

»Ihre Schwester ist bei ihm. Er hat noch nicht begriffen, dass Beine und ganze Menschen nicht einfach nachwachsen. Vielleicht ist das ganz gut so.«

Leni atmete tief durch. Sie konnte immer noch nicht an den Jungen denken, ohne einen Brechreiz unterdrücken zu müssen. Man mochte Kinder, das gehörte sich so. Und der Junge konnte wirklich nichts dafür, dass er so war, wie er war. Er würde sein ganzes Leben lang darunter leiden. Unter dem, was er erlebt hatte, und darunter, dass er so abstoßend war. Es gab eigentlich nichts Traurigeres als ein Kind, das nicht geliebt wird. Leni schossen bei diesem Gedanken die Tränen in die Augen, und sie wusste nicht, ob aus Mitleid mit Nicky oder mit sich selbst. Vielleicht war sie auch einfach nur überdreht. Friedemanns Kuligetickere ging ihr auf die Nerven.

»Was geschieht denn mit ihm, wenn er gesund ist? Ich meine, er hat…« Leni konnte es nicht aussprechen. Die Vorstellung, dass Magnus' Bein durch Nickys Verdauungssystem gewandert war, dass Teile davon durch ihre Toilette in die Kanalisation gewandert waren, dass sie Nickys Menschenfleischkotze, die er auf dem Weg zum Hansa-Studio von sich gegeben hatte, mit ihren Händen berührt hatte, war kaum zu ertragen.

»Er hat Jasons Finger gefressen.« Olgas Stimme war voller unverhohlenem Abscheu.

»Frau Blau, das ist aber nicht bewiesen.«

Olga verschränkte die Arme. »Aber ich weiß es.«

Friedemann warf den Kuli auf die Schreibunterlage. »Nun gut, wie auch immer. Ich habe Sie lange genug strapaziert. Es ist genug für heute. Wenn Sie keine Fragen mehr haben –«

Er stand auf, und mit ihm standen auch Olga, Jason, Ben und Leni auf und schüttelten dem Kommissar nacheinander die Hand.

Leni bemerkte dabei seit Langem zum ersten Mal wieder bewusst Jasons fehlenden Ringfinger, den er sich vor einem Dreivierteljahr beim Osterfeuer am Zaun abgerissen hatte. Und sie hatten die Rabenvögel in Verdacht gehabt. Leni dachte an die kleinen Knochen, deren zerbrechliches Klacken sie für ihr Album gesampelt hatte. Wahrscheinlich hatte Olga recht.

Friedemann rief sie zurück, als Leni schon bei der Tür war. »Leni, würden Sie bitte noch einen Moment bleiben? Ich möchte Ihnen noch eine Frage stellen.«

Jetzt würde er auf die Sache mit Karl Kretschmar und Zicky und ihr zu sprechen kommen. Er hatte es herausgefunden. Aber Leni wollte nicht darüber reden. Sie wollte nicht einmal darüber nachdenken.

»Wollen wir hinuntergehen und rauchen?«

Leni schüttelte den Kopf. Das würde es nur unnötig hinauszögern.

Friedemann wirkte nervös, er fing wieder an, mit seinem Kuli zu tickern.

»Hören Sie, Leni. Ich weiß, es ist nicht gut gelaufen mit uns. Aber es ist offensichtlich …«

»Bitte, können Sie nicht den Kuli weglegen?«

»Oh. Ja, Entschuldigung.« Friedemann brauchte einen Moment, um den Faden wieder aufzunehmen.

»Wie gesagt, es ist nicht gut gelaufen. Aber ich meine zu sehen, nein, ich bin sicher, dass ich gut für Sie wäre. Ich verstehe Sie vielleicht besser, als Sie denken. Und ich bin bereit, die Verantwortung zu übernehmen. Ich will Ihnen helfen.« Friedemann blickte Leni entschlossen an. »Was sagen Sie dazu?«

»Wie meinen Sie das, was soll ich dazu sagen?«

»Ich meine, ach Leni, sind Sie denn so schwer von Begriff?«

Friedemann stand plötzlich auf, kam um den Schreibtisch herum und kniete sich vor Leni auf den Boden.

»Wollen Sie meine Frau werden?«

Lenis Verstand verarbeitete die Frage nur langsam. Aber dann musste sie sich ein erleichtertes Lachen verkneifen. Friedemann war ein Idiot, aber er war ein guter Mensch. Er verdiente es nicht, ausgelacht zu werden.

»Bitte, stehen Sie auf, okay?«

»Erst, wenn Sie mir eine Antwort geben.«

»Aber die kennen Sie doch.«

Friedemann suchte in Lenis Augen nach der Antwort.

Dann nickte er, stand auf und zog sich wieder hinter seinen Schreibtisch zurück, blieb dabei aber stehen. »Es war einen Versuch wert. Ich hätte Sie gerne glücklich gemacht.«

Leni stand ebenfalls auf. »Das ist nett von Ihnen. Aber Sie können mich nicht glücklich machen. Man kann sich nur selbst glücklich machen, verstehen Sie das nicht?«

Friedemann nickte und reichte ihr die Hand. »Vielleicht, ich bin mir nicht sicher. Machen Sie es gut. Und werden Sie, bitte, mir zuliebe, glücklich. Wollen Sie das wenigstens versuchen?«

Ja, sie wollte es versuchen. Allen Ernstes. Sie lächelte.

»Machen Sie es auch gut.«

»Lassen Sie mich wissen, wo Sie sich aufhalten. Auch wegen dem Fall.«

Leni nickte. »Wiedersehen.« Sie nahm ihre Handtasche und Papas alte Lederjacke, die sie immer noch trug. Sie hatte sie schon halb angezogen, als sie den Widerwillen spürte. Die Jacke gehörte zur Vergangenheit. Zu einer Vergangenheit, die sie hinter sich lassen musste. Sie zog die Jacke wieder aus.

»Sie könnten mir noch einen Gefallen tun«, sagte sie.

»Was immer Sie wollen.«

Leni hielt Friedemann die Lederjacke hin. »Tauschen Sie mit mir. Und fragen Sie nicht warum.«

Friedemann betrachtete die alte, speckige Jacke mit deutlichem Abscheu, aber er tat, was Leni von ihm wollte, und reichte ihr dafür seinen klassischen Trenchcoat mit heraustrennbarem Futter über den Tisch.

»Der war teuer. Ich hoffe, Sie wissen das zu schätzen.«

»Hätten Sie vielleicht auch noch eine Zigarette für mich?«

»In der linken Manteltasche. Feuer auch. Und gewöhnen Sie sich das Schnorren ab.«

Vor dem Revier warteten diesmal nicht Olga und Jason, sondern Ben. Leni gab ihm einen schnellen Kuss auf die Wange.

»Hey! Ich habe gerade einen Heiratsantrag abgelehnt. Jetzt bin ich bereit für den nächsten.« Sie grinste Ben herausfordernd an und freute sich, dass ihr Isländisch wieder voll da war.

Ben steckte die Hände in die Manteltaschen und lief schweigsam neben ihr her. Leni hakte sich bei ihm unter.

»Was wollen wir heute noch machen? Hast du Lust auf ein Konzert?«

Ben sah sich die Schaufenster an, an denen sie vorbeikamen. Ein Geschäft, das sich auf Räder und Rollen spezialisiert hatte, ein orientalischer Brautausstatter und der Perückenladen, in dem Leni ihre wechselnden Frisuren gekauft hatte.

»Oder hast du mehr Lust auf Schlittschuhlaufen? Ich habe gehört, es gibt eine tolle Indooreisbahn. Das Wetter in Berlin ist ja im Winter nicht so berauschend. In Island …«

Ben blieb stehen. »Apropos Island, Leni. Mein Flieger geht heute Abend.«

Leni blieb ebenfalls stehen. »Das verstehe ich nicht.«

Ben sah sie lange an. Seine Augen waren schön, das war ihr in den letzten Tagen erst richtig aufgefallen. Das tiefe Braun war von hellgrünen Flecken durchsetzt, und seine blonden Wimpern waren lang und gerade und gaben seinem Blick etwas Verschleiertes. »Was gibt es denn da nicht zu verstehen, Leni?«

»Ich meine, ich dachte …«

»Was? Dass ich Ireen verlasse? Und mein Kind? Meine Kinder? Bei Ireen kann es jeden Tag losgehen, und ich hänge in Berlin mit meiner Ex herum.«

»Ein Kind nach dem andern«, murmelte Leni.

»Und was passt dir daran nicht?«

Jetzt war es Leni, die Ben direkt ansah. »Na, was passt mir daran wohl nicht?«

Sie spürte, dass sie eher wütend als traurig war. Was fiel ihm ein, ihr Hoffnungen zu machen, wenn er gar nicht vorhatte, ihr eine Chance zu geben? »Warum bist du überhaupt nach Berlin gekommen, wenn dir nichts mehr an mir liegt?«

Ben sprach betont ruhig. »Ich hatte Angst um dich. Und mir liegt etwas an dir. Sehr viel sogar.« Er fasste Leni bei den Schultern. »Du bist ein Teil von mir. Und ich liebe dich absolut. Ich werde es immer tun.« Er ließ Lenis Schultern los. »Aber eben nicht auf diese Art.«

Leni sagte nichts. Was gab es dazu noch zu sagen.

»Hör zu. Komm doch mit! Was willst du hier noch? Magnus ist weg.«

»Ben, ich kann doch nicht bei dir und deiner Familie wohnen. Außerdem habe ich eine Band. Und bald auch einen Plattenvertrag. Ich habe auch Verpflichtungen, weißt du?«

Ben steckte die Hände wieder in die Taschen, und sie gingen langsam weiter.

»Ich bringe dich aber nicht zum Flughafen.«

»Nein. Natürlich nicht.«

Leni hatte es vermeiden wollen, aber nun kamen ihr doch die Tränen, und sie weinte vor sich hin, während sie vor dem Haus in der Hauptstraße wartete, dass Ben seine Sachen zusammensuchte und wieder herunterkam. Sie hatten sich nicht einmal geküsst. Als sie vor der Haustür standen, um sich zu verabschieden, versuchte Leni es, wenigstens ein letztes Mal. Aber Ben ging nicht darauf ein.

»Machs gut Leni. Komm uns besuchen. Unbedingt.«

Leni betrat ihr kleines Zimmer und legte sich ins Bett, obwohl es noch nicht einmal vier war. Sie nutzte jede Minute, die sie schlafen konnte. Sie hatte dieses Bett mit Friedemann geteilt, und mit Olga. Sie hatte das Bett mit Jason geteilt, das war im Hotel gewesen, und sie hatte es mit einem Fremden im Auto gemacht.

Ben hatte die letzten Nächte im Musikzimmer geschlafen. Sie hatte ihn nachts hin und her gehen hören, hatte gewusst, dass er mit sich rang. Sie hatte gewusst, dass er zu ihr kommen wollte. Sie hatte gedacht, es wäre am besten, ihm Zeit zu lassen, ihn nicht zu drängen. Sie hatte sich anständig benommen, und nun war ihr deswegen die Zeit davongerannt. Sie hätte sich nehmen müssen, was sie wollte. Sie hätte es sich nehmen können.

Leni lauschte. Das Haus war still, die meisten Bewohner waren um diese Zeit noch bei der Arbeit. Auch über ihr war es absolut still, keine Schritte, kein Schaben, kein Stöhnen mehr. Es war tatsächlich vorbei.

Leni glitt in einen unruhigen Dämmerzustand hinüber, in

dem sie sich in einen langen, vorwurfsvollen Dialog mit Zicky verstrickte. Wieso hast du mich aufgegeben? Wieso hast du mich abgelehnt? Wieso hast du es mir nicht gesagt? Ich hätte ein Recht gehabt ... Leni wurde von plötzlichem Türenschlagen aufgeschreckt und schlug verschwitzt ihre Decke zurück.

Es waren Stimmen auf der Treppe, schwere Schritte, viele Füße. Leni stand auf und ging hinaus, um nachzusehen. Ein Stockwerk tiefer stand die Polizei vor der Tür. Die Familie aus dem Sudan zog aus. Zwangsweise, wie es aussah. Leni war den Leuten nie begegnet, nicht im Treppenhaus oder bei den Mülltonnen und auch sonst nirgendwo. Eine Frau Mitte vierzig, ein alter Mann, zwei Jugendliche. Leni grüßte freundlich, aber die Leute reagierten nicht darauf und ließen sich von der Polizei die Treppe hinab eskortieren. Sie ging nachdenklich in ihr Zimmer zurück und sah sich um. Es war ein kleines Zimmer, wie gemacht für eine einzelne Person, die nichts hat und nichts zu verlieren hat. Die niemanden hat. Sie warf sich auf ihre Matratze und wollte weinen. Es wäre angemessen, dachte sie.

Aber die Tränen kamen nicht, und plötzlich wusste Leni, dass es ihr beinahe gut ging. Sie lauschte auf die Geräusche im Haus. Im Hof wurde gestritten, jemand klappte einen Mülltonnendeckel zu, und irgendwo übte jemand Querflöte. Alltagsgeräusche, Normalität. Und sie konnte auf Ben zählen, auf Jason und Olga. Sogar auf Friedemann konnte sie zählen. Nur bei Zicky war sie sich nicht sicher, sie hatte noch nicht mit ihr gesprochen, seit Ines gefasst worden war. Sie war immer noch bei Nicky. Leni fühlte sich gut, und das war so ungewohnt, dass es ihr ein klammes Gefühl in der Brust machte. Was tat ein Mensch, der sich gut fühlte, den ganzen Tag über? Hatte er Energie, war er voller Tatendrang? Erledigte er, was zu erledigen war, mit einem Lächeln im Gesicht?

Leni richtete sich auf und ließ den Blick durch das Zimmer schweifen, das ein Jahr lang ihr Zuhause gewesen war. Wie anders es jetzt wirkte. Es war unordentlich, voller Klamotten und Musikinstrumente. An den beiden Ecken der Stuhllehne hingen Marilyn und Schneewittchen. Sie hatten ihr nicht gut gedient. Neben Zickys Zeichnungen von ineinander verschlungenen Treppen hingen vollgekritzelte Notenblätter an den Wänden, Leni glaubte, die Melodien zu hören, während sie sie betrachtete. Zicky hatte das nicht gern gesehen, es störte ihr ästhetisches Konzept. Leni bemerkte auch, dass das Bild mit dem Baby in dem rotweißen Strampler fehlte, und sie fragte sich, wo es hingekommen war. Sie mochte die Zeichnung, denn sie gab ihr ein wenig von dem Heimatgefühl, das ihr überall sonst immer gefehlt hatte. Gerade jetzt hätte sie das Bild gerne betrachtet.

Plötzlich drängte es Leni, von hier fortzukommen, fort aus dem Zimmer, über dem Magnus sein Ende gefunden hatte. Jetzt hatte sie die Chance, ihn wirklich für immer hinter sich zu lassen.

Leni stand kurz entschlossen auf, warf ein paar Anziehsachen in die Sporttasche, nahm den Trenchcoat, den sie von Friedemann bekommen hatte, blickte sich noch einmal um und zog die Tür hinter sich zu.

»Wie meinst du das, ich kann die Sachen haben?« Olga hatte sich Leni zugewandt und die Stirn in Falten gelegt. In der Küche war es vollkommen dunkel, die Wintersonne war bereits untergegangen, und Jason schien ebenso wenig Licht zu brauchen wie Olga.

»Genau, wie meinst du das?«, wollte auch er wissen.

»Ich brauche sie im Moment nicht.«

»Dann benutzt du sie eben nicht. Deswegen muss ich sie doch nicht haben.«

»Was hast du denn mit der Tasche vor?«, fragte Jason.

Leni blickte auf die Tasche, die an ihrem Arm hing.

»Leni?« Olga klang alarmiert.

»Ich gehe weg.«

»Aber das kannst du doch nicht machen. Was ist denn mit New York? Was ist mit KAT?«

Leni ließ sich mit einem Seufzer auf einen Küchenstuhl fallen und stellte die Tasche wie einen Verteidigungswall vor sich auf den Tisch.

»Ich kann von jedem anderen Ort der Welt nach New York fliegen. Oder du könntest ohne mich fliegen.«

»Das kommt überhaupt nicht infrage!« Olgas Stimme überschlug sich fast, sie klang panisch. »Ich bin schwanger, ich bin blind. Wie soll ich das denn alleine hinkriegen.«

»Ach Olga.« Leni stand wieder auf. »Wir finden schon eine Möglichkeit. Aber ich muss hier jetzt erst mal raus. Verstehst du das nicht?«

Olga schluckte, bevor sie antwortete.

»Doch, sicher. Na gut. Aber du lässt mich nicht hängen, ja?«

Die beiden Frauen umarmten sich. »Nein. Lass ich nicht. Mach's gut, ja?«

»Aber wohin willst du denn?« Jason war aufgestanden und umarmte Leni ebenfalls.

»Nach Hause. Wenigstens für eine Weile. Und ich muss auch mal nach meiner Oma sehen. Grüßt ihr bitte Zicky von mir?«

»Sollen wir dich irgendwo hinbringen?« Olga wischte sich die Tränen ab.

Leni schüttelte den Kopf. »Ich möchte jetzt lieber allein sein. Nehmt es mir nicht übel.«

Ihr saß ebenfalls ein Kloß im Hals. Die Vorstellung, sich noch einmal von den beiden verabschieden zu müssen, war schlimmer, als jetzt einfach zu gehen. »Macht's gut. Ich melde mich.«

Der Weg zum Flughafen kam Leni diesmal viel kürzer vor als bei ihrer Ankunft in Berlin. Der Busfahrer hatte einen unangenehmen Fahrstil, bremste plötzlich ab und fuhr ebenso hart wieder an. Leni blickte aus dem Fenster und versuchte, sich die Stadt zu merken. Sie wollte sich daran erinnern, an all die Ecken, die Bürgersteige und die kahlen Bäume. Berlin war wunderschön gewesen im Frühling und Sommer. Vielleicht würde sie im Sommer wiederkommen.

Leni hatte Glück, der nächste Flug nach Reykjavík würde in nur vier Stunden gehen, und sie bekam noch ein Ticket. Sie würde einfach warten. Sie legte sich mit dem Kopf auf ihre Tasche, wickelte sich in Friedemanns Trenchcoat und schloss die Augen. Sie lauschte den Lautsprecherdurchsagen und den Schritten der Leute, die ihre Rollkoffer hinter sich herzogen. Ein Stückchen weiter weg quengelte ein Kind. Plötzlich spürte Leni eine Bewegung neben sich.

Als sie die Augen öffnete, stand Zicky neben ihr.

»Hallo«, sagte sie. »Olga und Jason meinten, du willst nach Hause.«

Zicky nahm den frei werdenden Sitz neben ihr, als Leni sich aufsetzte. Sie hatte eine Pappröhre mit einem Deckel dabei, die sie sich jetzt über die nervös wippenden Knie legte. »Ich wollte dir noch Tschüs sagen.«

Leni hatte zu viel durchgemacht, um jetzt noch Rücksicht auf die vielleicht sensiblen Gefühle anderer Leute zu nehmen. Sie stellte fest, dass es ihr leichtfiel, laut und deutlich zu sprechen und die unangenehme Wahrheit zu sagen.

»Zicky, ich weiß, dass du meine Mutter bist.«

Zicky hörte auf, mit den Beinen zu wackeln.

»Ja?«

»Ich hab es in der Zeitung gelesen. Sie hing oben, bei Ines.«

»Oh.«

»Hat Friedemann dir erzählt, was passiert ist?«

»Ja. Hat er. Es ist unfassbar. Aber deshalb bin ich nicht hier.« Zicky hob die Pappröhre an. »Ich habe dir etwas mitgebracht. Ein Geschenk.«

Leni sah Zicky in die Augen, nahm die Röhre entgegen und zog einen zusammengerollten Papierbogen heraus.

Es war das Bild aus Lenis Zimmer, das mit dem Treppenlabyrinth und dem Kind in dem gestreiften Strampler. Es saß an einem Treppenabgrund, ganz gelassen. Jeden Moment konnte es fallen, es schien sich der Gefahr aber nicht bewusst zu sein.

Neben dem Kind saß jetzt noch eine Gestalt auf der Treppe, ein junges Mädchen in einer schwarzen Jeans und mit schwarzen Haaren. Das war Zicky als Teenager. Zicky mit ihrem Kind.

Leni rollte das Bild wieder zusammen und umarmte ihre Mutter. »Danke, Zicky.«

»Gefällt es dir?«

Leni nickte. »Sehr sogar. Aber was wirst du jetzt machen? Ich meine, wegen Olga und Jason?«

Zicky sprach schnell, als wolle sie es loswerden. »Olga wird ausziehen, zu Jason. Das *Dunkel* verkaufen wir.« Dann grinste sie plötzlich. »Und ich bekomme die Wohnung im ersten Stock dazu. Ich werde dort mit ein paar Leuten eine Herberge einrichten. Mit historischem Hintergrund.«

Zicky wurde rot, und Leni bemerkte, dass es ihr peinlich war, mit Ende dreißig immer noch hingebungsvoller Fan eines Rockstars zu sein.

»Weißt du denn, was mit der Familie ist, die dort gewohnt hat? Ich habe vorhin Polizei dort gesehen.«

»Die Familie steht irgendwie unter Polizeischutz und lebt geheim. Mehr wollte mir die Hausverwaltung nicht sagen. Ist mir ehrlich gesagt aber auch egal. Hauptsache, ich kriege endlich die Wohnung. Ich warte schon seit Jahren drauf!«

Leni hatte kurz den Verdacht, dass Zicky sich die Geschichte mit dem Polizeischutz vielleicht nur schönredete. »Aber du hast nichts damit zu tun, dass sie rausmussten, oder?«

»Na hör mal, wofür hältst du mich?«

Leni lächelte und steckte ihr Bild zurück in die Röhre. Die nächste Frage fiel ihr schwer.

»Was wird mit Nicky?«

»Ich kümmere mich um ihn.«

Leni schluckte. »Ich könnte das nicht. Er hat ... du weißt schon. Es ist ziemlich mutig von dir, dich auf so etwas einzulassen.«

Zicky ließ den Blick durch die Halle schweifen, während sie sprach. Draußen stieg mit singenden Turbinen gerade eine Maschine auf. »Er ist missbraucht worden. Er kann nichts dafür. Ich will ihm helfen, dass er wieder normal werden kann. Ein ganz normales Kind. Auch wenn das vielleicht unmöglich ist.« Zicky zögerte, bevor sie den Blick auf ihre Hände richtete und weitersprach. »Sie haben dich mir weggenommen, und ich habe es zugelassen. Ich war erst zwölf, verstehst du? Diesmal möchte ich kämpfen.«

Leni glaubte zu verstehen, was Zicky und den Jungen verband. Trotzdem fühlte sie Eifersucht. Sie wusste erst so kurz, dass Zicky ihre Mutter war, und trotzdem erhob sie Anspruch auf sie. Dabei war ihr klar, dass es nichts gab, was sie nachholen konnten. Sie würden nie mehr als Schwestern sein, und das war schon viel.

Dann kam der Aufruf zu Lenis Flug.

Epilog

Vík, 27. März 2010

Leni fröstelte, die Märzsonne war immer noch bleich und kraftlos, die Fassade des Anwesens war grau und unansehnlich. Sie hatte keinerlei Spuren von ihrer Oma gefunden, Magnus war offensichtlich sehr gründlich vorgegangen. Leni hatte, genau wie Ben vorher schon, pro forma eine Vermisstenanzeige aufgegeben. Aber sie wusste längst, dass es sinnlos war. Sie konnte es spüren.

Der Käufer des Hauses, ein junger Mann mit Familie, überlegte laut, ob er das Haus lieber grün oder rosa streichen sollte. Leni war das egal. Sie übergab ihm den Schlüssel, schüttelte ihm die Hand und ging zu ihrem neuen, weißen Rover.

Nach Magnus' Einäscherung hatte sie alles verkauft: Das Haus, das Krematorium, das Grundstück und die *Síðasta ferð*. Ihr war gar nicht klar gewesen, dass sie die rechtmäßige Erbin war, bis sie plötzlich die Unterlagen vom Notar in der Hand gehalten hatte.

Leni hatte alles einem Makler überlassen und war zu Omas kleinem Häuschen gefahren. Hier war sie aufgewachsen, nachdem sie mit Oma allein zurückgeblieben war. Ohne fließendes Wasser, ohne Telefon. Die Polizei hatte nachgesehen, ob sie hier war, und hatte die Tür aufgebrochen. Manchmal gammelten Tote monatelang vor sich hin, bevor sie gefunden wurden, besonders allein lebende alte Leuten.

Als Leni nach Hause gekommen war, hatte sie zuerst ein neues Schloss eingebaut. Und dann hatte sie über Wochen jeden Gegenstand im Haus in die Hand genommen, hatte sich an ihre Kindheit erinnert und abwechselnd gelacht und geweint. Nein, es war nicht alles schlimm gewesen. Oma war streng, aber gerecht gewesen, und sie hatte Werte vertreten, die auszusterben drohten. Leni war sich sicherer denn je, dass ihre Oma magische Kräfte besessen hatte. Sie hatte gewusst, dass sie sich nicht wiedersehen würden. Trotzdem, Leni konnte ihre Oma beinahe hören. Wenn sie selbst ganz still wurde, hörte sie ihre Schritte auf der Kellertreppe, das Geklapper in der Küche und manchmal auch das keckernde Lachen, das so ansteckend gewesen war. Leni wollte das Häuschen behalten. Eines Tages würde sie hierher zurückkommen, und vielleicht für immer.

Als mit dem Verkauf in Vík alles unter Dach und Fach war, fuhr Leni noch einmal kurz hin, um ein paar Sachen zu holen und die Schlüssel zu übergeben.

»Ich wünsche Ihnen alles Gute hier«, sagte sie zu dem Käufer, der sichtlich zufrieden war mit dem Schnäppchen, das er gemacht hatte.

»Danke. Auf Wiedersehen.«

Leni ging zu ihrem Rover, warf die beiden Taschen, die sie gepackt hatte, in den Kofferraum, setzte sich ans Steuer und drehte den Zündschlüssel um. Sie mochte es, wie dieser Wagen klang, satt und warm, das Geräusch gab ihr ein Gefühl von Geborgenheit. Das Auto würde für eine Weile ihr einziges Zuhause sein.

Dennoch fühlte sie sich heimischer in ihrem Leben als je zuvor. Leni trat sachte aufs Gaspedal, fuhr die Auffahrt hinab und bog Richtung Osten auf die Küstenstraße ab.

Sie könnte jetzt mit Jason und Olga einen Plattenvertrag unterschreiben. Sie könnte Ben und Ireen mit dem neuen Baby helfen. Sie könnte mit Friedemann vor dem Traualtar stehen. Oder sie könnte Zicky und ihren Bowie-Fans beim Ausbau der Herberge im ersten Stock der Hauptstraße 155 helfen. Vielleicht würde sie dort mal übernachten, wenn alles fertig war. Und vielleicht würde sie auch Friedemann besuchen. Oder sie würde mit Olga wieder ein Album machen.

Vielleicht würde sie aber auch etwas ganz anderes tun, später, wenn sie von dieser Reise zurückkam.

Leni fuhr, eine Zigarette zwischen den Fingern am Steuerrad, und lauschte dem gleichmäßigen Brummen des Motors. Plötzlich durchströmte sie ein tiefes Glücksgefühl. Sie fühlte sich allein, und zum ersten Mal in ihrem Leben hatte sie sich das selbst so ausgesucht.

Danke an

Barbara, Anna, Jutta und Dirk fürs Testlesen und Feedback.

Daphne Großmann für die Wörterstraße und für diesen Satz: »Das kann ich nicht lesen.«

Eduard Meyer für Insiderinfos und einen Gastauftritt.

Gisa Marehn für die Isländischen Brocken und Recherchebeistand.

Für die Begehung der HS155 – ihr wisst schon.

Holger Kuntze für die richtigen bohrenden Fragen und allerbeste Betreuung.

Lucy und Maja für Zwangsstrukturierung.

Markus Wende für Geduld und Rückendeckung.

Michaela Kenklies für einen versöhnlicheren Ausgang.

Rosi und Karl für alle Bücher, die ich haben wollte.

Zicky für ihren Namen.

Elia Barceló

Die Stimmen der Vergangenheit

Roman. Aus dem Spanischen von Stefanie Gerhold. 528 Seiten. Piper Taschenbuch

Als die Literaturwissenschaftlerin Katia Steiner in Rom den Nachlass eines bekannten Gelehrten ordnet, stößt sie auf ein rätselhaftes Dokument. Darin liest sie von Gemälden, die der Schlüssel zu einer längst vergessenen Zeit sind, und von einem geheimen Bund, dem »Club der Dreizehn«. Das ist für Katia der Anfang einer phantastischen Reise – eine Reise, die sie in eine völlig fremde Welt eintauchen und eine große, unbedingte Liebe entdecken lässt.

»Barceló beschwört mit wenigen Worten Stimmungen herauf und schafft Atmosphären, denen man sich als Leser nicht entziehen kann.«
Buchkultur

05/2426/01/L

Susanne Mischke

Tod an der Leine

Kriminalroman. 272 Seiten. Piper Taschenbuch

Die Menschentraube auf dem Altstadt-Flohmarkt am Ufer der Leine verwehrt Kommissar Fernando Rodriguez lange die Sicht auf eine grausame Wahrheit: auf die Leiche einer schönen Frau, die keine Unbekannte für ihn war. Als heimlicher Verehrter der jungen Regisseurin hatte er sich extra für diesen Abend Premierenkarten besorgt. Nun ist er am Boden zerstört. Nicht nur, dass seine Eroberungsträume geplatzt sind – auf das Team der Kripo Hannover um Casanova Fernando Rodriguez, Schafzüchter Bodo Völxen, Rabenmutter Oda Kristensen und Küken Jule Wedekin wartet ein stolzer Berg Arbeit. Und ein gefährlicher Einsatz, der nicht nur menschliche Abgründe offenbart. Denn der Fall der ermordeten Künstlerin führt die Ermittler tief hinab – bis in Hannovers Katakomben.

05/2416/01/R